大眠 The Big Sleep

Raymond Chandler 瑞蒙·錢德勒

許瓊瑩—譯｜唐諾—導讀

瑞蒙·錢德勒
Raymond Chandler
作品

CONTENTS

英雄並不存在？

——導讀「錢德勒的馬羅」

唐諾

英雄？是今天仍存在世間的一個名字嗎？這個犬儒問題的答案，有簡單實證式的，也有較麻煩的、理念式的——前者，你在任何一家超商架上都可找到，電視廣告也有，允諾你英雄不僅存在，而且你還可以選擇扮演爲數達幾十名不同英雄中的任何一個，只要你願意花點錢上線，購買眩目的裝備、武器和座騎，殺他個片甲不留；後者，我們基本得閉上眼睛撫平思緒，向自己尚未寒冽凝凍至冰點的內心深處尋求，這是回憶，也是召喚，但他很可能不那麼方便有個現成的、完好的人形和名字，比方阿契力士或者常山趙子龍，因此尋求的另一面其實是鑄造打磨，最終，你說服自己他還存在，他就眞的存在，然後你眷眷不舍地攜帶這樣的人形信念和希望，果不其然會不斷在現實的某個角落，從你認識不認識的人臉上身上以及言語行爲裡，看出來一些你過往視而不見、不留存於記憶的英雄碎片和閃光（可能以打擊你十次給予你一次的比例進行，行到水窮處坐看雲起時），這些是有熱度的東西，你一一收集它們，一邊修護、調整、豐富自己心裡的英雄圖樣，同時在勞動中會感覺自己身體的溫度比平時昇高了些，像孟子講的集義以養氣。

以這兩種方式存在的英雄，我們通常認定他們彼此是背反的，相互瞧不起相互嘲笑不吝拋給對方最難聽的話，但有趣的是，他們也會合而爲一，比方說這個人，菲力普．馬羅。

第一感來看，菲力普．馬羅當然是前一類的所謂架上英雄，因爲他是瑞蒙．錢德勒寫出來的人，只能活在書籍和稍後的電影電視之中——馬羅沒有童年，也沒有不許人間見白頭的垂垂老年，他生下來就是個潦倒不運的私家偵探，於一九三四到一九五八年這段日子裡開業於彼時的加州，收顧客一天二十五美元，沒雇用也大約雇不起一名做爲備用女友、陰雨天閑著調調情的女祕書；他明顯違背今天全世界最怕死最怕老加州人的生存最重要禁令「抽太多菸喝太多酒」（語出後來的推理名家蘇．格蕾夫頓，她的偵探肯西．梅爾紅果然是個每天跑步三英里以上而且生機飲食的加州陽光女性）；他的武器基本上是尖利的語言和用勁打出毫不保留的拳頭，當然偶爾也開個一兩槍，但他沒有任何殺人不償命的龐德執照，就跟任何時候的我們一模一樣，遂行正義毫無特權還毫無保障，只有無盡的報復和麻煩（有好事的讀者願意幫我們統計馬羅揍人和挨揍的拳數之比嗎？），以及可大可小的法律面刑責，也就是說，正義不僅是一種孤獨的高貴情操、一個內心的定言命令而已，正義還要努力找出方法，甚至仰賴接近專業技藝的詭計，你得同時是好人和壞人才能是義人，這是個挺讓人悲傷的結論：彼時加州，遠方有戰爭，但這裡正用金粉黏貼打造起來，財富如雪融之後那種又急又快又淺的河，你都聽得見它喧囂撞擊的聲音，因而，幾乎每一個出場的人都比馬羅有錢有權而且有閑，包括上門來的顧客和你得負責發現他並懲罰他的壞蛋，也就是說，正義不但長相不體面，就一般標準來說，它還力量最微弱最孤立，據說這正是上帝喜歡的樣子（不是說「上帝喜歡窮人」嗎？）。

這裡，我們得先停下來喘口氣，並且跟董氏基金會以及類似思維的人講句話，講一個再簡明不過的事實如此——所以說人貧窮、抽菸或喝酒不見得就不高貴，僞善、不義、太愛自己只關心自己以及胡言亂語才是。

馬羅這樣的基本造型，日後我們變得非常熟悉，我們去除掉一些深刻的、不安的成分（深刻的東西很容易讓一般人不安，會威脅我們昏昏欲睡的舒適狀態），把他的線條拉直，讓他成爲一種典型，這就是往後半世紀幾乎誰都會寫會複製的所謂冷硬派私家偵探，摹本的高下因人而異，但大致上仍有個規律——有形有狀的外型最容易，你只要盯著一顆石頭把它寫成一個私家偵探就行了；思維的部分稍難一些，因爲牽涉到書寫者假裝不來的程度問題，尤其當他選擇寫這樣的小說終究得告訴我們正義是什麼、而且如何算是善惡是非的輸贏時；然而眞正最難的仍屬情感的範疇，我們這裡指的不是故事裡的勾勾搭搭或那種作者隨時叫停情節呻吟感傷一下的情調，而是某種信念，某種堅持，某些你衷心希望永遠不會消失掉的東西。我想，如果可能的話，我們不會要它回歸情感，只以「信念」這樣不講理又脆弱的形式保衛它，我們但願它有更堅實、更普遍的基礎，有讓人無可質疑無法駁斥的豐富實證，是眞理、是金剛鑽那樣本身就是個又亮又不壞的東西，但問題在於我們的理性無法證實它、妥善處理它甚至還會牴觸它，尤其是人處於某種要命的時刻必須左衝右突好殺出一條血路（正是這類小說設定的基本現實），它不僅名貴瓷器般最容易在行動之中碎裂片片，而且還會遲滯你的靈活，妨礙你做出理性上最有利自己的抉擇，並招致不必要的風險。在菲力普·馬羅初登板的《大眠》書中，那名靠石油累積了四百萬美元家產的雇主詢問他算不算個誠實的私家偵探時，馬羅的回答是：「誠實得很痛苦。」這我們都很容易聽懂而且自身不乏生命經驗，你不會不知道自己無法永遠每天廿四小時講百分之百不打折的實話，沒有人能這樣而且還活著，於是問題便不在誠不誠實這兩端，而在於量變累積成質變那一點何在？你可以忍著不說多少實話、並容許自己「必要」時講出多少以及什麼程度的謊言，你依然可以不愧不怍相信自己仍是一個誠實的人？而誠實，不過是這組琳琅瓷器的其中一樣而已。

我個人一直不信任馬基維里，不是因為他太世故，而是因為他太天眞，那種讀書人第一次看見現實殘酷世界以為大家都不知道的天眞。誰不知道價值信念不僅不常得勝而且往往因此才一敗塗地呢？馬基維里對複雜人性的理解只抵達第一層，以為人對自己的行動可操控自如，像電燈開關一樣要亮就亮要暗就暗，可以在第一秒當個必要的惡人在下一秒再回頭當個稱職的義人，人心沒有這樣的彈性和自由，正如我們身體絕大部分的生物構造是不隨意的、不任由我們意志指揮的一樣，你何時指揮過自己的胃和腸要它們工作？命令你肝臟的腫瘤自行消失？

我們有時不願違背價值信念，不是因為它太強大太宰制讓我們身不由己，往往是我們意識到它太脆弱、禁不起我們太大太暴烈的動作。

最難的不是怎麼飛起來

米蘭．昆德拉在談法蘭西斯．培根的精采無匹短文中以這一串詢問向我們揭示：「一個個體可以歪斜變形到什麼程度而依然是自己？一個被愛的生命體可以歪斜到什麼程度而依然是一個被愛的生命體？一張可親的臉在疾病裡、在瘋狂裡、在仇恨裡、在死亡裡漸行漸遠，這張臉依然可辨嗎？『我』不再是『我』的邊界在哪裡？」

因此，我們而今動輒斷言英雄並不存在，極可能是事實而不是感傷，我們可放心稱之為英雄的人物和眞實的世界可能是昆德拉所說：「兩個明顯無從和解的東西」。這倒不是說眞實的英雄是三角形的第四個邊或正直誠實的律師那樣純虛構的東西，毋甯比較像一朵開放在高枝上的花，你用力縱跳起來有機會片刻地觸及到它，但你無法一直停格在那個片刻裡，除非死亡正好在那一剎那溫柔的叫停時間，或我們把它移植到人造的、有暫停裝置還能反覆重來的世界裡，詩歌、繪畫、音樂、傳說故事以及電視電影等等，否則它就只能以碎片的形式存在並閃逝，我們的失望不在於我們沒見過它，而是萬有引力那樣的現實大地會馬上將它拉扯回去，讓它形容狐疑難識，讓它不足以信任。這使我想起很久以前麥可·喬丹的飛翔灌籃經驗之語宛如一則歷史隱喻：「最難的不是怎麼飛起來，而是如何保持平衡地安然著陸。」

人的思維不喜歡停在曖昧不明的中間地帶（所以但丁把這樣無解如流沙之地置放成地獄的第一層，永恆疑惑之鄉），它總是忍不住往兩端跑；但我們的身體反倒只能生活在這中間地帶，一端太亮太熱會把所有具體的東西融化消失，另一端則太陰溼太冷而且永夜無光，我們也許還能撐一陣子，但憂鬱症會先來，沮喪和絕望成了這裡唯一會持續生長的東西，在這裡，死亡只是極有限的、但折磨的被延遲而已——眞的，要懷疑、要說出絕望的話語、要拆毀一切信念價值如今是再簡單不過的事，你甚至不必眞有所感眞的認眞想過或有足夠分量的悲痛經驗，事實上你還有餘裕同時照顧到自己的語氣和姿態，讓自己說來很快意很瀟灑或欲說還休；但要安然居住在你描述的這樣一個什麼都沒有什麼都不是的世界卻是不堪忍受的，我會說這幾乎是生物性的，我們會需要一點明亮的東西，一些熱度，一些乾爽清潔，其重要性僅次於食物和飲水。

比較難說也難取信於人的話是——我見過，我信，我記得……

事實上，安博托．艾可還好心地進一步告訴我們，如何跟這些我們見過、相信、記得的碎片相處，他提出的建言是「擁有」和「保存」，我擁有，我保存——這清晰寫在他最好的小說《玫瑰的名字》最後頭，面對圖書館廢墟，面對昔日那場大火劫毀的碎片世界，連他睿智的導師威廉修士都不在了，見習僧埃森一人耐心地撿拾收集它們，而且更耐心地用一輩子的時間收藏、辨認、重組、解讀它們，往往還能從只剩隻字片語的殘破羊皮紙認出它們原來完好的樣子。「擁有並保存吧。」埃森把這個內心聲音，說是：「上天對我說的明顯信息」。

他相當窮，否則他不會是個偵探

基本上，錢德勒一生只寫菲力普．馬羅這名偵探，但我們來看這段文字，這個飛散得稍遠的碎片，我們很容易認出來它仍是完整菲力普．馬羅的一部分。這段文字稍長，但極可能是他自己為馬羅所做最重要的詮釋，因此知道錢德勒和馬羅的人可能都讀過，這沒關係，可以再讀一遍，對我們身體有幫助的東西只一次兩次是不夠的，不是這樣嗎？

「這不是個芳香的世界，但的確是你居住的世界，有些鐵石心腸、頭腦冷靜、能夠跳脫的作家可以根據這些構想寫出非常有趣、甚至令人發笑的模式。人被殺死並不可笑，可是如果他為了芝麻小事被殺，那就確實可笑。他的死應該是我們所謂的文明的註腳，這一切都還不足夠。

「任何被稱爲藝術的東西都有一種救贖的品質。如果是高形式的悲劇，可能是純悲劇，可以有悲憫和反諷，可以有強者嘈鬧的笑聲。但在這些凶惡的街道行事，一個人並非天性凶惡，既未被污染也不害怕。這類故事的偵探必須是這種人。他是英雄，是一切。他必須是一個完整的人，一個普通的人，然而是個不凡的人。他必須是——套句老掉牙的話——有榮譽感的人。他的榮譽感是出自直覺，出自必然，無須思考，無須言語。他必須是他的世界裡最好的人，好得可以踏入每個世界。我不太在乎他的私生活；他不是太監也不是色狼；我想他可能勾引女公爵，不過我相信他不會玷污處女；如果他對一件事有榮譽感，對所有事情也一樣。

「他相當窮，否則他不會是個偵探。他是個普通人，否則無法和普通人相處。他知道分寸，否則無法勝任他的工作。他不會不誠實地收取任何人的金錢和忍受任何人的侮辱而不求公平地報復。他是個寂寞的人，他的驕傲就是你把他當作值得驕傲的人看待，否則就很遺憾認識他。他說像他年紀的人該說的話——也就是有些粗魯機智、醜陋活潑，討厭虛僞，輕視瑣碎。

「故事是這個人尋找隱藏的眞實的歷險過程。如果一個人不適合冒險就沒有冒險可言。他的經歷廣泛足以叫你震驚，但那是他的權利，因爲那是屬於他生活的世界。如果有足夠的人像他，那麼這個世界會是個很安全的地方，不會變成太無趣不值得居住。」

我自身的經驗和我所知道的是，如今每個讀了這段文字的人都不禁有某種久違了的動容，但同時有點失望和意猶未盡。然而仔細想想這很正常，因爲這仍是用碎片堪堪黏起來的英雄人形，滿是裂痕，每句話都試探但躊躅，都一面在找尋最適當的煞車點。如今，全世界最不可能的任務之一便是，堂皇地、武斷地、邊角切得俐俐落落地描述一個全然正面的東西，不包覆「然而」「但是」「極可能」「基本上」「某種程度而言」諸如此類的海綿質料保麗龍質料文字襯墊。我們的文字語言已變得又乾又硬又脆，感染了懷疑的病毒，這沒什麼好抱怨的，因爲病毒係來自我們自己內心，就像伊波拉病毒在剛果黑森林沉睡百萬年被我們叫醒出來肆虐一樣。

錢德勒所說的「還不足夠」，指的是他推崇無比的達許·漢密特，這個早他半步讓這組廉價黑街小說脫胎換骨的人。錢德勒曾經這麼說漢密特：「漢密特最初（幾乎、直到最後都是）爲擁有尖銳積極生活態度的人而寫。他們不怕事情醜陋的一面，他們就生活在裡面。暴力不會令他們迷惘，因爲就在他們居住的街頭。漢密特把謀殺交到那些有理由犯下罪行的人手裡，不只是提供一具屍體而已。」用我們剛剛的話來說是，漢密特是先把英雄引入到和英雄不相容眞實世界的人，但硬頸的漢密特有較古老的堅持，他要他的英雄得勝，而且是乾淨漂亮不打折不留餘地的得勝，更不能在獲勝過程中暴現自身的弱點，因此漢密特的英雄只能更快更輕更機智，用最堅固的盔甲把自己身上最柔軟的部位給擋起來不被人發現，最好能割除它一了百了，就像《紅色收穫》裡那位把黑白兩道惡棍一個不留玩於股掌的無名探員自己說的「已長成了一身硬皮」，沒眼淚，沒悲憫（「他和上帝不同，上帝會悲憫。」），沒情感，沒道德禁令，不要信念；另一方面是，一個單槍匹馬的人要合理地擊敗一整個世界，這個世界就不能太大太強，它得是有限的，而且是具體的，用拳頭打到會痛會呻吟倒地不起，用子彈擊中會流血會斃命，也就是說，它不能是眞的是一整個世界，只能是一些代表性或者做爲隱喻的所謂壞人而已。

你如何用槍瞄準一個亂世？宰掉一個漢娜．鄂蘭所說的「黑暗時代」？

由此，我們回頭再來檢查錢德勒對英雄具象但語焉不詳的這番描述，很容易發現，他更想指出來的不是這樣一個人的攻擊銳力，而是他頑固防禦不鬆手的東西；不是此人的堅硬，而是那些最柔軟最不確定到令人提心吊膽的部分，「救贖」「完整的人」「不凡」「榮譽感」「最好的人」「貧窮」「寂寞」「誠實」「驕傲」云云，因此，錢德勒式的剛強比漢密特多了（或說恢復了）好些面向和品質，所謂剛強至少還包含了忍耐、希望，以及人對自身生物性欲望不屈不撓日復一日的抵禦。你也可以說，漢密特把英雄引進到現實世界，但錢德勒原本想的只是個好人，然而他發現了一個不得已的事實，那就是他直言告訴我們的：「你要做個好人，得先是個英雄。」

沒辦法，你想當個好人，就先得是個英雄不可

《大眠》是錢德勒的第一個馬羅長篇，出版於一九三九年世界大戰的日子。The Big Sleep，死亡以一種更亙古、更舒適也更一了百了如暮色降臨的樣態被說出來、被理解。一八八八年六月二十三日生的錢德勒當時已五十一歲了，正正好是此時此刻我的年紀，換句話說，滿老了，尤其做爲才出版第一本書的寫作者而言，也因此，被設定爲三十三歲的私家偵探馬羅，我們看，錢德勒此刻寫他已非常有把握了。我們隱隱察覺到馬羅有一種質地眞實的世故，彷彿他知道的遠比他所說的和所想的要多；

他的無懼不是因為對即將到來的危險全然無知，毋甯更像是充分預見並且知道最糟糕的結果大致會是如何，有某種不求奢望的鎮定和安詳。五十一歲的書寫者錢德勒安撫著、指引著三十三歲的菲力普．馬羅，馬羅的眼前凶險，對錢德勒而言是記憶。

然而錢德勒的書寫不真正從《大眠》開始，甚至不從馬羅這個人開始。事情要再往前推六年，一九三三當時才由石油公司離職、遊手找尋下一個生命落點的錢德勒，被某一本推理小說弄出一肚子無名火又無從發洩（我們每個人幾乎都有類似的閱讀經驗），他想大聲告訴所有人殺人不是這麼回事，眞實的世界不是這麼回事，就因為這一口氣，他熬夜在旅館寫下了他生平的第一篇小說，可能就是稍後發表於彼時廉價雜誌《黑面具》的短篇〈勒索者不開槍〉。

我們要說的正是這「前大眠」的跌跌撞撞有趣六年，有點像亂槍打鳥的六年，體例上都是短篇小說，主人翁有時是馬羅（〈檢方證人〉（一九三四）；〈金魚〉（一九三六）；〈紅風〉（一九三八）），但更多時候不是馬羅，我們從日後收輯成*The Simple Art of Murder*的短篇小說集可看到，錢德勒嘗試讓他或更年輕、或更有錢、或更歡快，或各種可能身分甚至根本沒私家偵探。比方一九三九年正倒數計時時刻的〈惱人的珍珠〉，主人翁便是一名大學時打美式足球絆鋒、不愁吃不愁穿窮極無聊的公子哥兒，只因為女友兩句甜言蜜語昏了頭而去調查一宗家庭失竊案，幻覺自己是中世紀騎士要仗義替老太太（女友的雇主）找回那一串往日情懷舊愛回憶的珍珠項鍊，除了當場挨兩記重拳應聲倒地那一段，這是距離馬羅最遙遠的馬羅小說，惟我們一路含笑（閱讀錢德勒小說不大可能出現的表情）看下去，最終發現他又回來了，故事的最終處置仍是馬羅式的，正義不只是破案緝兇把壞人痛打一頓而已，正義必須更溫暖也更溫柔；正義必須更準確更向著人心回答；正義不是倨傲的、排他的、吞噬性的怪物，它在適當時候適當角落適當的程度必須懂得向其他不下於它的價值彎腰低頭，奇怪是往往它在委屈自損時才更像正義；正義，最原初是想要世界更好而不是更惡劣更殘忍，不是這樣子嗎？而且我們也發現在緝兇偵探和罪犯之間仍有空間可容納乾淨的友誼，生長出在哪裡都不易生存的人的眞誠，這直接讓我們看到了日後（一九五三）的馬羅經典名著《漫長的告別》，不是那種討人厭的雄性共謀，而是波赫士所說人最精緻情感之一的友誼。因此，你當然可以把這段日子沒馬羅的小說全看成是馬羅小說，馬羅仍在嘗試、仍未安定、仍在織了拆拆了織找尋他最適當模樣的馬羅小說。

「十月中旬，上午大約十一點鐘，沒有陽光，山麓的丘陵望似雨幕重重。我身著一套粉藍色西裝，暗藍色襯衫，打領帶，胸袋上插著裝飾手帕，穿黑皮鞋，和帶有暗藍色繡花圖案的黑毛襪。我整整齊齊，乾乾淨淨，刮過鬍髭，腦袋清醒，有沒有人留意這一切我並不在乎。我具備一個體面私家偵探該有的所有條件。我正要去探訪四百萬大洋。」這是六年後馬羅在《大眠》一案登場的死樣子，當然是自嘲的。稍後我們會知道更多，有些出自於他人的話語，比方說他的眼睛是褐色的，但更多時候，是我們（包括錢德勒自己）通過一次又一次的案件直接而且具體地發現他、形成他、確認他，這是個緩慢、耐心但確確實實（確實的東西通常需要時間）的生長過程，爲時二十五年（前大眠六年加後大眠十九年），我以前寫過一篇菲力普．馬羅的短文，把這二十五年四分之一世紀稱之爲「在亂世中打造一個高貴的人」。

在一個已沒有英雄，但不沮喪仍四下散落著英雄和其他美好東西碎片的該死年代。

亂世中，人最深徹的痛苦並非死亡

我把自己昔日那篇馬羅爛文章找回來重讀，果然不值一提，唯一仍閃閃發亮的，是文章裡我所引述的費里尼話語。費里尼，這位有著最華美想像力、米蘭．昆德拉以爲電影做爲一種藝術形式到他爲止的了不起導演，被問到他喜歡什麼時，他果然也以碎片的樣式回答：「……九月……奶油杏仁冰淇淋……腳踏車上的漂亮臀部……火車和火車上的便當……空無一人的教堂……以及瑞蒙．錢德勒。」

亂世？現在也許應該改成「末世」要好些準確些也現實一些。我們對所謂的亂世有很多種描述方式，依據自己的傷害、自己的希望破滅、自己最在意之人之物的遺落、以及自己不甘心放手的應然世界圖像云云。但亂世通常得有比較具體有對象的壞事發生，比方戰爭、瘟疫、乃至於瘋狂殘酷敗德的統治者，因此這並非我們對人類歷史最絕望的判定用詞，事實上它更接近某種我們自身生不逢時的荒謬描述，它仍被意識爲暫時的、失序的、終會下完雨過去的，麻煩只在於我們究竟撐不撐得到？有多少珍愛的人和物會從此壞去不復返？以及，由於時間的量度不同，所謂歷史的偶然、歷史的彈指、歷史的短暫現象究竟會不會比我們僅有的一生還長？在亂世中，往往人最深徹的痛苦並非死亡，而是你得把自己當個洋蔥般不斷剝落、不斷做出你不願意到以爲不可能的抉擇，孟子當年便指出這個，但他很奇怪用魚和熊掌這兩個奢美不急的好東西，來替代「生」（生命）和「義」（價值信念）這兩端激烈終極性的抉擇，是善用譬喻一輩子的孟先生最失手的一次。事實上，你的抉擇會一再發生在兩樣你以爲生命不可或缺、少任何一樣都可以到生不如死地步的東西，而不只像孟子所說那麼乾淨、那樣一次性斷裂在生命和價值信念之間而已，這樣只需一次也只能一次的二選一相對來說還是容易的，可以帶著豪情帶著光朗之心如孟子自己大聲講出的「舍生而取義也」；更多時候，人糾結纏繞在價值和價值之間、生命和生命之間（我的命、你的命、無辜他者的命……），同質而且等值，你既無法靠理性來加減乘除運算，也無法靠美學偏好來抉擇（我本來就喜歡義超過生命），更要命的是，你於是不管做出什麼選擇都沒有榮光的冠冕，都感覺自己是卑鄙的，都如昆德拉所說察覺自己的歪斜變形、察覺出「我」正一步一步向著不再是「我」的邊界而去。像當年納粹的大滅絕營，要你每一個猶太人社群自己定期交出五十條命來，你選誰？怎麼選？就算你慷慨舍了生取了義也只占一個名額而已，還有四十九個不是嗎？而且你要不要爲下星期下個月可能又來的五十人名單做豫備？

當我們把如斯亂世的知覺移往一個沒戰爭、沒瘟疫饑饉的晴朗光亮日子，當我們確實地察覺出，這不是特例，而是普遍的；不是暫時的，而是一直如此的；不是偶然的，而是世間的某種眞相乃至於本質，如同菲力普．馬羅在不下雨的加州所思所言，或者也像我們在此時此地衣食無虞的台北市不時襲來的念頭（你會虔敬地希望這只是自己心思寥落時刻的幻覺幻聽），亂世就成了末世了，一個其實更冰冷更絕望的歷史判定之詞。它或許不再有明白立即的致命性，不逼迫你做出「要錢還是要命」的當下抉擇，你的確可以如小說家馮內果開玩笑地如此回答用槍抵著你的歷史翦徑搶匪：「哦，這是個極深刻的問題，我得花點時間仔細思考才能做出回答。」但時間的緩和延遲另一面是，它不再有盡頭或者至少我們看不到也不敢相信它一定有盡頭，沒盡頭的純等待不再是忍耐，只能是忍受，這兩者的不同是，前者你還能把自己要保衛的東西化為種籽的形式收藏起來，後者則讓這樣的行為變得毫無意義，因此對人心更具腐蝕性。

以下的話說起來弔詭而且像繞口令，但可能是眞的——一個不幸的亂世，是英雄迭起、事後總會有幾個大名字、幾座銅像留下來的年代，但其實人在其間不見得需要特殊的英勇，尤其無須主動的英勇，你可以像個英雄選擇情熱的對抗，也可以不像個英雄選擇睿智的逃走（比齊魯的孔孟更處於殺戮亂世之地的老莊便勸我們這樣）；換句話說，你可以跟它拚力氣，也可以跟它賭時間。你不必刻意地找尋行動，是因為通常歷史自己會找上你，會逼迫你行動乃至於逼迫你成為英雄，人類歷史上數不清有多少理應只是流氓、只是騙子、只是神經病、只是庸碌乏味之輩的人因此莫名其妙都成了英雄，像中國漢代班家最不長進也最壞的一個班超便是如此，遑論希臘的喪心病狂阿契力士。然而，在一個看似無風無雨的冰冷末世裡，沒有英雄這一職位，卻嚴苛地要求你非主動是個英雄不可，一方面時間只流走不改道，在這麼一個不會雨季結束、洪水退走、挨過去就是你的無盡頭世界，你非放進一些特殊的、不一樣的、讓人精神為之一振想像力可以復活的東西不可，至少得試著讓直線的時間扭曲彎折，有機會轉變成為人的盟友，如此，希望這一個美麗的詞才得以恢復它原來的意思；另一方面，你自己一定也需要這樣的道德體操，價值信念只收存在內心裡一樣會發霉變質萎頓，你還是得說出它來，大聲為它辯護，甚至實踐，你必須有更長時間的打算不可。

所以波赫士愈到晚年愈強調書寫中的英勇特質，即使只是一個狀似安靜不驚擾世界的書寫，的確都包含著一個「尋求隱藏眞實的歷險過程」，但凡你要好好說出足夠分量誠實，或是足夠分量深刻美好的話，每一個夠格的書寫者都心頭雪亮自我斟酌過，你無法避免對眼前的世界有所冒犯，如薩伊德長掛口中的，你得對抗流俗，對抗習焉不察的時尚和成見，對抗人們的漫不經心，對抗人們遍在的懶怠和假充世故的胡言亂語，對抗建構在這些上頭的所有利益，以及對抗人們的失憶云云。波赫士晚年，因爲家族基因的緣故日落般兩眼俱盲，且早已不理會阿根廷幾乎一無甯日的現實（波赫士總是淡淡一句「我那最不幸的國家」），甚至不讀當代的作品，只以他驚人的記憶力和人類歷史上那些最偉大的書相處。他一直是個最謙遜的人，總是老紳士般溫和地、帶著商量地說話，但稍稍讀懂他作品的人都至少看得出來，他的確是個最英勇的思維者，他的書寫總開向全無人跡之地而且絕不停留，跟整個眼前的世界背向踽踽而行，他狀似天眞的話語其實是他寸步不讓堅持的一種極其柔美精純形式，攤開他一生八十年的經歷，你以爲這樣的人會天眞未鑿嗎？薩瓦托稱他「作家的作家」是至高的讚語也是準確的不祥之言，意謂著一般人並不容易知道他的價值，波赫士也果然爲期十年廿年地被人遺忘，他今天我個人以爲仍遠遠不夠的普世聲名，係來自那些爲數不多的人英勇不懈地反覆講出由衷之言，但根本上還是個奇蹟。

是的，在我們價值信念的萬神殿中，英勇很特別地有兩個角色——它既是被守護的珍貴之物，也同時是個守護的衛士，負責保護其他諸神、保護其他所有的好東西。

最世故、最實際的人才得以保住天真之情

在末世中打造一個高貴的人，我以爲最深徹的困難還不是這些，不是怕冒犯世界的種種凶險，不是怕被當神經病被遺忘，而是這個世界眞值得你這樣嗎？眼前這些人眞值得你這樣嗎？一個被愛的生命體可以歪斜到什麼程度而依然是一個被愛的生命體？一張可親的臉在疾病裡、在瘋狂裡、在仇恨裡、在死亡裡漸行漸遠，這張臉依然可辨嗎？——此時此刻，我心中閃著一張一張眞實的臉、一個一個我認得的、知道的、認眞相待過眞心期待過的人，我想，昆德拉說這話時也是這樣。

文學書寫處理具體的、單一的人，而不處理集體的、概念的人，最簡單的技藝性理由是，集體的、概念的人只是統計數字（史大林難得的睿智之言），甚至只是幻覺（波赫士），它鬼影子般黏附不了任何眞實的東西；稍稍深沉的言志理由是，集體的、概念的人只能是公約數，而且還是受制於集體現象再損折、再往下、更體現放大人們一切壞毛病的惡質公約數，它只讓書寫者灰心沮喪。書寫者要保持對人的信心和希望，只能把自己的目光聚焦在某些個人，某些還值得一看值得探究的個人，不論他是否特例，不論他是否偶然，有這麼一點點《聖經》耶和華的味道，只要這個城裡還能找出五名十名義人，我就應允不用天火擊毀它。

然而，如果這些僅有的、具體的人仍禁不起注視怎麼辦？他們總是一個兩個三個就在你眼前變形、毀壞、銷融，不再可親不再值得被愛，宿命一樣——這多年來，我近取乎身的從朱天心的小說書

寫找到慰藉脫困的方法。我一直注意到朱天心的小說人物有一種「類化」的傾向，不是那個人，而是在某種處境下的某種人，會在人物逼近具體成形的前一步忽然煞住車，轉頭逆向行駛回歸到普遍層面來，但這不是公約數的概念化，而是她所相信人合理的、應得的模樣。黃錦樹曾稱之爲「一篇小說寫完一種類型的驚人企圖」，但我逐漸發現原來她先我一步是不得已的，朱天心比我更意識到時間的無堅不摧力量和人的相對脆弱不堪，你只能讓人保持在他「應然」的樣子才能抵住時間，讓他不在疾病裡、在瘋狂裡、在仇恨裡、在死亡裡漸行漸遠——

在末世中，保持思索一個又一個人理應如此的可親樣貌。

這裡，抄一段維吉妮亞．吳爾夫講詩人雪萊的話：「但同時又如佩克教授強調的那樣，雪萊雖然不愛這個哈麗特或那個瑪麗，但卻愛著人類，這一點千眞萬確。和大自然神聖的美一樣，人類的悲慘境遇總是在他心頭熱烈且持久地燃燒。他比任何人都更熱愛行雲、大山和河流，但在山腳他總能看見一間坍塌的村舍；罪犯正戴著鐐銬，在聖彼得廣場的人行道上鋤草；可愛的泰晤士河畔，一位老婦人正因患瘧疾而顫抖。這時他就會將自己的寫作扔到一旁，遣開他的夢想，步履艱難地去給窮人送湯餵葯。隨著時間的流逝，形形色色、稀奇古怪的領養老金者和門客必然聚集到他的周遭。被遺棄的婦女、別人家的小孩他要管。……最不食人間煙火的詩人竟也是最實際的人。」

今天，我們得進一步把話倒過來說才更符合如今的眞相——只有最世故、最實際的人，可能才得以保住那一點質地精純的天眞之情，正如李維—史陀講他自己，說也許眞正徹底到不留僥倖餘地的悲觀主義，你才能由此孕生出溫和的樂觀精神；也一如我們在馬羅身上看到的，也許只有徹徹底底相信人類世界不再能生產英雄，我們才可能對人的英勇有著腳踏實地的理解、祈求，以及，寬容。

1

十月中旬，上午大約十一點鐘，沒有陽光，山麓的丘陵望似雨幕重重。我身著一套粉藍色西裝，暗藍色襯衫，打領帶，胸袋上插著裝飾手帕，穿黑皮鞋，和帶有暗藍色繡花圖案的黑毛襪。我整整齊齊，乾乾淨淨，刮過鬍髭，腦袋清醒，有沒有人留意這一切我並不在乎。我具備一個體面私家偵探該有的所有條件。我正要去探訪四百萬大洋。

史坦梧家的主玄關有兩層樓高。可容穿越一隊印度大象的入口上方，有一幅很大的彩色玻璃鑲嵌畫，上面是一名穿著暗色盔甲的騎士，正要解救一名被綁在樹上的少女，少女全身赤裸，但是有一頭非常長，而且遮蔽得當的秀髮。騎士把盔帽的罩面推高到方便與人寒暄交際的高度，虛與委蛇地拉扯著綁住少女的繩索。我站在那裡想，如果我住在這棟房子裡，我遲早會爬上去助他一臂之力。他看起來並不眞的想救人。

玄關後方是法式玻璃門，門外一大片綿延的碧綠草坪，一直伸展到一座白色的車庫，車庫前有一個黑黑瘦瘦裹著黑亮綁腿的年輕司機，正在擦拭一輛褐紅色的帕卡敞篷車。車庫再過去是一些孅美玩賞用狗、精心修剪過的裝飾樹。樹的後方是一座有拱圓形屋頂的大暖房。其後是更多的樹，最後才是沉穩而起起伏伏，賞心悅目的山丘。

玄關東側是流線型的瓷磚樓梯，通上有鍛鐵扶欄的畫廊和另一幅浪漫的玻璃鑲嵌畫。周圍靠牆的空間擺著幾張有紅色圓形軟座墊的大硬木椅。那些椅子看起來好像從來沒有人坐過。西面牆壁中央是一個空蕩蕩的大壁爐，用一座四合葉銅製矮屏風圍著，壁爐的大理石框架上，每個角落各雕飾著一個愛神丘比特。壁爐架上方掛著一大幅油畫人像，人像畫上方是兩根交叉擺置，用玻璃畫框鑲起來，不知道是彈痕累累，還是被蛀蟲啃蝕的騎兵旗。那幅人像畫是一位姿態僵硬，全副戎裝的軍官，依裝扮看起來約莫是屬於墨西哥內戰時期。那位軍官的下唇下是一小撮修剪整齊的烏黑皇帝髭，上唇上是兩撇烏黑的八字鬍，兩隻炭黑的眼珠炯炯有神，看起來像是個很值得交往的人。我心想這位可能是史坦梧將軍的祖父。這不太可能是將軍本人吧，雖然我聽說他已經年紀一大把，可是幾個女兒都還在危險的二十幾年華。

當我還在和那對灼熱的黑眼珠乾瞪眼時，遠遠的樓梯底下有一扇門打開來。並不是男管家回來報信。是一個女孩子。

她看起來二十歲左右，體型雖然小巧細緻，但一副還耐得住磨練的樣子。她身上的淡藍色家常褲十分貼身好看。走起路來像用飄的。黃褐色的頭髮捲著細緻的波浪，剪得比時下流行、髮尾往內翻的小廝頭要短很多。石板般灰藍的眼眸看著我時，幾乎不帶任何表情。她向我走來，嘴巴帶笑，兩排肉食野獸般細小尖銳的牙齒，像新鮮橘皮心一樣白，像瓷一樣亮。那兩排牙齒在兩片稍嫌緊張的薄唇間閃閃爍爍。她臉色蒼白，看起來不甚健康。

「個子真是高呢，你？」她說。

「不是故意的。」

她翻了個白眼。她有些迷惑。心裡思考著。即使才剛認識，我仍能看得出來，思考對她而言永遠是件麻煩事。

「而且英俊得很。」她說。「我打賭你心知肚明。」

我悶哼一聲。

「你叫什麼名字？」

「瑞利，」我說：「多格好斯[1]．瑞利。」

「怪名字。」她咬著唇，稍微偏過頭用眼角瞄我。然後她垂下眼瞼，直到睫毛幾乎貼到面頰，而後又像戲臺布幕般緩緩升起。我知道這種把戲。我應該像狗兒得寵般翻身倒地，四腳朝天樂不可支。

「你是拳擊手嗎？」看我對她的把戲沒反應，她接下來問。

「不完全正確。我是個偵探。」

「是個——是個——」她生氣地搖晃著頭，瑰麗的髮色在光線頗爲黯淡的大廳裡閃閃發亮。「你尋我開心。」

「嗯哼。」

「什麼？」

「尋妳開心。」我說。「妳聽到了。」

「你什麼也沒說。你只是個惹人嫌的傢伙。」她舉起一根拇指放到嘴裡咬。那是根形狀奇怪的拇指，又細又窄像根多餘的指頭，第一節的地方沒有一點弧度。她慢慢地咬，慢慢地吸吮，在嘴裡轉來轉去像嬰兒吃奶嘴。

「你的個子眞是高。」她說。然後自鳴得意地咯咯笑了起來。然後她腳不離地，緩緩地，柔軟地轉過身子。兩手軟趴趴地垂在身體兩側。她踮起腳尖全身向我傾斜。直挺挺地就倒進我的臂彎裡。我不得不接住她，要不然她的頭準會撞在鑲花地板上。我從她臂膀底下接住她。她立刻向我貼過來，我不得不把她抱近一點才能讓她站起來。當她的頭靠在我胸膛上時，她把頭直往我胸膛上摩挲鑽營，對我咯咯直笑。

「你很可愛。」她咯咯笑道。「我也很可愛。」

我沒說什麼。男管家偏挑上這個好時辰從法式玻璃門進來，看見我抱著她。

這景象似乎並不驚擾他。他高高瘦瘦，滿頭銀髮，將近六十歲，或者稍過六十。他的一雙藍眼睛表情極盡冷漠。皮膚平滑有光澤，而且走起路來顯得十分孔武有力。他慢慢穿過廳堂向我們走來，那女孩子一挺身離開我。她快步穿過房間走向樓梯腳，然後像隻鹿似地躍上樓。我還來不及喘口大氣，她就不見了。

男管家不帶任何情緒地說：「將軍現在可以見你了。馬羅先生。」

我把愣掉的下巴往上推回去，向他點頭問：「那是誰？」

「卡門．史坦梧小姐，先生。」

「你應該給她斷奶了。她看起來夠大了。」

他以陰沉莊重的神色看著我，又重複說了一次將軍可以見我了。

1. Doghouse，字面的意思是「狗屋」。

2

我們從法式玻璃門出去，然後順著離車庫較遠這一面，環繞草坪的一條平坦紅石板步道走。此時那個娃娃臉司機已經又開出一輛黑色和鉻黃色相間的大轎車，並且換成在擦拭那一輛。步道引領我們來到暖房邊，男管家替我打開門，並且站到一旁讓我先進。門開處是一個類似前庭的所在，裡面像慢爐一樣暖和。他跟在我身後進來，關上外門，然後打開內門，我們踏進裡面。那裡面眞是熱。空氣厚重，潮濕，迷濛，而且充塞著一股熱帶蘭花盛開的甜膩香味。玻璃牆和玻璃屋頂全罩著一層濃濃的霧氣，大滴大滴的水珠劈劈啪啪打落在植物上。裡面的光線是一種很不眞實的綠色，像經過水族箱透射出來的。到處充滿植物，像座森林，肥厚的葉子和枝莖，像剛清洗過的死人手指一樣張牙舞爪。它們的味道就像覆在毯子底下煮酒，強烈得直要叫人透不過氣來。

男管家竭盡所能讓我安然通過，不被濕答答的葉子打到臉，一會兒之後，我們來到圓形屋頂正下方，處於叢林中央的一塊空地。這裡，在一片六角形石板拼成的空地上，鋪著一塊紅色舊土耳其地毯，地毯上是一架輪椅，輪椅裡坐著一位顯然來日不多的老人，那對盯著我們進來的黑眼眸，雖然所有的鋒芒早在許久以前就灰飛煙滅，但仍存有玄關上那幅畫像裡的炭黑眼珠的剛直不阿。他臉部的其餘部分則像一個鉛造的面具，沒有血色的嘴唇，尖銳的鼻子，凹陷的太陽穴，和一對看似即將崩解，往外翻飛的耳垂。他瘦長的身子——在那種熱氣之下——裹在一條旅行用毯和一件褪色的紅色浴袍裡。他的指甲發紫，獸爪般細瘦的一雙手，鬆鬆地交握在毯子上。幾綹乾枯的白髮垂掛在頭殼上，彷彿幾朵在枯岩縫隙間求生的野花。

男管家在他面前站定說：「這位是馬羅先生，將軍。」

老人既不動也不說話，甚至連頭也沒點一下。他只是毫無生氣地看著我。男管家推來一把潮濕的藤椅往我兩腿後方觸一下，我坐下來。他靈巧地用手一攬就接過我的帽子。

然後老人用像從深井底部勉強舀上來的聲音說：「拿白蘭地來，諾里斯。你的白蘭地喜歡怎麼個喝法，先生？」

「都可以。」我說。

男管家穿過那些討厭的植物出去。將軍又開口說話，速度緩慢，小心翼翼地運用他的力氣，彷彿被解雇的秀場舞女使用她最後一雙完好的絲襪一樣。

「過去我喝白蘭地喜歡加香檳。冰鎮得和福吉山谷[1]一樣冷的香檳，加在大約三分之一杯的白蘭地上面。你可以把外套脫下來，先生。對一個血脈還活絡的人來說，這裡面太熱了。」

我站起來扯掉外套，並拿出一條手帕抹去臉上、頸子，和腕臂上的汗水。聖路易市的八月天都比不上這地方熱。我再度坐下來，順手想探口袋裡的香菸，又遲疑地收手。老人逮到我的舉動，淡淡地一笑。

「你儘管抽菸，先生。我喜歡菸草的味道。」

我點燃一根香菸，對著他吐了一大口煙霧，他像獵犬在探老鼠洞一樣，鼻子直嗅。嘴角泛起一弧模糊的笑意。

「當一個人必須由他人代理才能享受惡習時，那情勢是再看好不過了。」他淡淡地嘲諷道：「你眼前所見，是一個苟延殘喘，非常乏味地在過奢華日子的人，一個兩條腿和半邊下腹都已經麻痺的殘廢。我能吃的東西很少，我的睡眠很淺，簡直就不能叫做睡眠。我多半時候都需要靠暖氣活命，和新生的蜘蛛一樣，種蘭花只是維持暖氣的一個藉口。你喜歡蘭花嗎？」

「並不特別喜歡。」我說。

將軍眼睛半闔。「蘭花是齷齪的東西。它們的肌膚太像人的肌膚。它們的香味是妓女一樣的爛香。」

我張口結舌地瞪著他。那軟軟溼溼的暖氣像一塊棺布纏繞著我們。老人點點頭，彷彿他的脖子支撐不住頭部的重量。然後男管家推著一輛茶車穿過叢林進來，他調一杯白蘭地加蘇打水給我。用一條溼餐巾把銅製的冰罐包好，這才從蘭花叢中悄悄離去。叢林後一扇門開了又關。

我啜一口酒。老人注視著我，不斷地舔嘴唇，他以一種葬儀式的專注神態，緩緩地把一片唇摩挲過另外一片，像殯葬承辦人在乾洗雙手。

「自我介紹一下吧，馬羅先生。我想我有權利這樣要求吧？」

「當然，只是我沒有太多可以奉告。我今年三十三歲，上過大學，必要的時候英語還能講幾句。幹這一行的成就不多。我曾經做過地方檢察官韋德先生的調查員。他手下的調查組長，叫勃尼・歐斯的，打電話給我，告訴我你想見我。我未婚，因爲我看那些警察太太們一個比一個沒趣。」

「而且你還有點兒憤世嫉俗。」老人微笑。「你不喜歡在韋德底下工作？」

「我被炒魷魚。因爲不服從上司。我是個高度不遵命行事的人。將軍。」

「我自己向來也是如此，先生。很高興聽到這點。關於我家，你知道多少？」

「聽說你是個鰥夫，有兩個年輕女兒，兩個都又漂亮又狂野。其中一個結過三次婚，最後一次是嫁給一個以前幹私酒買賣的，道上的人叫他鐵鏽仔雷根。就是這樣，將軍。」

「有沒有哪一點特別讓你印象深刻的？」

「大概是鐵鏽仔雷根那一部分吧。但是我通常和賣私酒的都滿合得來的。」

他又露一下那種模糊吝惜的微笑。「好像我也是。我非常喜歡鐵鏽仔。從克隆梅來的大個子捲髮愛爾蘭人，一對哀傷的眼睛，笑容和威夏爾大道一樣寬闊。第一次看到他時，我以爲他是那種你大概也會以爲的人物，一個羊頭狗肉的投機份子。」

「你一定很喜歡他。」我說。「你連他那一行的話都學起來了。」

他把細瘦無血色的雙手縮進毯子底下。我把菸蒂捻熄，喝完杯底的酒。

「對我而言，他就是生命的氣息——當他還在這裡那段時間。他每天都花好幾小時陪我，像頭豬一樣熱得汗流浹背，白蘭地一夸脫一夸脫地喝，跟我講愛爾蘭革命的故事。他曾經是愛爾蘭共和軍的軍官。他在美國其實是非法居留。這當然是一樁可笑的婚姻，而且就婚姻的意義來說，兩個人大概維持不到一個月。我在跟你吐露我們家的祕密，馬羅先生。」

「到目前爲止仍然是祕密。」我說。「他發生了什麼事？」

老人木然看著我。「他走掉了，一個月前，突如其來，沒有交代任何人隻字片語。沒有跟我道別。我有點傷心，可是不怪他，如果你考慮他成長的艱苦背景。我總有一天會有他的消息的。眼前另一件事是，我再度受到勒索。」

我說：「再度？」

他的手從毯子底下抽出來，手裡握著一個棕色的信封。「如果鐵鏽仔在，我就不會讓勒索的人得逞。鐵鏽仔來之前幾個月——也就是九個月或十個月前——我曾經付五千元給一個叫做裘·波第的人，要他放手不再糾纏我的小女兒卡門。」

「噢。」我說。

他揚一揚薄薄的白眉。「什麼意思？」

「沒什麼。」我說。

他緊瞪著我，眉頭半蹙。然後說：「把這封信拿去看看。如果還要白蘭地請自便。」

我從他膝上接過信封，再回身落座。我把手心擦乾，把信封翻過來。收信人是蓋．史坦梧將軍，住址：加利福尼亞州，西好萊塢市，阿泰白亞彎道三七六五號。信封上的字是用墨水筆寫的，字體是工程師常用的斜形印刷體。封口已經裁開。我把它打開，拿出一張棕色名片和三張硬紙片。名片是棕色的薄亞麻質料，燙金字體：「亞瑟．關．蓋格先生」，沒有地址。左下角有極小的字：「珍本暨豪華裝幀版書籍」。我把名片翻過來，又是斜形印刷體的字寫的：「親愛的先生：雖然隨信附寄之賭債借據不具法定追討力，閣下或仍願依約償還。A．G．蓋格敬上。」

我看看那幾張白色的硬紙片。全是用墨水筆塡寫的銀行本票，日期都在上個月初，九月初。「依約我應償付亞瑟．關．蓋格無息貸款一千元（$1000.00）整。借款收悉。卡門．史坦梧。」借條的筆跡歪歪扭扭十分笨拙，有許多圓圓胖胖的花體字，該寫點的地方都用圓圈。我給自己調了一杯酒，啜一口，把證物擺在一旁。

「你的結論如何？」將軍問。

「我還沒有任何結論。這個亞瑟．關．蓋格是何許人？」

「我完全不清楚。」

「卡門怎麼說？」

「我還沒問她。也不打算問。我如果問，她只會羞人答答地吸拇指。」

我說：「我在前廳遇到她。她也對著我吸拇指。然後還想坐到我腿上來。」

他的表情毫無更動。他交握擺在毯子邊緣的兩隻手安詳自在，而周遭的熱氣，雖然把我燒得像一鍋新英格蘭白煮肉，對他卻似乎毫無影響。

「我應該檢點禮節嗎？」我問。「還是有話直說？」

「我看你不像有受到任何箝制的樣子，馬羅先生。」

「兩個女孩子常在一起四處跑嗎？」

「我想沒有。我想她們各有各的墮落處。薇薇安被寵壞了，驕縱，精明，而且相當殘忍無情。卡門只是個喜歡剝蒼蠅翅膀的小孩子。兩個人都不比一隻貓有道德感。我也一樣。史坦梧家的人向來如此。繼續問吧。」

「她們都受過良好的教育吧，我猜。她們知道自己在幹什麼。」

「薇薇安上的是上流勢利的好學校，還上了大學。卡門轉過半打學校，一間比一間校風開放，最後又轉回起點。我想一般人犯過的各種罪過，她們全都犯過，而且依然故我。如果就為人父母的立場，我的口氣好像有點邪門，馬羅先生，那是因為我來日不多，沒有時間擺那種維多利亞式的偽善面孔。」他把頭往後一靠，闔上眼瞼，然後又突然張開。「我不必補充說明，一個到五十四高齡才第一次享受到人父之樂的人，這樣也無可抱怨了。」

我啜了一口酒點點頭，他細瘦灰暗的頸脈明顯地悸動一下，然而速度如此緩慢，幾乎不像是個脈動。一個已經入棺三分之二的老人，仍然堅決相信他撐得住。

「你的結論？」他猛然脫口問。

「付他錢。」

「爲什麼？」

「花點小錢，可是可以省掉許多麻煩。這背後一定有鬼。但是沒有人會傷到你的心，如果有，也傷過了。而且就你的財富而言，還得有一大票騙徒花一大把時間，才能剝到你的一點皮毛。」

「我有我的尊嚴，先生。」他冷冷地說。

「有人就是想利用這點。這是愚弄他們最簡單的辦法。要不如此，就是報警。光靠這些借條，蓋格就可以來討錢，除非你能證明僞造。可是他沒有這樣做，反而把借條奉送給你，還承認這些是賭債，這麼一來，即使他仍握有借條，你還是有轉圜的餘地。如果他是個騙子，他知道他葫蘆裡賣的是什麼藥；如果他是個老實人，正業之外還附帶做點借貸生意，他應該拿到他的錢。你付過五千元的這個裘．波第是什麼人？」

「是個賭徒之類的人物。我記不太起來了。諾里斯知道。我的管家。」

「你的兩個女兒自己名下有錢嗎，將軍？」

「薇薇安有，但是不是很大一筆。依她們母親的遺囑，卡門還不到年齡。兩個人我都給很多零用錢。」

我說：「我可以幫你取掉蓋格這個背上芒刺，將軍，如果這就是你的要求。不管他是誰或者有什麼來頭。除了我的雇用費，你可能還得花點小錢。而且，當然了，你也得不到什麼結果。給他們甜頭從來就不會有什麼結果。你的名字已經列在他們的優良名冊上了。」

「原來如此。」他聳聳褪色的紅浴袍底下寬闊嶙峋的肩膀。「一會兒之前你才說付錢了事。現在你又說我得不到什麼結果。」

「我的意思是，忍受某種程度的壓榨，可能比較便宜也比較簡單。如此而已。」

「恐怕我是個頗無耐性的人，馬羅先生。你的收費怎麼算？」

「一天二十五元外加公差支出——一切順利的話。」

「原來如此。就替人去除背上芒刺來說，這個收費似乎還挺合理。但這可是相當需要技巧的手術，你明白這點吧，我希望。你會盡可能不讓病人受到驚嚇吧？芒刺可能有好幾根喔，馬羅先生。」

我把我的第二杯酒喝完，抹一抹嘴巴和臉。白蘭地並沒有幫我減少一點燠熱。將軍對著我眨眨眼，兩手拉著毯子的邊緣。

「如果我覺得這個傢伙還講理，我可不可以和他做個交易？」

「可以。現在事情完全交代在你手裡了。我這個人做事從來不半途而廢。」

「我會讓他露底，」我說：「教他無處可躲。」

「我相信你會。現在我必須告退。我累了。」他手伸出去按輪椅扶手上的按鈴。那電線連接一條黑色的電纜，那條電纜沿著一些墨綠色的盆子邊緣牽出去，那些盆子就是蘭花生長和腐爛的所在。他闔上眼睛，然後又張開來，簡短又有神地瞪視我，身子靠進背後的椅墊。一會兒又闔上眼睛，從此就對我不理不睬了。

我站起來，撩起潮濕的藤椅背上的外套，從蘭花叢中走出去，打開內外兩道門，站在清爽的十月天底下呼吸一點氧氣。車庫旁那個司機已經不見了。男管家沿著紅色步道走來，步履輕盈，背脊挺得像熨衣板一樣直。我隨手穿起外套，看著他向我踱來。

他在離我大約兩呎的地方止步，嚴肅地說：「雷根太太想在你離開之前和你見個面，先生。至於錢，將軍已經指示我給你一張支票，面額多少看你方便。」

「他如何指示你？」

他先是一臉困惑，然後露出了微笑。「啊，我懂了，先生。當然，你是位偵探。他按鈴給我。」

「你替他簽支票？」

「我有這個特權。」

「這個特權可以免你落入貧民窟。謝了，先不必付我錢。雷根太太想見我有什麼事？」

他的藍眼睛穩定地平視我。「她對你來訪的目的有所誤解，先生。」

「是誰告訴她我來的？」

「她的窗戶正好面對暖房。她看見我們走進去。我有義務告訴她你是誰。」

「我不喜歡。」我說。

他的藍眼眸結起一片冰霜。「你的意思是不是要指導我，我的職責是什麼，先生？」

「沒這個意思。我只是試圖猜測你的職責是什麼，覺得非常有趣。」

我們彼此瞪視一陣子。最後他的藍眸掃我一眼，然後轉身舉步。

---

1. Valley Forge，美國獨立戰爭的一處重要地標，喬治・華盛頓在一次主要戰役以後，帶領軍隊在此過冬。

3

這間房間太大，天花板太遠，門太高，從牆到牆鋪滿一房間的白色地毯，看起來像箭鏃湖剛落的新雪。到處是落地長鏡和水晶飾品。象牙家具上鑲著鉻鋼，象牙色的大幅窗簾比窗戶長出一碼垂落在白色的地毯上。地毯的雪白使四周的象牙色顯得骯髒，而象牙色又使白色看起來失血。窗戶望出去是顏色漸沉的山麓。很快就要下雨了。周圍已經感覺得出那種氣壓。

我坐在一張厚墊軟椅的邊緣，注視著雷根太太。她值得注視。這女人是個禍水。她卸去了拖鞋，伸長了腿，臥在一張設計摩登的躺椅上，於是我瀏覽她穿著超薄絲襪的雙腿。那雙腿好像是故意要擺給人看的。兩條腿都裸露到膝蓋，其中一隻的裸露程度還不止於此。她的膝蓋豐圓而不露骨。小腿漂亮，腳踝修長，有足以促發韻律詩的優美線條。她長得頎長健美。頭倚在一塊象牙色的綢緞靠墊上。頭髮烏黑粗硬，從中間分梳開來，而且有一對和玄關那幅畫一樣炯炯有神的黑眼珠。她的嘴形和下巴都很好看。嘴角露出怏怏不樂的神色，下唇豐滿。

她杯酒在握。飲了一口，目光越過玻璃杯沿冷冷地平視我。

「原來你是私家偵探。」她說。「我不曉得除了在小說中，這種行業還眞的存在。這一行不就是在旅館裡到處窺探、油腔滑調的小人物麼？」

沒有什麼好回應的，所以我就任由這句話自行流逝。她把玻璃杯放在躺椅的平扶手上，手上的翡翠戒指一閃，手指輕觸一下頭髮。她緩緩地說：「你喜歡我爹嗎？」

「我喜歡他。」我說。

「他喜歡鐵鏽仔。我想你知道鐵鏽仔是誰吧？」

「嗯哼。」

「鐵鏽仔有時候很土很粗鄙，但是十分實在。而且他給爹帶來很多樂趣。鐵鏽仔不應該那樣子走掉。爹非常難過，雖然他嘴裡不說。或者他跟你說了？」

「他說了一些。」

「你這人不太愛講話，是不，馬羅先生？他要你去找鐵鏽仔，對不對？」

我停頓一下，有禮地看著她。「是，也不是。」我說。

「簡直跟沒答一樣。你想你找得到他嗎？」

「我沒講我要找他。你怎麼不試試警方的失蹤人口調查處？他們有組織。這不是一個人做得來的差事。」

「噢，爹不要讓警察扯進來。」她又冷靜地越過玻璃杯看我，把酒一飲而盡，然後按傭人鈴。一名女僕從一扇邊門進來。那是個生著一張和氣長形黃臉孔的中年女人，長長的鼻子，沒下巴，一對淚汪汪的大眼睛。她看起來像經過長時勞役之後，被放到草原上放牧的好老馬。雷根太太對她揚一揚手上的空杯子，她又調了一杯酒交給雷根太太，然後離開房間，沒有一句話，也沒有往我的方向瞧一眼。

等邊門關上以後，雷根太太說：「好了，你打算怎麼著手？」

「他是如何，而且在什麼時候走掉的？」

「爹沒跟你講嗎？」

我歪著頭對她咧嘴笑。她的臉漲紅起來。灼熱的黑眼珠看起來發怒了。「我不懂這有什麼好神祕兮兮的。」她斥聲道。「而且我不喜歡你的態度。」

「我也不怎麼欣賞你的態度。」我說。「我沒要求來見你。是你找我的。我不在乎你跟我耍大牌，或者灌威士忌當午餐。我也不在乎你對我展示玉腿。那確實是一雙非常漂亮的美腿，很榮幸認識它們。我更不在乎妳喜不喜歡我的態度。我的態度向來相當差。冬夜漫漫時我也會爲之感傷。但是不要浪費時間想套我口供。」

她太用力摔杯子，酒潑到一塊象牙色的靠墊。她兩腿往地上一拽站起來，兩眼噴火，鼻孔冒氣。她對我咬牙切齒。連指關節都發白了。

「沒有人會這樣跟我講話。」她粗聲說。

我坐在那裡對她咧著嘴笑。然後她緩緩地閉上嘴，俯視著濺出來的酒漬。她在躺椅的邊緣坐下來，並且用一隻手捧著面頰。

「我的天，你眞是個英俊的大畜生！我應該用輛別克撞死你。」

我把火柴在拇指指甲上擦一下，一次就點燃起來。我往空中噴了口煙，靜觀其變。

「我討厭厲害的男人。」她說。「我眞是討厭厲害的男人。」

「你到底在怕什麼，雷根太太？」

她先是翻了個白眼。然後目色陰沉下來，好像整個眼睛都被黑瞳所籠罩。鼻翼似因苦惱而皺成一團。

「他找你根本不是爲了那件事。」她壓著聲音說，口吻中仍夾帶著幾絲餘怒。「不是爲了鐵鏽仔。是嗎？」

「你最好自己去問他。」

她火氣又升上來。「滾！去你的，滾！」

我站起來。「坐下！」她喝道。我坐下，用一根指頭輕彈掌心等著。

「求求你，」她說：「求求你。你得找到鐵鏽仔——如果爹眞要你找。」

這招對我一樣無效。我點點頭問：「他什麼時候走的？」

「一個月前的一個下午。他一句話也沒說就開車走掉了。他們在一處私人車庫找到他的車子。」

「他們？」

她面露狡獪之色。整個身子似乎都放鬆了，然後她得勝地對我微笑。「那麼他眞的沒有告訴你。」那聲音幾乎是快活的，彷彿她鬥智贏了我。也許她確實鬥贏了。

「他確曾跟我提及雷根先生，沒錯。但那並不是他見我的目的，這就是你一直希望我說的嗎？」

「我才不希罕你說什麼。」

我再度站起來。「那麼我走了。」她沒說話。我走向剛才進來的那扇高大的白門。我回頭看，她咬著唇，像小狗盯著毯子墜飾不知所措般地發愣。

我跨出房間，步下瓷磚樓梯來到玄關，男管家不知從哪裡冒出來，手裡拿著我的帽子。他在幫我開門時，我把帽子戴起來。

「你弄錯了。」我說。「雷根太太並不要見我。」

他點一下白頭有禮地說：「抱歉，先生，我常常犯錯。」他在我身後關上門。

我站在台階上抽了幾口菸，放眼望下去一層層帶有花圃和修剪平整的樹木的露台，最底下即連接圍繞這片產業的高大鐵圍牆，圍牆上有漆金的矛飾。一條迤邐的車道從上彎下兩片護牆之間，通到打開的鐵門。圍牆之外，山坡連綿數哩。從這裡，遠遠隱約可見一些老舊的木造油井架塔，那就是史坦梧家過去攢財的油田。大部分老油田經由史坦梧將軍清理捐贈給市政府以後，現在大多變成公園了。但是還有小部分還在繼續產油，那些油井一天大約可以生產五至六桶。搬到山頂上住的史坦梧家，再也不必聞陳腐的採礦水或石油的味道，但是他們仍可以從前窗俯望，看見使他們致富的財源。如果他們有興趣看的話。我想他們沒什麼興趣。

我走下露台與露台間的磚道，再沿著護牆內面走到鐵門外，我的車子停在路旁的一棵胡椒木下。此時山麓間已經傳來陣陣雷響，頂上的天空一片紫黑。雨會下得很大。空氣裡有風雨欲來的潮味。開車入城之前，我先把原來敞開的車篷闔上。

她有一雙美腿。這點我可以幫她代言。她和她父親，是一對相當體面的市民。他大概只是在測試我的本事；他給我的差事，其實是律師的差事。即使這個搞「珍本暨豪華裝幀版書籍」的亞瑟·關·蓋格先生當眞要勒索，那也仍然是律師的工作。除非表面下還暗藏許多玄機。約略看來，我想我可以在發現的過程中得到許多樂趣。

我開車到好萊塢公共圖書館，用一本叫做《著名初版書》的大部頭巨著做了點皮毛研究。才讀半小時，就讓我思念起午餐了。

4

蓋格的店面在接近拉斯帕馬斯的大道北面。店門位於店面中央，向內凹進去相當一段距離，櫥窗有鑲銅的雕飾，裡面又用中國式屏風擋著，因此看不見店的內部。櫥窗裡擺了許多東方式雜物。我這個人除了該繳而未繳的帳單之外，從來沒有收集過其他古董，所以也看不出那些東西的好壞。入口大門是平板玻璃門，但是因爲店裡光線黯淡，故而從那裡也看不出個所以然來。店的一邊是另一棟大樓的入口，另一邊是一家金光閃閃的珠寶當鋪。那個珠寶商是一名高個英俊的白髮猶太佬，他穿著一身廉價的暗色服裝，右手戴著一只大約九克拉的鑽石戒指，站在店門口，腳跟前搖後擺，一副十分無聊的模樣。看我轉進蓋格的店鋪，他嘴角浮起一抹會意的曖昧笑容。我輕輕地闔上門，踏進裡面厚軟連牆的藍色地毯。裡面有幾張藍皮安樂椅，椅畔各立著菸灰缸架。在一排排的書中間，光亮的窄桌上陳列著幾套有押印圖案的皮革書皮。牆上的玻璃櫃裡還有更多押印書皮。這些美觀的商品，就是以碼論價，有錢的藏書人買來僱人貼上自己藏書票的那種書籍封面。店後頭有一個漆紋木牆隔間，中間的門關著。隔間和一面牆之間的角落，有一張上面擺著一個雕木桌燈的小桌子，一位小姐坐在小桌子後面。

她緩緩起身，擺著腰肢向我走來，身上一襲全黑的緊身洋裝。她有一雙長腿，而且走路的樣子，不是在書店裡通常可以看到的。她髮色淡金，綠眼眸，睫毛玲瓏有致，頭髮服貼地攏到耳後，耳朵上的鈕釦式黑玉大耳環閃閃發亮。她的指甲塗了銀色的指甲油。雖然裝束整齊，但那副模樣，看起來卻有臥房裡搔首弄姿的潛力。

她以足夠讓一桌商業午餐人士起鬨的性感姿態向我走來，稍稍歪頭用手指撥一下並不怎麼亂，閃著柔亮光澤的髮梢。那笑容帶著試探，但必要時是可以十分親善的。

「有什麼事嗎？」她問道。

我戴著寬邊墨鏡，把自己的聲調提高到像小鳥吱啁。「你們有沒有一八六零年版的《賓漢》？」

她幾乎要說：「嗄？」只是沒有脫口。她奮力擠出微笑。「初版嗎？」

「第三版，」我說：「在一百一十六頁有一個排字錯誤的那一版。」

「恐怕——現在沒有。」

「那麼有沒有一八四零年版的《雪佛萊．奧德邦》——當然，要全套的？」

「呃——現在沒有。」她粗聲粗氣地說。此時她的笑容已經搖搖欲墜，如果拉下臉來，不知道後果會如何。

「你們是賣書的沒錯吧？」我有禮地用假聲問。

她把我從頭打量到腳。此時笑容已經不見了，眼光逐漸轉爲冰冷。身子挺得十分筆直僵硬。她把銀指甲往鑲了玻璃窗的書櫃一揮。「你以爲這些是什麼——葡萄柚啊？」口氣辛辣。

「噢，這種貨色我沒什麼興趣，你曉得。這種大概都有價廉物美的鋼版複本。通俗貨。沒興趣。抱歉。沒興趣。」

「原來如此。」她努力想把笑容再掛回臉上。此刻她像正在氣頭上的市議員，惹不得。「或許蓋格先生——可是他現在人不在這兒。」她小心地打量我。她對珍本書所知，和我對指揮一隊跳蚤馬戲團的知識不相上下。

「他等一下會來嗎？」

「恐怕很晚才會。」

「眞不幸。」我說。「啊，眞不幸。我到那邊那些漂亮的椅子坐坐抽根菸吧。相當乏味的一個下午。現在除了三角法則，我沒興趣思考別的。」

「是。」她說。「呃——是，當然。」

我伸長腿坐下來，用菸灰缸架上的廉價圓形打火機點了一根菸。她仍然站著，牙齒咬著下唇，神色有點苦惱。最後她兀自點點頭，緩緩轉身走回角落的小桌子。她從桌燈後面瞪著我。我把兩腳交叉，打個呵欠。她的銀指甲往桌上電話機的方向探去，但是沒碰到就放下手，開始用指尖輕敲桌面。

經過大約五分鐘沉寂。店門打開來，一名持手杖，大鼻子，一臉饞相的高個子鳥廝，手腳俐落地進來，他用背部把門關上，邁著大步走到角落，把一個包裹放在桌子上。他從口袋拿出四角扣金有飾徽的皮夾，展示某樣東西給那位金髮小姐看。她按一下桌上的一個按鈕。高個子鳥廝打開嵌板隔間的門進去，門開的寬度幾乎正好容他側身溜進。

我抽完一根菸，又點了一根。時間過得很慢，外面大街上車聲嘈雜。一輛大型的紅色區間巴士轟然而過。還有一陣交通號誌的信號聲。金髮小姐手肘靠桌支著頭，一隻手罩著眼睛，從指縫間偷看我。隔間的門打開來，那個帶手杖的高個子鳥廝閃出來。他手裡又有一個包裹，形狀像一本大書。他走到桌旁付錢。和他進來時候一樣，手腳俐落地出去，張著嘴巴喘氣，經過我身邊時用眼角銳利地瞄我一眼。

我站起來，向金髮小姐頂一下帽子示意告別，跟在那名鳥廝背後出去。他往西走，手裡的枴杖在右鞋上方像鐘擺一樣晃來晃去。他很容易跟。他的外套是式樣相當誇張粗俗的馬皮製品，肩部剪裁寬闊，頸子像一根芹菜莖從那中間凸伸出來，頭顱隨著步伐搖搖擺擺。我們走了一條半街區。在亥廉路口碰到紅燈，我走上前站在他旁邊，讓他看到我。他眼角的餘光先是不經心，而後突然轉爲警戒，然後迅速把視線移開。綠燈亮了，我們穿過亥廉路，又走了一條街區。他的長腿加大步伐，到另一個街口時領先我二十碼。他向右轉。往上走了一百呎山坡路以後，停下來，把手杖勾在腕臂上，從內口袋摸出一個皮製香菸盒。他放一根菸在嘴裡，火柴掉在地上，當他彎下腰去撿時，順勢回頭看，看到我正在街角望著他，立刻像有人踢他屁股一腳似地站直起來。然後跨開大步，枴杖一路戳著人行道，幾乎是落荒而逃。他再往左轉。當我趕到他轉彎的地點時，他已經至少領先我半條街區。我氣喘吁吁追上去。這是一條兩旁排樹林立的窄街，一邊是護堤圍牆，另一邊是三片平房社區的前庭。

他不見了。我沿著那條街區東張西望。在第二片前庭，給我逮到一個東西。那是一個叫做「拉巴巴」的社區，兩排樹蔭茂密的平房隔著一條中央步道靜靜地對門而立。中央步道沿途種著義大利柏樹，全部修剪得短短胖胖的，像《阿里巴巴與四十大盜》裡的油甕。在第三個油甕後面，有一個式樣粗俗的袖沿閃了一下。

我靠著車道旁的一棵胡椒木幹等著。山麓間又傳來雷響，閃電在南邊濃密的烏雲裡明明滅滅。幾顆猶豫的雨滴打在人行道上，印出一個個五角錢大的水漬。空氣像史坦梧將軍養蘭房裡的空氣一樣凝滯。

樹後面的袖子又出現了，然後是大鼻子，一隻眼睛，和沒戴帽子的紅褐色頭髮。那隻眼睛盯著我。一會兒又消失了蹤影。沒多久另一隻眼睛像隻啄木鳥從樹的另一邊閃出來。這樣過了五分鐘。他撐不下去了。這種人只有半條膽子。我聽到擦火柴的聲音，然後口哨聲響起來。然後一條人影，滑過草地溜到下一棵樹後面。然後他出來了，從步道直直向我走來，一邊搖手杖，一邊吹口哨。那口哨聲夾帶著膽戰心驚。我漫不經心地望著陰霾的天色。他從距我不到十呎的身邊經過，看都不敢看我一眼。現在他安全了。他已經把那個東西丟棄了。

我等到他不見人影，才走上「拉巴巴」的中央步道，並且撥開第三棵柏樹的樹枝。我抽出包紮緊實的書，把它夾在腋下走出來。沒有人對我喊賊什麼的。

5

回到大道上，我到一家雜貨店的公用電話亭查亞瑟·關·蓋格先生的住址。他住在拉文坡道，是月桂峽谷大道的一條分支山坡路。我投進五角硬幣，純粹只爲了好玩撥撥他的電話號碼。沒有人接。我翻翻電話簿的分類欄，發現這附近有幾家書店。

我去的第一家在大道北面，寬闊的底樓專賣文具和辦公室用品，夾層的樓中樓有一些書。看起來不像是我要找的地方。我穿過馬路，向東走過兩個街口到另外一家。這家看起來比較像，狹窄擁擠的小店裡，從地板到天花板全堆滿了書，四、五個顧客在裡面優閒地瀏覽翻閱。沒有店員打擾他們。我側身踅進店的裡側，穿過一個隔間，找到一個小小黑黑的女人，在一張書桌上讀一本法律書籍。

我在她的桌上掀開皮夾，讓她看釘在皮夾蓋裡的那個盾徽。她瞧一眼，摘下眼鏡，靠著椅背坐定。我把皮夾收起來。她有一張細膩的猶太知識份子臉蛋。她瞪著我不說話。

我說：「能不能幫我一個忙，一個非常小的忙？」

「不知道。是什麼？」她有一種怡人的沙啞聲音。

「你知不知道向西過兩個街口對面，那家叫蓋格的店？」

「我想我可能曾經經過那裡。」

「是一家書店，」我說：「但是不是你這種書店。你清楚得很。」

她微微撇了一下嘴唇，沒說話。「你認得出蓋格嗎？」我問。

「抱歉，我不認識蓋格先生。」

「那麼說，你沒辦法告訴我他長什麼樣子囉？」

她又撇一撇嘴唇。「我為什麼得告訴你？」

「沒有任何理由。如果你不想告訴我，我也沒辦法強迫妳。」

她眼睛往隔間的門外張望一下，然後又靠回椅背。「剛才那個是警長徽，是不？」

「榮譽副警長。沒什麼了不起。只值一支十分錢的雪茄。」

「原來如此。」她掏出一包香菸，搖出一根，用嘴過去把它啣起來。我替她點燃一根火柴。她跟我道謝，又靠回椅背，並且從煙霧中盯著我。然後謹慎地說：

「你想知道他長什麼樣子，可是又不找他面談？」

「他不在。」我說。

「他遲早會來。畢竟，那是他的店。」

「我還不打算跟他面談。」我說。

她又往敞開的門外張望。我說：「懂珍本書嗎？」

「可以考考我呀。」

「你有沒有一本《賓漢》，一八六零年，第三版，一百一十六頁上有一行重複印刷？」

她把那本黃色的法律書籍推到一邊，伸手拿桌角上一本厚厚的大書，翻翻查查，找到她要的那一頁，研讀一下。「沒有人有。」她連頭也沒抬地說。「根本沒有這本。」

「沒錯。」

「你到底想幹什麼？」

「蓋格店裡的那個小姐不知道這點。」

她抬起頭。「原來如此。你開始讓我感興趣了。只能說有一點吧。」

「我是私家偵探在查案子。或許我問太多了，雖然我以爲我要求你幫的這個忙並不算太大。」

她吹出一口軟綿綿的灰色煙圈，然後用手指去戳。煙圈散成點點碎片。她一副心不在焉，卻如數家珍地侃侃而談。「他四十出頭，依我判斷。中等高度，胖胖的。大概有一百六十磅。肥臉，陳查理式的鬍子，脖子粗粗軟軟的。全身看起來都軟軟的。穿著體面，不戴帽子，一副對古董很內行的樣子，但其實知識貧乏得很。噢，對了。他的左眼是玻璃眼珠。」

「你可以當一個好警察。」我說。

她把參考書放回桌角一個空書架上，把法律書籍擺回面前打開來。「我可不希望當警察。」她說。把眼鏡戴回去。

我道謝離開。雨已經開始下了。我腋下夾著那本包著的書跑步躲雨。我的車停在與大道交叉，和蓋格的店幾乎正對面的側巷裡。等我跑到車旁，全身也淋得差不多了。我跌跌撞撞坐進車子，把兩邊窗戶都搖起來，並且用手帕把包裹擦乾。然後打開包裹。

果然，不出我所料。一本大書，裝訂精美，精緻紙張，手打字高級印刷。裡面充滿了全頁的春宮照。照片和文字都猥褻得不得了。書並不新。卷頁空頁上蓋了一些借出和歸還的日期。一本出租的書。原來是一家出租精緻淫書的圖書館。

我把書重新包裹好，把它鎖在椅背後。像這樣的生意，能夠在商業大道上光天化日地經營，似乎意味著靠山不小。我呆坐車中，用香菸自我荼毒，並且靜聽雨聲，思量此事。

6

雨把排水溝都淹滿了，人行道旁的水濺起來有膝蓋那麼高。一個個雨衣像槍膛一樣發亮的大塊頭警察，抱著咯咯笑的小姐們跨越窪坑，忙得不亦樂乎。雨在車頂上敲鑼打鼓，防水篷開始漏雨。車底板積了一池洗腳水。秋天下這種雨未免太早了吧。我絆手絆腳地穿上風衣，衝到最近的雜貨店給自己買一瓶一品脫的威士忌。回到車裡，喝到足夠保暖和維持生趣的分量。我的車子早停過了頭，但是警察太忙於抱小姐過街和吹哨子，沒時間管這麼多。

雖然是下雨天，或者可能就因爲是下雨天，蓋格店的生意不錯。非常體面的車子在店門口停車，非常體面的人士捧著包裹進進出出。並不全都是男性。

他在大約四點鐘時出現。一輛奶油色的雙人座小轎車在店門口停下來，當他下車閃進店門時，我逮到那張肥臉和陳查理式的鬍髭。他沒戴帽子，穿著一件有腰帶的綠色皮雨衣。在那個距離看不出他的玻璃眼珠。一個穿無袖短皮衣，高個子，長得非常俊俏的少年從店裡出來，把轎車開到街角去，然後再走路回來，他油亮的黑髮上滿是雨珠。

一小時過去。天色暗下來，街道兩旁店家雨霧朦朧的燈火沉浸在一片黑暗中。刺耳的街車鈴聲嘎然而過。到了大約五點十五分，那個穿短皮衣的高個子少年帶一把傘從蓋格的店出來，去開那輛奶油色轎車。等他把車開到店門口，蓋格出來了，高個子少年幫他撐傘遮頭。他收了傘以後，抖掉上面的雨水，把傘交進車中。然後跑回店裡。我發動車子。

轎車往大道西邊走，逼得我必須左轉，搞來一堆車子抗議，包括一個駕駛人不惜把頭探出雨中對我大聲咆哮。等開進正規車道，我已經落後蓋格的車子兩條街。希望蓋格是在回家路上。我逮到他的車影兩、三次，然後跟在後面往北轉上月桂峽谷大道。往上坡走到半路，他向左轉進一條叫做拉文坡道的曲線型水泥路。那是一條狹窄的街道，一邊是高陡的斜坡，另一邊是幾棟像山間小屋的住宅，因爲沿著山坡建築，所以屋頂看起來都不比路面高多少。它們正前方的窗戶都被籬笆和矮樹叢遮著。四邊都是濕答答的樹。

蓋格的車燈亮著，我的沒開。我加速在一個彎道的地方超過他，經過時特別留意房子的門牌號碼，然後在路尾轉彎。他已經停好車。他的車燈斜斜地照進一棟小房子的車庫，那棟房子的籬笆四四方方像個盒子，正好把前門整個遮住。我看見他撐著傘從車庫出來，然後走進籬笆。看起來不像疑心有人跟蹤。房子裡的燈亮起來。我把車子慢慢滑到在他上面一棟的房子前面，那看起來像一棟空房子，但是外面沒有要出售的牌子。我熄火停車，打開窗子透透風，拿出酒瓶喝了一點，在那裡枯坐。我不知道我在等什麼，但是某種靈感告訴我要等。一分一秒拖著腳步的緩慢流逝。

僅有兩輛車上山駛過彎道。這似乎是一條十分安靜的街道。稍過六點鐘時，大雨中浮浮閃閃出現兩盞亮光。此時四週已經暗得伸手不見五指。一輛車駛上蓋格家門口停下。車燈裡的光絲由黯淡轉爲全熄。車門打開來，一個女人下車。那是個嬌小苗條的女人，戴著一頂浪子帽，穿著一件透明的雨衣。她穿進盒子籬笆。隱約可聞一聲門鈴響，燈光射出雨幕，關門聲，然後是一片沉寂。

我從車子裡袋取出一支手電筒，沿坡道下去看那輛車子。那是一輛帕卡敞篷車，要不是褐紅色就是深棕色。左邊窗戶開著。我摸索放行車執照的地方，用手電筒照。執照上的註冊登記是：卡門·史坦梧，西好萊塢市阿泰白亞灣道三七六五號。我回到自己的車子，又是一陣枯坐等候。頂篷漏水滴在我的膝蓋上，胃部被威士忌燒得難受。沒有車子再上山來。我在門口停車的那棟房子沒有任何燈光。這似乎是一個培養壞習慣的好社區。

七時二十分，一道刺眼的白光像夏日閃電射出蓋格的房子。正當黑暗把那道光線吞噬時，裡面傳出一聲薄弱清脆的尖叫，叫聲隨即失落在傾盆大雨的樹叢裡。叫聲尚未全然消失前，我已經下車趕過去。

叫聲中沒有恐懼。那是一種半嗔半喜的驚叫，一種酒醉的呼喝，一種純粹裝瘋賣傻的嬉鬧。那是一種淫邪的聲音。使我聯想到白色鐵窗裡，手腕和腳踝都被皮帶綁在狹隘冷硬的小床上的男人。當我趕到籬笆入口，溜進遮住前門的角落時，蓋格的窩巢已再度恢復全然寂靜。門上有一個敲門用的鐵扣環，銜在一個獅頭的嘴裡。我伸手抓住那個環扣。就在這一刻，彷彿有人在等待訊號似的，房子裡爆出三聲槍響。一聲聽似長長粗重的嘆息。然後是一個龐然重物軟軟塌在地上的聲音。之後房裡有一陣急促的腳步聲——逃走的腳步。

門前朝著一條窄窄的水道，水道正好占據房屋牆壁和山坡邊緣當中的空隙，門口就像排水溝上架著一片陸橋。沒有陽台，沒有堅實的路面，沒有通道可以從屋外繞到後門。後門是在從後山坡底下一條巷子似的街道通上來的木階梯頂端。我知道這點，因為我聽到一陣木梯的腳步聲，往下跑。然後我聽到汽車引擎突然發動的嗚吼。車聲迅速消失在遠方。好像還聽到另一輛車子的聲音，但是無法確定。面前的房子像墓窖一樣悄然無聲。已經不急了。裡面無論有什麼，反正是跑不掉了。

我跨立在步道旁的短籬上，往掛著窗簾的落地玻璃窗伸長了脖子，試圖從兩片窗簾拉攏在一起的中央空隙探個究竟。我看到牆上的燈光和一座書架的一角。我回到步道上，倒退到步道盡頭，甚至往籬笆外倒退一點，然後衝上去用肩膀給前門狠命一撞。這實在有夠蠢。加州的房子，大概唯一踢不破的部分就是前門。這一撞只是給我的肩膀惹來一陣疼痛，還把自己惹火了。我再度攀越短籬，把落地玻璃窗踢破一個洞，用帽子當手套，把靠下面大部分的玻璃碎片都拿掉。現在我可以把手伸進去扭開連在窗台上的栓。接下來的部分就簡單了。窗戶沒有頂栓。底栓的把手一扭就開。我爬進去，撥開遮臉的窗簾。

房間裡的兩個人雖然才死了一個，但是兩者對我進屋的方式都沒有任何反應。

7

那是一間寬大的房間，正好攏括整個房子的寬度。低矮帶横樑的天花板，棕色的膠泥牆壁，牆壁上裝飾著一條條中國刺繡，還有鑲木框的中國和日本複印畫。幾座矮書架，一條厚厚的粉紅色中國地毯，地鼠可以躲在地毯的長毛裡面一個禮拜，連鼻子都不怕會露出來。地上有幾塊坐墊，幾條零星散置的絲巾，彷彿住在那裡的人，有需要時可以隨手撿來擤鼻子。有一張低低寬寬，繡著老舊的玫瑰花織錦的長凳子。凳子上有一疊衣服，其中包括一件紫丁香色的絲內衣。一座柱臺上有一盞大雕花桌燈，另外有兩盞有玉綠色燈罩和長縫飾的立燈。一張黑色的書桌，四個桌角各刻著一隻怪獸，桌子後面是一張黑亮的椅子，上面有黃綢緞的椅墊，扶手和椅背都雕了花。房間裡五味雜陳，此刻最顯著的，可能是火藥刺鼻的餘味，和令人作嘔的醚藥味。

房間一端有一座矮平台，上面有一張柚木高背椅，卡門．史坦梧小姐正端坐在椅子裡一條有縫邊的橘紅色披肩上。她坐得直挺挺的，兩手放在椅子兩邊的扶手上，雙膝併攏，上身僵直挺立，像一尊埃及女神像，下巴不偏不倚，細小光亮的牙齒在兩片啓開的唇間閃耀。她兩眼圓睜。虹膜陰暗的石板灰色吞沒了整個瞳孔。那是一對發狂的眼睛。她似乎失去了知覺，只是欠缺昏厥的姿勢而已。她看起來像自以爲在做一件非常重要的工作，而且一心要把它做好。她嘴裡發出微弱的咯咯聲，但是表情，甚至嘴形，都沒有一絲更動。

她戴著一對長長的玉耳墜。那是一對優質的耳墜，大概價值數百美元。除此之外，一絲不掛。她有一副美麗的胴體，嬌小，柔軟，細密，結實，圓潤。她的肌膚在燈光照射下閃耀著珍珠般的光澤。她的腿沒有雷根太太的那種撩人的魅力，但是也很怡人。我打量她全身，一點也不感覺到尷尬或淫慾。一絲不掛，她就等於不存在於那間房間裡。她不過是一個吸毒鬼。對我來說，她永遠都只是一個吸毒鬼。

我不再看她，轉而去看蓋格。他仰臥在地上，離長毛中國地毯有一段距離，正好躺在一根像圖騰柱的東西前面。圖騰柱有一個像老鷹的形象，牠圓圓的大眼睛正好是照相機的鏡頭。鏡頭對準的方向是椅子上那個裸體女孩。圖騰柱旁邊夾著一個熄掉的閃光燈。蓋格穿著一雙厚鞋底的中國拖鞋，下半身是黑色的綢緞睡褲，上半身是繡花的中國袍子，袍子前面染滿了血。他的玻璃眼珠朝著我閃閃發亮，而且大概是他全身中看起來最有生命力的東西。一目了然，先前聽到的那三聲槍響，沒有一槍失誤。他必死無疑了。

閃光燈就是我先前看到的那道電光。狂野的尖叫聲是那個吃了迷幻藥的裸體女孩對閃光燈的反應。那三槍是某人對這整個過程不表苟同的意見。那個意見屬於那名奔下後階梯，駕車潛逃的傢伙。我可以體會他如此觀點的意義。

黑書桌一角，一個紅色的漆器托盤上，擺著幾只輕巧帶金紋的玻璃杯，旁邊是一支裝著棕色液體的大肚酒瓶。我打開瓶塞嗅一嗅。那裡面除了醚還有其他味道，可能是鴉片酊。從來沒有聽過這種混合法，然而這似乎頗符合蓋格的家務需要。

我傾聽雨點打在屋頂和北面窗戶的聲音。除此之外沒有其他聲響，沒有車聲，沒有警鳴，只有雨滴敲打的聲音。我走過去長凳子那邊，脫下我的風衣，翻找那個女孩子的衣服。有一件套頭式半長短袖的淺綠色粗毛線洋裝。我想我大概有辦法幫她穿這一件。我決定不管她的內衣褲，倒不是顧慮那些東西太纖細敏感，而是因爲我沒有辦法想像自己幫她套上內褲，勾上胸罩的樣子。我拎了洋裝朝平台的柚木椅走過去，從數呎之外，就可以聞到史坦梧小姐身上的醚味。她仍然繼續發出微弱的咯咯聲，而且有一絲唾液流下她的下巴。我拍她一耳光。她眨了眨眼睛，咯咯聲停下來。我又拍她一耳光。

「來吧，」我大聲說：「聽話。把衣服穿起來。」

她瞄我一眼，石板色的眼睛像面具的眼洞一樣空洞，「咕咕托哆囉。」她說。

我又拍了她幾巴掌。她不在乎我打她耳光。那幾記耳光並沒有讓她甦醒。我開始動手幫她穿衣服。她也不在乎。她任由我把她的手臂舉起來，她把五根手指頭張得大大的，彷彿那樣很可愛。我把她的手套進袖子，把洋裝套進她的頭，扶她站起來。她跌進我的臂膀裡咯咯直笑。我讓她坐回座位上，幫她穿襪穿鞋。

「我們來稍微走動一下，」我說：「好好地走一下。」

我們稍微走一走。有一會兒她的耳墜子直打在我的胸膛上，有一會兒我們不約而同地錯開身子，像一對跳慢舞的舞伴。我們走到蓋格的屍體旁邊又走回來。我叫她看蓋格。她覺得他很可愛。她咯咯笑，試圖告訴我這個意見，但是一嘴咕嚕咕嚕口齒不清。我帶她走到長凳子，讓她躺在上面。她打了兩個嗝，咯咯笑了一下，然後睡著了。我把她的私人物品塞到我的口袋裡，然後走到圖騰柱的後面。相機還在，安然擺在裡頭，但是沒有底片。我張望地板四處，思忖他可能在遇害之前已經把底片拿出來。沒有底片。我拉起他癱軟冰冷的手，把他稍微翻身。沒有底片。我不喜歡這種發展。

我步過房間後面的走道，查看這棟房子。右邊有一間浴室，還有一道門是鎖著的，往後是廚房。廚房窗戶已經被人用鐵橇撬開。紗窗不見了，窗台上留有鐵鉤被撬掉的痕跡。後門沒鎖。我沒去碰後門，轉而觀察走道左邊那間臥房。那間房間很整齊，裝飾繁瑣，帶女人味。床鋪蓋著有荷葉邊的床罩。三合鏡的梳妝台上有香水，一條手帕旁邊，零零落落地散著一些零錢，有一把男人的梳子，還有一串鑰匙。衣櫥裡是男人的衣物，床罩的荷葉邊底下露出一雙男人的拖鞋。那是蓋格先生的房間。我帶著那串鑰匙回到客廳，一個一個查探書桌的抽屜。大抽屜裡有一個上鎖的鐵盒子。我用其中一把鑰匙把它打開來。裡面除了一本有索引的藍皮書，別無他物，書裡一大堆暗號，全是用給史坦梧將軍那封信一樣的斜形印刷體書寫的。我把那本本子放進我的口袋，把鐵盒子上我碰過的地方都擦拭乾淨，把書桌鎖好，鑰匙串擺進我的口袋，關熄壁爐裡的瓦斯火，穿上外衣，想辦法把史坦梧小姐弄醒。叫不醒。我把她的浪子帽往她頭上一塞，用她的雨衣把她纏起來，抱她出去上她的車。我回到屋子裡關掉所有的燈，關上前門，從她的皮包裡挖出她的車鑰匙，啓動帕卡。我們一路下山沒開車燈。不到十分鐘就抵達阿泰白亞彎道。卡門一路打鼾，口鼻裡的醚味直往我臉上吹，我不能不讓她的頭靠在我肩膀上。那是避免她躺到我大腿上來的唯一辦法。

8

史坦梧巨宅邊門上的鉛條窄窗後隱約有燈光。我把帕卡停在大門門廊下，把口袋裡的東西全都倒在座位上。女孩在一角鼾睡，她的帽子斜搭在鼻子上，兩手鬆垮垮地攤在雨衣的皺摺裡。我下車按門鈴。腳步聲緩緩傳來，彷彿來自荒涼陰鬱的遠方。門打開來，挺拔銀髮的男管家望著我。從大廳射出來的燈光，在他的頭髮上形成一個光環。

他說：「晚安，先生。」彬彬有禮，眼光落到我背後的帕卡。然後視線又收回來正視我。

「雷根太太在嗎？」

「不在，先生。」

「將軍已經就寢了，我希望？」

「是的，傍晚是他最好睡的時候。」

「雷根太太的女傭呢？」

「瑪窕達？她在，先生。」

「最好叫她下來。這差事需要女人幫忙。去看看車子裡頭你就知道爲什麼。」

他去張望一下車子。又回來。「我懂了。」他說。「我會叫瑪窕達。」

「瑪窕達會好好照顧她吧？」我說。

「我們都盡所能把她照顧好。」他說。

「我猜你們對這種事早有經驗。」我說。

他略而不答。「那麼，晚安。」我說。「事情就交給你了。」

「很好，先生。需不需要我給你叫一部計程車？」

「當然不要。」我說。「事實上，我沒有來過這裡。這一切只是你的幻覺。」

他露出微笑。他向我微微一鞠躬，我轉身步下車道，走出鐵門。

十條街走下來都是一樣的景色，彎曲濕漉的街道，不停滴雨的路樹，鬼魅般大片私地上的大屋宅的燈火，高高的山丘上，一撮撮朦朧的屋簷、山型牆，和透光的窗戶，遙不可及，有如森林裡的巫婆房子。我走到一處加油站，荒涼的燈光照得我刺眼，一個戴白帽，穿暗藍色防風夾克的服務員，彎腰駝背坐在起霧的玻璃窗後一把凳子上，無聊地看報紙。我提起腳想踏進去，隨即改變主意，繼續往下走。我已經被雨淋得濕得不能再濕。而且在這種夜裡，等一輛計程車可以等到你長出一把鬍子。更何況計程車司機會記得你何去何從。

我快步疾走了半個多小時，才回到蓋格的住宅。裡面沒有人，除了停在隔壁門口的我的車，街上也沒有車子。我那輛車看起來像隻迷途狗一樣頹喪。我從車子裡挖出一瓶蘭姆酒，把剩下的灌掉一半，然後進車子裡抽根香菸。才抽半根我就把它丟掉，又爬下車，往蓋格的房子走去。我打開門鎖，踏進仍帶餘溫的黑暗，站在那裡，任由身上的雨珠靜靜的滴落地板，傾聽外面的雨聲。我摸索到一盞燈，把它扭亮。

引起我注意的第一件事，是牆上有幾條中國絲繡不見了。我原來並沒有數過，但是棕色膠泥牆上的空缺顯而易見。我再走幾步，打開另一盞燈。看圖騰柱附近。柱腳下，距中國長毛地毯一段距離，原來沒有擺飾的地板上鋪了另一條地毯。那條地毯原先並不在那裡。原先那裡是蓋格的屍體。蓋格的屍體不見了。

我愣住了。我咬著唇，瞟一眼圖騰柱的鏡頭。我把整座房子重新走過一遍。所有的東西都跟原來一模一樣。蓋格既不在他荷葉邊的床上，不在床底下，也不在衣櫥裡。他也不在廚房或浴室。那麼只剩走道右邊那扇上鎖的門。蓋格的鑰匙串裡有一把和那個門鎖吻合。房間的內部十分有趣，但是蓋格並不在那裡面。這間房間之所以有趣，是因爲它和蓋格的房間十分不一樣。這間房間沒有什麼裝飾，陳設非常冷硬男性化，磨得發亮的木頭地板上，有幾條印地安圖案的小地毯，兩把形式簡單的直背椅，一座暗色紋理的木製衣櫃上，有一套男人的修面用品，還有兩根黑色的蠟燭，插在一對一呎高的銅製燭臺上。床窄窄的，看起來很硬，上面覆了一條褐紅色蠟染的床罩。房間給人的感覺很冷。我又把它鎖起來，用手帕把門把擦乾淨，然後回到圖騰柱那裡。我蹲下來，瞇眼觀察通往前門那段地毯的毛。看起來像有兩條平行的凹線指往門的方向，彷彿曾有兩隻腳被拖過去。無論是誰幹的，這人是玩眞的。因爲死人比破碎的心沉重多了。

不可能是警察。如果是警察，他們應該還在這裡，才開始在圍警戒線，畫粉筆，拍照，採指紋，和噴那種一根五分錢的廉價雪茄。警察會搞得這裡熱鬧非常。也不可能是兇手。他逃得太快了。他一定有看到那個女孩子。他沒有把握那個女孩子是不是癲狂到認不出他。他應該會設法逃得遠遠的。我解不出答案，但是如果有人寧可讓蓋格失蹤而不是被殺，那我也沒有什麼意見。這樣也可以讓我有機會查出來，如果需要報警時，是否可以不必把卡門．史坦梧牽扯進來。我再度鎖好房子，把我的車子嗆醒，開回家沖個澡，換上乾衣服，吃頓過時晚餐。在那之後，我待在公寓裡，喝了太多熱糖水加威士忌，力圖解開蓋格藍色索引簿裡的暗碼。我唯一可以確定的是，那是一份姓名和住址的清單，可能是客戶名單。一共超過四百名。可眞是生意興隆，更別提勒索的行當，那可能不在少數。這份清單上任何一個名字都可能是兇手。等這份名單交到警察手上，我一點也不豔羨他們的工作。

我抱著一肚子威士忌和挫折感上床，夢見一個穿著染血的中國袍子的男人，在追一個戴著長玉耳墜的裸體女孩，我跟在他們兩人背後跑，手上拿著一架沒底片的相機想給他們拍照。

9

第二天晨光明亮，空氣清新，艷陽普照。我醒來覺得口乾舌燥，喝了兩杯咖啡，並且翻閱所有的日報。沒有一份報紙提到任何關於亞瑟·關·蓋格先生的事情。正在整理我的濕西裝時，電話鈴響起來。是勃尼·歐斯，地方檢察官的調查組組長，就是他把我介紹給史坦梧將軍。

「喂，小子你好嗎？」他開門見山第一句話。聽起來像睡得很飽，而且沒有欠人家太多債。

「昨晚酒喝太多，頭痛。」我說。

「嘖，嘖。」他心不在焉地大笑，然後聲音變得過分假仙的不經心，警察色荏內厲的聲音。「見過史坦梧將軍了沒？」

「嗯哼。」

「替他辦了什麼差事了？」

「雨下得太大。」我回答，彷彿那是個答案。

「好像發生了點家庭事故。一輛屬於他們家某人的大別克轎車掉進利都漁港。」

我把電話筒握得死緊，幾乎要把它捏碎。同時屏住呼吸。

「眞是的，」歐斯興致勃勃地說：「一輛漂亮嶄新的別克轎車，給泥沙和海水搞得不成樣子……噢，我差點忘了。裡面有一個傢伙。」

我緩緩吐出氣，氣息在唇上縈迴。「雷根嗎？」我問。

「嗄？誰？噢，你是說以前在道上混，被大小姐挑上跟她結婚的那個。我從來沒見過他。他在那底下幹什麼？」

「少跟我耍嘴皮。有誰會想在那底下幹什麼？」

「那我就不知道了，老弟。我正要過去瞧瞧。要不要一起去？」

「好。」

「快點啊，」他說：「我在窩裡等你。」

不到一小時，我已經修過面，穿好衣，吃了點早飯，抵達司法局。我乘電梯上到七樓，沿著一串地方檢察官手下的小辦公室走。歐斯的辦公室不比別人的大，但是他自己一個人用一間。他的桌上除了一片吸墨紙，一套便宜的辦公用筆，他的帽子，和他的一隻腳，別無他物。他中等身材，金髮，一對直挺挺的白眉，冷靜的眼睛，還有一口保養良好的牙齒。他看起來平凡一如過路行人。我恰巧知道他殺死過九個人——其中只有三個是在有別人掩護的情況下，或者說，有人以爲他有掩護。

他站起來，把一扁錫盒「中場休息」牌的便宜雪茄放進口袋裡，頭往後仰，把嘴裡的那支雪茄微微上下嚼動，仔細地上下打量我。

「不是雷根。」他說。「我查過了。雷根是個大塊頭，跟你一樣高，而且稍微壯一點。這是個年輕小伙子。」

我沒說話。

「雷根爲什麼跑掉？」歐斯問。「你對那檔事有興趣嗎？」

「沒有吧。」我說。

「一個買賣私酒的跟有錢人家結親，然後又對漂亮夫人和名正言順的百萬財富說掰掰——連我都會覺得事有蹊蹺。我猜你以爲這是樁祕密吧。」

「嗯哼。」

「OK，不漏口風是吧，小子。我沒意思冒犯你喔。」他輕輕地拍拍口袋，伸手取帽子，從桌後走出來。

「我沒有在找雷根。」我說。

他鎖上門，然後我們下去公家停車場，坐上藍色的小轎車。我們開上日落大道，偶爾利用鳴警笛闖紅燈。這是個清爽的早晨，如果你沒有太多心事，空氣裡有足夠的清新氣息讓人覺得生命似乎簡單又甜美。但是此刻的我心事重重。

從海岸公路到利都漁港有三十哩路，前面十哩塞車。這段路歐斯開了四十五分鐘。最後我們在一個斑駁的灰泥拱門前煞車，我把腳伸出車外，我們下了車。一條用兩吋寬四吋長白木條接起來的長護欄，從拱門往海的方向延伸過去。一撮人在遠遠的盡頭探身張望，一名摩托車警察站在拱門下，禁止其他人進入港口。公路兩側停滿了車，照舊有一批嗜血的圍觀群眾，男女都有。歐斯把他的徽章拿給摩托車警察看，我們踏上碼頭，迎面而來是一夜豪雨也不減其臭的刺鼻魚腥味。

「車子在那邊——機動駁船上。」歐斯用他的玩具雪茄指點著說。

一台和拖船一樣有舵手室的低矮的黑色駁船，蹲伏在碼頭盡頭的木樁旁。甲板上的東西在晨光照耀下閃閃發亮，上面還纏著起重機的鐵鍊，那是一輛黑色和鉻黃色相間的大轎車。起重機的鐵臂已經收回原位，放低到甲板的高度。一群人圍繞在車子四周。我們踏上滑溜的階梯上了甲板。

歐斯向一名穿綠色卡其制服的副警長及一名便衣人員打招呼。三名駁船工作人員背靠著舵手室外牆，嘴裡嚼著菸草。其中一名正在用一條髒浴巾擦他的濕頭髮。那一定是下水去銜接鐵鍊的傢伙。

我們把車子審視一番。前面的保險桿凹掉了，一邊前燈破掉，另一邊歪了但是玻璃沒破。引擎蓋凹了一大塊，整部車子的烤漆和鋼皮傷痕累累。車內的座椅濡濕烏黑。所有的輪胎看起來都沒有損壞。

司機仍然癱在方向盤的位置，頭以一個很不自然的角度歪向肩膀。那是個瘦削的黑髮男孩，沒多久前還是個美少年。現在他的臉烏青蒼白，雙眸在低垂的眼皮下發出黯淡的光芒，而且張開的嘴巴裡含著泥沙。他前額左邊有一塊晦暗的瘀傷，在死白的皮膚上十分顯眼。

歐斯後退幾步，喉嚨裡發出怪聲，用火柴點燃他的小雪茄。「怎麼回事？」

穿制服的警官指指碼頭盡頭那群張望的人。其中有一個，正在探觸兩吋寬四吋長白木條築成的欄杆被撞出一個大窟窿的所在。破碎的木頭露出黃色乾淨的原色，像新鋸的松木。

「從那邊衝出來。一定撞得很猛。這一帶雨停得早，大約晚上九點雨就停了。破掉的木條木心是乾的。所以應該是在雨停以後才發生的。車子掉進水深的地方，否則會撞得更慘，而且潮水還漲不到一半，所以車子沒有被沖得太遠，也因爲潮流量還不到一半，所以車子沒有和木樁卡在一起。這樣算來應該是發生在昨晚十點左右。或者九點半，不會再早。今天早上小孩子來釣魚看見水底的車子，所以我們叫了駁船用起重機把車子吊出來，才發現那個死人。」

便衣人員用鞋尖磨磋著甲板。歐斯用眼角餘光看我，手上的小雪茄像香菸一樣捻來捻去。

「喝醉酒嗎？」他沒有特定對象的問。

原來用浴巾在擦頭髮的那個人走到欄杆旁，大聲地咳嗽清喉嚨，以致所有人都轉過頭去看他。「吃到沙，」他說著，吐了口痰，「沒有那個小伙子多——可是也吃了一些。」

穿制服的回道：「有可能是喝醉酒。自個兒在雨中耍弄駕駛技術。醉鬼什麼事都幹得出來。」

「喝醉酒，見鬼。」那個便衣的說。「手動油門放下來一半，那個傢伙頭旁邊又被敲了一記。要問我，我準說是謀殺。」

歐斯看看那個拿浴巾的男子。「你認爲呢，夥伴？」

拿浴巾的男子露出受寵若驚的表情，他咧嘴一笑。「我看是自殺，老大。這不關我的事，但是如果你問我，我會說是自殺。頭一點，這傢伙在碼頭那邊留下很明顯的筆直軌道。你幾乎可以看出他整條路線的痕跡。那表示，正如這位警長所說的，是在雨停以後才發生的。然後他衝破碼頭那一下非常兇猛俐落，否則掉下去不會車子還正面朝上。很可能應該會翻滾好幾次。可見他的速度非常快，而且對著欄杆一撞正著。那速度不只一半油門。他有可能在摔下去的時候手碰到油門閥，而且有可能在摔下去的時候也把頭撞傷了。」

歐斯說：「眞有眼力，夥伴。有給他搜過身嗎？」他問副警長，副警長看看我，然後又看看靠著舵手室的工作人員。「ＯＫ，那再說吧。」歐斯說。

一個戴眼鏡一臉倦容的小個子男人，提著一個黑色袋子從碼頭走下階梯。他在甲板上挑了一個比較乾淨的地點，把提袋放下來。然後摘下帽子，揉一揉頸背，眼睛望向大海，彷彿不知道他身在何處，或爲何來此。

歐斯說：「你的客戶在這兒哪，醫生。昨天晚上開車掉進海港。大約在九點到十點之間。我們所知就這麼多。」

小個子愁眉苦臉地查看死人。他摸一摸頭，瞧一瞧太陽穴上的瘀傷，用雙手把頭捧起來轉一轉，探一探肋骨。他舉起死人一隻癱軟的手，瞪著指甲一會兒。他放開手，看著死人的手掉下來。然後退後幾步，打開他的提袋，拿出一疊表格，開始就著複寫紙塡寫起來。

「頸部斷裂是表面死因。」他一邊寫一邊說。「那表示體內不會積太多水。也表示現在他既然已經出水暴露在空氣中，很快就會開始變硬。最好在變硬以前把他移出車子。變硬以後你們就不好辦事了。」

歐斯點點頭。「死多久了，醫生？」

「還沒辦法知道。」

歐斯利眼看看他，取下嘴裡的小雪茄，又利眼盯著雪茄。「很榮幸認識你，醫生。當法醫的，不是應該在五分鐘之內就可以猜出死亡時間麼？」

小個子酸酸地笑一下，把表格收進袋子，把鉛筆夾回背心口袋。「如果他昨天晚上有吃晚飯，我就可以告訴你死亡時間——如果我知道他是幾點鐘吃晚飯的話。但是沒有辦法在五分鐘之內就告訴你。」

「那個瘀傷是怎麼來的——摔的嗎？」

小個子再看一眼瘀傷。「我想不是。那是用某種有覆罩的東西打的。而且是在他還活著的時候就已經內出血了。」

「包皮棍，嗯？」

「非常可能。」

小個子法醫點點頭，拾起甲板上的袋子，走回階梯步上碼頭。灰泥拱門外有一輛救護車正在倒車。歐斯看看我說：「我們走吧。不太值得跑來一趟，可不是？」

我們走回碼頭，上了歐斯的轎車。他在車陣中穿梭，沿著一條被雨水刷洗乾淨的三線道公路回城裡，沿途是一座座黃白交錯覆著粉紅色苔蘚的矮沙丘。靠海那邊，幾隻海鷗迴旋飛翔，攫取浪頭上的東西，更遠的海上，一艘白色遊艇看起來好像懸浮在半空中。

歐斯對我揚揚下巴問：「認得他嗎？」

「當然。是史坦梧家的司機。昨天在他們家正好看見他在擦那輛車子。」

「不勉強你，馬羅。只要告訴我，你的差事和他有沒有任何關聯？」

「沒有。我連他叫什麼名字都不知道。」

「叫歐文·泰勒。我怎麼會曉得？講起來很有趣。大約一年前，他曾經因爲色情人口販賣罪被我們逮下牢。事情好像是，他帶著史坦梧的迷人女兒，小的那個，逃到尤馬鎮去。姊姊追到他們，把他們帶回來，並且把歐文送進監獄。然後第二天她又來找地方檢察官，請他拜託聯邦檢察官放人。她說那個男孩子想和她妹妹結婚，而且就是要帶她去結婚，只是她妹妹並不了解。她妹妹的目的只是要去酒吧大喝一場，好好玩樂一番。所以我們就放男孩子走，而且警告他們可別再雇用他。過沒多久，我們收到華盛頓寄來關於那男孩子紀錄的例行報告，原來他在印第安那州有過前科，六年前一次企圖搶劫罪。在郡監獄關了六個月才放出來，就是名犯狄林杰逃獄的那所。我們把報告拿給史坦梧家看，可是他們照舊雇用他。你看看？」

「這一家好像神經不太正常。」我說。「昨天晚上這檔事他們知不知道？」

「不知道，我現在必須上那裡一趟通知他們。」

「如果可能的話，不必讓老頭子知道。」

「爲什麼？」

「他煩憂的事已經夠多了，而且又有病。」

「你是指雷根的事？」

我生氣變臉了。「我不知道什麼雷根的事，早跟你說過了。我沒有在找雷根。雷根和我所曉得的人沒有什麼瓜葛。」

歐斯應一聲：「噢。」然後若有所思地望向海洋，車子差點開出路面。剩下的一段回城的路，他幾乎都不講話。他在好萊塢靠近中國戲院的地方放我下車，然後向西轉回去阿泰白亞彎道。我在餐廳坐檯吃頓中飯，讀一讀晚報，沒發現任何有關蓋格的報導。

午餐後，我沿大道往東走，再去瞧一眼蓋格的店鋪。

10

那個瘦瘦黑眼珠的珠寶典當商，和前一天下午一樣站在他店門口相同的位置。我轉進去的時候，他又丟給我一個同樣的會意表情。蓋格的店裡看起來也沒什麼改變。相同的桌燈在角落的小桌子上亮著，相同的金髮女郎，穿著相同的類似鞣皮的黑洋裝，從桌子後面站起來，面帶相同試探似的微笑向我走來。

「是——？」她欲言又止。銀指甲在身邊扭來絞去。笑容裡有種強抑緊張的意味。那根本不是笑容，那是一張扭曲的嘴臉，只是她自以爲是笑容。

「又回來了。」我輕快地說，揚了揚手上的香菸。「蓋格先生今天在嗎？」

「恐——恐怕不在。不——恐怕不在。我想想看——你是要——？」

我摘下墨鏡，用墨鏡輕輕打著左腕心。如果你可以想像一個體重一百九十磅的人，喬裝一個小仙女的模樣，此刻我就是在卯力裝出那種樣子。

「那些什麼第一版的鬼話只是障眼法。」我耳語道。「我不得不小心謹慎哪。我有他要的東西。他想要想了很久的東西。」

她用銀指甲觸一觸戴著鈕釦型黑玉耳環小耳朵後面的金髮，「噢，原來是售貨員。」她說。「那麼——你明天再來好了——我想他明天會在。」

「不要裝蒜。」我說。「我跟你們是同行的。」

她的眼睛瞇成一條薄薄的綠光，像藏在樹林深處的一汪水池。她的指爪在掌心裡抓弄著。她瞪著我，並且憋住一口大氣。

「他病了嗎？我可以直接上他家裡去。」我口氣不耐地說。「我沒有那麼多時間等。」

「你——呃——你——呃——」她喉嚨哽住了。我以為她會撞一鼻子灰地迎面昏倒。她全身發抖，一張臉像新嫁娘做的派餅皮一樣支離破碎。可是她緩緩地又把它黏接起來，像舉起千斤重擔，憑的是純粹的意志力。笑容又回來了，只是有幾個角落斲傷得很厲害。

「不行。」她說。「不行。他出城去了。那——那是白跑。你不能——來嗎——明天再來嗎？」

我正要開口說話，隔間的門突然打開一呎大的縫隙。那個穿短皮衣高個黑髮的俊俏少年探出頭來，他臉色蒼白雙唇緊閉，看到我，隨即快手又把門關上，但是我已經看到他背後的地板上，有許多墊了報紙，裝著一些書本的木頭箱子。一個穿件頗新的連身工作服的男人，正在忙著裝箱。顯然蓋格有些貨要被運出去。

隔間的門關上時，我也戴上墨鏡，頂一下帽子告別。「那麼，就明天。我很想留張名片給妳，但是妳也知道，做這行的，不太方便。」

「是——是。我明白。」她又稍稍咳嗽一下，泛白的唇間發出倒抽一口氣的微弱聲音。我走出店門，往大道西邊走到街角，然後轉到街道北邊店鋪的後面巷子。有一輛周邊圍了鐵絲網，沒有裝貨的黑色小卡車，正好後頭對著蓋格店鋪的後門停在那裡。那個穿著連身新工作服的男人，正好要把一個箱子搬上卡車尾板。我回到大道上，沿著蓋格店的隔壁排建築走，看見一輛計程車停在消防栓旁邊。一個一臉稚嫩的少年司機坐在方向盤後方，正在捧讀一本驚悚雜誌。我靠上車窗，秀出一張一元鈔票：「跟蹤，幹不幹？」

他把我從頭到腳打量一番。「你是警察？」

「私家偵探。」

他咧嘴一笑。「正對我胃口，老兄。」他把雜誌塞進照後鏡上方，我坐進計程車。我們繞過街道，停在蓋格後巷子對面另一個消防栓旁邊。

等穿連身工作服的那個男人關上鐵絲後門，勾好卡車尾板，坐上駕駛座時，卡車上已經裝了十來個箱子。

「跟住他。」我告訴司機。

穿連身工作服的男人發動引擎，瞥一眼巷子前後，然後往另一邊疾駛而出。他往左開出巷道。我們依樣畫葫蘆。我看到卡車向東轉上富蘭克林街，便叫司機貼上去一點。司機並沒有照做，或者說，他趕不上。等我們轉上富蘭克林街，卡車已經領先兩個十字路口。我們看他開到葡萄樹街，穿過葡萄樹街轉進威斯頓路。上了威斯頓路以後，我們逮到他的車影兩次。路上車子太多，而且嫩臉司機跟得太遠。我正要直言指出他的失誤，正好超前一大段的卡車又往北轉。卡車轉進去的那條路叫做布里特尼街。等我們追到布里特尼街，卡車已經不見蹤影了。

嫩臉司機隔著窗隔板安慰我，我們以時速四哩的慢速爬上山道，尋找樹叢後有沒有卡車的蹤影。過兩個路口以後，布里特尼街往東彎，和藍道路相遇，兩條街相交的路口上，有一棟白色的公寓建築，前門對著藍道路，但是地下停車場的門開向布里特尼街。我們正要駛過車庫入口，嫩臉司機正在跟我說卡車應該不會跑太遠，我放眼車庫的拱形入口，看見卡車停在裡面陰暗的角落，車尾板已經打開來。

我們繞到公寓前門，我在那裡下車。入口大廳不見人影，沒有接待生。一張木桌被推到牆邊靠著一排金色的信箱。我查點信箱上的名字。四○五號公寓的姓名是裘．波第。有一個叫做裘．波第的，史坦梧將軍曾付他五千元，叫他不要再和卡門玩，叫他去找別的小女生。這可能就是同一個裘．波第。我打算試它一下手氣。

繞過一彎牆壁，是瓷磚樓梯的梯腳和電梯的鐵柵門。此時電梯頂部和地板平行。電梯鐵柵門旁邊有一扇門，上面寫著「車庫」。我打開那扇門，走下狹窄的樓梯來到地下室。停在地下室的電梯門打開著，身穿連身新工作服的男人，正氣喘吁吁把沉重的箱子疊進電梯。我站在他旁邊，點起一根菸冷眼旁觀。他不喜歡我看他。

過了一會兒我說：「注意超重啊，老兄。這電梯只能承載半噸。那些東西要送去哪裡？」

「波第，四〇五號。」他說：「你是大樓管理？」

「是啊。看起來不輕哪。」

他瞪我一眼白眼。「都是書。」他怨聲道。「一箱少說也有一百磅，我的背脊只能承擔七十五磅。」

「好吧，小心電梯超重就是了。」我說。

他帶了六箱進電梯，關上電梯門。我步上樓梯進了大廳，然後走出街道，乘同一輛計程車回市中心到我的辦公大樓。我付給那個嫩臉司機超額車資，他給我一張紙角都已經翹起來的爛名片，難得這麼一次，我沒把它隨手扔進電梯旁的彩色菸灰缸。

我在七樓靠後面有一個一間半房間的辦公室。那半間是從辦公室隔出來當接待室用的。我的門上只掛了我的名字，除此無它，而且只掛在接待室那一邊。我向來不鎖接待室的門，以防有顧客上門，而且萬一那位顧客願意坐下來等的話。

我有一位顧客。

11

她一身棕色帶斑點的斜紋軟呢套裝，男人式的襯衫和領帶，手工便鞋。她的絲襪和前一天一樣纖薄透明，但是沒有露那麼多腿了。她的黑髮在棕色的羅賓漢帽底下熠熠閃亮，那頂帽子可能值五十元大洋，可是看起來像用辦公桌的吸墨紙單手就可以摺出一頂。

「喲，你到底上來了。」她說，對著褪色的紅靠背長椅，兩張不搭配的半安樂椅，亟需換洗的網狀窗簾，一張兒童尺寸的圖書館用桌，以及桌上幾本值得致敬的高齡過期雜誌，不屑地扭扭鼻子。「擺那些雜誌是要給這地方製造點專業氣氛。「我才正開始想，你也許和馬塞爾．普魯斯特一樣，是在床上工作的。」

「他是誰？」我擺一根香菸到嘴裡，注視著她。雖然看起來有點蒼白壓抑，但她像是在壓力下仍有辦法運作的女孩。

「是個法國作家，頹廢派的名家。你不會知道的。」

「呸，呸，」我說：「請進我的閨房來吧。」

她站起來說：「我們昨天處得不太融洽。可能我太沒禮貌了。」

「我們兩個都沒禮貌。」我說。我打開接待室和辦公室中間那扇門的鎖，把著門讓她進去。我們走進我套房的辦公室部分，這裡鋪著鏽紅色的地毯，年代不新了，五架綠色的檔案櫃，其中三架充滿了加州的空氣，一個廣告月曆上，「五胞胎」合唱團躺在天藍色的地板上，穿著粉紅色的洋裝，海狗棕的髮色，一對對銳利的黑眼睛像巨種黑莓乾那麼大。此外有三張近似核桃木的椅子，一張常見的辦公桌上，擺著常見的吸墨紙、筆、菸灰缸，和電話，桌子後方還有一把常見的坐下來會吱嘎響的旋轉椅。

「你不怎麼注重門面。」她說著，在辦公桌屬於顧客的那一邊坐下來。

我往遞郵孔走去，撿起六封郵件，其中兩封是信，四封是廣告。我把帽子搭在電話上，坐下來。

「那間有名的平克頓偵探社也不講究門面。」我說。「幹這一行，如果你誠實的話，賺不到什麼錢。如果你有門面，那表示你賺了錢——或者準備撈一筆。」

「噢——你誠實嗎？」她一邊打開皮包一邊問。她從一個法國製琺瑯盒裡取出一根菸，用一只口袋型打火機點火，然後把琺瑯盒和打火機丟回皮包，任由皮包口開著。

「誠實得很痛苦。」

「你怎麼會投入這種齷齪的行業？」

「妳怎麼會嫁給一個賣私酒的？」

「我的天，我們不要又吵起來了。我整個早上都在打電話找你。我打來這裡，也打去你公寓。」

「是關於歐文嗎？」

她的臉部肌肉驟然緊繃。聲音卻是柔和的。「可憐的歐文。」她說。「所以你知道了。」

「地方檢察官的一個人帶我一起去利都。他以為我知道一二。但事實上他知道的比我多。他知道歐文想和妳妹妹結婚——曾經。」

她沉默地吞雲吐霧，黑眼眸篤定地觀察我。「那個主意其實不錯。」她低聲說。「他愛她。那在我們的圈子裡並不常見。」

「他有前科。」

她聳聳肩，不在乎地說：「他沒交對朋友。這就是在這個犯罪充斥的腐敗國家有前科紀錄的全部意義。」

「我不會把道理推得那麼遠。」

她脫下右手手套，咬著食指的第一個關節，神色穩定地看著我。「我不是為了歐文的事來見你。現在你覺得可以告訴我，我父親為什麼找你了嗎？」

「除非有他批准。」

「是不是跟卡門有關？」

「即使這點我也不能說。」我把菸斗填好菸草，點上火柴。她盯著煙霧看了一會兒。然後探手到敞開的皮包裡，取出一只厚厚的白信封。她把信封投過來我桌子這邊。

「無論如何，你還是看看這個吧。」她說。

我把信封撿起來。全用打字，收信人：薇薇安·雷根太太，地址：西好萊塢市阿泰白亞彎道三七六五號。是由特別快遞送達，快遞公司送出的時間印著早上八點三十五分。我打開信封，抽出一張長四又四分之一吋，寬三又四分之一吋的光面照片，此外信封裡別無他物。

那是卡門，坐在蓋格家矮平台上的柚木高背椅，戴著耳環，穿著她打娘胎帶來的生日裝。她的眼睛甚至比我記憶中還要瘋癲一點。照片的背景一片空白。我把它收回信封裡。

「他們要多少錢？」我問。

「五千——包括底片和其餘的照片。交易必須在今天晚上達成，否則他們就把東西交給一些八卦報章。」

「這些要求是用什麼方法傳達的？」

「一個女人打電話給我，在這包東西送達以後大約半小時。」

「八卦報章那種威脅沒什麼好擔心的。現在這種事，陪審團不必等到離席討論，就可以給他們定罪了。其他還有什麼嗎？」

「必須還有其他什麼嗎？」

「沒錯。」

她瞪著我，有點困惑。「有。那女人說，這還牽涉了刑事問題，我最好趕快把這事解決，否則我就會和我小妹隔著鐵窗講話。」

「更好。」我說。「什麼刑事問題？」

「我不知道。」

「卡門現在在哪裡？」

「在家。她昨天晚上生病。還在床上，我猜。」

「她昨天晚上有沒有出門？」

「沒有。我出去了，但是傭人說她沒出門。我去拉斯歐林達市，在艾迪．馬仕的絲柏枝俱樂部賭輪盤。輸得精光。」

「原來妳喜歡賭輪盤。妳應該會喜歡。」

她翹起腿，又點了一根菸。「對。我喜歡賭輪盤。所有史坦梧家的人都喜歡玩包輸的遊戲，像賭輪盤，嫁給會拋棄她們的男人，五十八歲還參加越野障礙賽馬，結果被馬踩到，殘廢一輩子。史坦梧家有錢。唯一買到的，就是『因雨順延，下次再來』的兌換券。」

「昨天晚上歐文開妳的車子做什麼？」

「誰知道？他沒得到准許就開出去了。我們通常讓他在休假夜開一輛車子出去，可是昨天晚上不是他的休假夜。」她撇撇嘴。「你想——？」

「我想他會不會知道這個裸體照的事？我怎麼曉得？我不把他排出考慮就是了。妳有沒有辦法馬上湊出五千元現金？」

「除非告訴爹——或者去借。我大概可以向艾迪・馬仕借吧。他應該會慷慨解囊的。天曉得。」

「最好去試試。妳可能需要快點辦。」

她往後靠著椅背，一隻手臂懸在椅背後面。「如果報警呢？」

「好主意。但是妳不會這樣做。」

「我不會嗎？」

「不會。妳必須保護妳父親和妳妹妹。妳不知道警察會挖出什麼來。也許會是他們無法坐視不管的事。雖然在處理勒索案時，他們通常會盡量不管。」

「你能幫忙嗎？」

「我想可以。但是我不能告訴你爲什麼或我會怎麼做。」

「我喜歡你。」她突然說。「你相信奇蹟。你的辦公室裡可以喝酒嗎？」

我打開大抽屜的鎖，拿出我的辦公室專用酒和兩個小啤酒杯。我把酒杯倒滿，我們相對而飲。她合上皮包，把椅子往後推。

「我會弄到五千大洋。」她說。「我向來是艾迪・馬仕的好顧客。而且還有另外一個理由他必須善待我，也許你不知道。」她給我一個似有似無的微笑。「艾迪的金髮太太就是跟鐵鏽仔跑掉的女人。」

我沒說話。她緊盯著我，追問道：「你聽了不感興趣嗎？」

「這樣應該可以更容易找得到他——如果我眞的在找的話。妳不會以爲他跟這檔事有關吧，有嗎？」

她把她的空酒杯向我推來。「再給我一杯。你是我見過最難挖消息的人。你甚至有辦法文風不動。」

我把小酒杯斟滿。「妳已經知道妳想知道的——妳現在應該很清楚，我並不是在找妳的丈夫。」

她很快灌下那杯酒。那使她大噈一口氣——或者說，讓她有機會大噈一口氣。然後她緩緩地吐出氣來。

「鐵鏽仔不是騙子。如果是，也不會爲了一點小錢。他身上有一萬五千元，現鈔。他說那是他的救急備用金。我跟他結婚的時候，他就已經有那筆錢了；他離開我的時候，也同樣只有那筆錢。不——鐵鏽仔不會幹這種低賤的勒索把戲。」

她伸手拾起信封，站起來。「我會和妳保持聯繫。」我說。「如果妳有口信給我，我公寓大樓接電話的小姐會幫妳轉達。」

我們走到門邊。她用白信封敲著指關節說：「你還是不能告訴我，爹要你——」

「我必須先向他請示。」

就在踏出門檻之前，她抽出照片，站在那裡看。「她的胴體眞美，可不是？」

「嗯哼。」

她向我靠過來一點。「你應該看看我的。」她陰沉地說。

「可以安排嗎？」

她突然縱聲狂笑，踏出門檻一半，然後回過頭來冷冷地說：「你是我見過最冷血的禽獸，馬羅。或者，我可以稱呼你菲力普嗎？」

「當然。」

「你可以叫我薇薇安。」

「謝謝妳，雷根太太。」

「噢，去死吧，馬羅。」然後她頭也不回地走了。

我關上門，手握著門把站在原地，瞪著自己的手發呆。我覺得臉有點發燙。然後我回到辦公桌，把威士忌收起來，沖洗兩個小啤酒杯，並把它們收好。

我把帽子從電話上取下來，打電話到地方檢察官辦公室找勃尼．歐斯。

他已經回到他的方塊窩。「嗯，我沒有打擾老頭子。」他說。「管家說，他，或者兩姊妹其中一人，會告訴老頭子。這個歐文．泰勒住在車庫上面，我把他的東西都搜查過了。父母住在愛荷華州的德布克。我打電報通知那邊的警長，問問他們要怎麼處理後事。史坦梧家會承擔費用。」

「自殺嗎？」我問。

「說不上來。他沒有留任何遺言。他沒放假，不應該把車子開出去。昨晚除了雷根太太，所有人都在家。她和一個叫賴利．考伯的花花公子去拉斯歐林達。我查過了。我認識一個在那邊賭桌做事的傢伙。」

「你應該查禁那些詐財賭場。」我說。

「以這個國家這種黑道組織的現況，你有能耐？你幾歲了，馬羅？那個少年頭上的短棍傷，倒讓我不太安心。確定這個案子你幫不上忙嗎？」

我喜歡他說話的方式。那讓我可以拒絕，又不必說謊。我們互道再見，我離開辦公室，買了三份晚報，搭計程車到司法局的停車場去取我的車子。所有的晚報都沒有關於蓋格的報導。我又看了一次他的藍色記事本，但是那些暗碼和前一天晚上一樣冥頑不靈。

12

拉文坡道山坡上的樹經過雨淋，綠油油的一片。在午後清爽的陽光底下，山丘的陡坡，和兇手在黑暗中射了三槍以後逃亡的階梯，都看得一清二楚。底下的街道有兩棟小房子。他們可能聽到槍聲，也可能沒聽到。

蓋格房子的前面和同一排建築附近，都沒有什麼動靜。盒子籬笆看起來油綠安詳，屋頂上的木瓦還是濕的。我慢慢把車子駛過去，心裡咀嚼著一個念頭。我前一晚並沒有查看車庫。蓋格的屍體一旦不見，我並不真心想把他找出來。那樣會迫得我非涉足不可。但是把他拖到車庫，拖上他的車，把他載到洛杉磯附近數以百計的荒涼峽谷棄屍，未嘗不是瞞人數日或甚至數週的好辦法。這當中有兩個前提：要有他的汽車鑰匙，還有，需要有兩人合夥。這兩點若成立，調查的範圍就可以縮小很多，特別是屍體失蹤時，他的私人鑰匙串是在我的口袋裡。

我沒有機會去看車庫。車庫的門關得緊緊的，掛著鎖，而且當我駛過屋子前面時，籬笆後面有東西在動。一個穿著綠色和白色方格外套，柔軟的金髮上戴著一頂小圓帽的女人，從籬笆後走出來，站在那裡瞪著大眼睛看我的車子，彷彿她沒有聽到我車子上山的聲音。然後她又趕忙轉身，倏忽不見了蹤影。那，當然是卡門．史坦梧。

我開上街道一點，停了車，再步行回來。大白天裡，這似乎是暴露自己，頗為危險的舉動。我穿進籬笆。她直挺挺，靜悄悄地靠著上鎖的前門站著。一隻手慢慢地舉到齒畔，用牙齒嚙咬那根奇異的拇指。她眼睛下面有黑眼圈，臉色因緊張而發白。

她對我半笑不笑。說：「哈囉。」聲音細小破碎。「什——什麼——？」尾音未消她就又咬起拇指來。

「記得我嗎？」我說。「多格好斯．瑞利，那個長得太高的人。記得嗎？」

她點點頭，臉上即刻展露一抹抽搐似的微笑。

「我們進去吧。」我說。「我有鑰匙。厲害吧，呃？」

「什——什——？」

我把她推到一邊，將鑰匙插進門鎖，打開門，推她進去。我把門關上，站在原地嗅著鼻子。這個地方在光天化日下眞是不堪聞問。牆上的中國式廉價飾品，地毯，裝綴繁瑣的座燈，柚木製品，交雜混亂的顏色，圖騰柱，裝醚和鴉片酊的大肚酒瓶——這一切在白日之下，帶著一股鬼祟的淫穢氣息，像同性戀的派對。

女孩和我站在那裡大眼瞪小眼。她力圖保持一抹小小的可愛微笑，但是臉皮欲振乏力。她所能展現的只是一片空白。她的笑容只能像沙上的退潮稍縱即逝，而且在那雙錯愕又愚蠢無物的眼睛下，蒼白的肌膚顯得格外粗糙。她泛白的舌尖舔著嘴角。一個漂亮，被寵壞，又不太聰明的小女孩，走上一條非常、非常錯誤的道路，竟沒有任何人爲她做任何著想。去他的豪門富戶。他們令我噁心。我捻一捻指間的香菸，把黑書桌上一些書撥到一邊，在桌子一角坐下來。我點燃香菸，吐出一串煙霧，無言旁觀這段拇指和牙齒的戲幕一陣子。卡門站在我面前，像一個壞女生站在校長辦公室裡。

「妳在這裡做什麼？」我終於開口問她。

她戳著外套的衣角，不予置答。

「昨天的事妳記得多少？」

她回答了——眼梢閃現一瞥狡猾的神色。「記得什麼？我昨天晚上生病了。我待在家裡。」她心有提防的低啞喉音幾不可聞。

「見鬼妳才在家裡。」

她的眼睛急速地眨個不停。

「妳回家以前，」我說：「在我帶妳回家以前。在這裡。在那張椅子上，」——我指著椅子——「在那條橘紅色的披肩上。妳當然記得。」

一陣紅潮緩緩地從她喉部往上升。了不起。她還會臉紅。她灰色的瞳孔底下，有一點白色像是淚光的東西，微微一閃。她用力地咬拇指。

「你——就是送我回家的人？」她悄聲說。

「就是我。妳到底記得多少？」

她口吻曖昧地說：「你是警察嗎？」

「不是。我是妳父親的朋友。」

「你不是警察？」

「不是。」

她輕嘆一聲。「你——你想知道什麼？」

「是誰殺他？」

她聳一聳肩膀，但是臉上沒有任何表情。「還有誰——知道？」

「蓋格的事情？我不曉得。警察不知道，否則他們早就在這裡紮營了。也許裘．波第知道吧。」

我只是憑空臆測，卻引來她一聲驚呼。「裘．波第！他！」

然後我們兩人都靜默下來。我繼續抽我的菸，她繼續吃她的拇指。

「看在老天份上，不要跟我耍花樣。」我催她。「這種事情再簡單不過了。是不是波第殺他的？」

「殺誰？」

「噢，耶穌基督。」我說。

她看起來自尊心受損了。她的下巴微微往下垂。「是。」她一本正經地說。「是裘殺的。」

「爲什麼？」

「我不知道。」她搖著頭，像在說服自己眞的不知道。

「最近常常和他見面嗎？」

她兩手垂下來，捏起小小的拳頭。「只有一、兩次。我恨他。」

「那麼妳知道他住在哪裡。」

「是。」

「妳再也不喜歡他了？」

「我恨他！」

「那麼妳應該高興他扯上這件事。」

又是有點茫然的空白眼神。對她來說，我邏輯推得太快了。很難不超前她思考的速度。「妳願意告訴警方，是裘．波第做的嗎？」我刺探她。

她突然滿面通紅，侷促不安。「當然，我可以把裸照那一段略過不提。」我補上一句撫慰她。

她咯咯笑起來。那笑聲令我作嘔。如果她失聲尖叫，或啜泣，或甚至嚴重到迎面昏死過去，都還比較可以接受。可是她只是咯咯笑。好像這事情突然變得非常好玩。她被人拍了愛席斯女神照，底片被人盜走，有人在她面前殺死蓋格，她自己又醉得比退伍軍人大酒會還要過分，而這一切竟然變成只是非常好玩。她仍然繼續咯咯笑。眞可愛。咯咯聲越來越大，在房間各個角落縈迴蕩漾，像老鼠在壁板後面奔竄。她開始歇斯底里起來。我滑下書桌走近她，往她臉上甩過去一耳光。

「就跟昨晚一樣。」我說。「我們變成一對笑柄。瑞利和史坦梧，一對滑稽的丑角。」

咯咯聲變成一片死寂，然而，對這一耳光她並不比昨天晚上在乎。或許她所有的男朋友，或遲或早，都賞過她耳光。而且我可以了解爲什麼他們賞她耳光。我回到黑書桌邊緣坐下來。

「你不是姓瑞利。」她認眞地說。「你叫菲力普．馬羅。你是私家偵探。薇薇安告訴我了，她還給我看過你的名片。」她撫著我打她的那片面頰。對我微笑，彷彿有我做伴値得欣慰。

「所以，妳根本就記得。」我說。「妳跑回來找照片，可是不得其門而入。對不對？」

她微微頷首。一副自恃醉人的笑容緩緩搬上檯面。一雙媚眼直往我身上拋。我即將要被拉入洞房。我應該馬上歡呼「喲嗬！」，並且請求她隨我奔赴尤馬鎭。

「照片不見了。」我說。「昨天晚上帶妳回家以前，我就找過了。可能波第帶走了。波第的事，妳沒跟我開玩笑吧？」

她熱切地搖頭。

「那沒有什麼大不了。」我說。「妳不必再掛慮那件事。不要告訴任何人妳來過這裡，無論是昨晚還是今天。連薇薇安都不要說。就忘了妳來過這裡。事情交給瑞利處理就好。」

「你不是姓——」她才要脫口，立即停下來，奮力搖頭，不知道是同意我講的話，還是同意她自己心中的念頭。她的眼睛瞇成一條線，眸子幾乎變成黑色，就像自助餐廳托盤上的亮漆一樣淺薄。她有個主意了。「我現在得回家了。」她說，彷彿我們剛才只是在一起喝一杯茶。

「當然。」

我沒有動。她又送我一個秋波，然後走向前門。正當她的手握上門把時，我們倆都聽到一輛車子迫近的聲音。她面帶疑問地看著我。我聳聳肩。車子停下來，就停在房子的正前方。恐懼扭曲了她的嘴臉。外面傳來腳步聲，接著門鈴響。卡門扭過頭來看我，手攫住門把，嚇得幾乎要魂飛魄散。門鈴繼續響個不停。而後鈴聲停止。緊接著是一根鑰匙插進門鎖的聲音，卡門跳離門邊，呆住了。門打開來。一個男人神采奕奕地才踏進來，立即止步，心平氣定，沉默地瞪著我們。

13

他是個灰色的男人，除了腳上一雙擦得雪亮的黑皮鞋，和灰色絲綢領帶上，兩顆恰似輪盤賭具的紅鑽石以外，全身灰色打扮。他的襯衫是灰色的，雙排釦西裝是柔軟，且剪裁優美的法蘭絨製品。一見到卡門，他立刻摘下他灰色的帽子，底下的頭髮是灰色的，而且細緻得像用濾網過濾過。他灰色的濃眉有一股不很確實的爽快氣派。他生了一個長下巴，鷹鉤鼻，深思熟慮的灰眼睛因爲上眼皮的一片皺摺往下垂，蓋住眼瞼的一角，看起來有點歪斜。

他彬彬有禮地站在那裡，一手搭著背後的門，一手握著灰色的帽子，帽緣輕輕地拍打著大腿。他看起來很悍，但不是硬漢的那種悍。而是歷盡風霜的馬師的那種悍。可是他不是馬師。他是艾迪·馬仕。

他把背後的門推闔，然後把那隻手插進外套口袋，一隻拇指露在口袋外面，在房間頗爲黯淡的光線下微微閃爍。他對卡門微笑。他有一副怡人隨和的笑容。她舔舔唇愣視著他。恐懼自她臉上消失。她也報以微笑。

「原諒我這樣莽撞跑進來。」他說。「好像都沒有人聽到我按門鈴。蓋格先生在嗎？」

我說：「不在。我們也不知道他到哪裡去了。門開了一條縫。所以我們就進來了。」

他點點頭，用帽緣碰一碰長下巴。「當然，你們是他的朋友囉？」

「只是生意上認識。我們過來拿一本書。」

「一本書，嗯？」他明快地應道，而且，我感覺，有點別具用意，彷彿他對蓋格所有的書都清楚得很。然後他又轉頭注視卡門，聳聳肩。

我朝門走去。「我們要走了。」我說。我抓住她的手臂。她目不轉睛地看著艾迪·馬仕。她喜歡他。

「要留話嗎——如果蓋格回來？」艾迪·馬仕很紳士地問。

「不敢麻煩你。」

「那眞遺憾。」他說，意味十分深長。他眨了眨灰眼珠，當我經過他面前去開門時，那眼神冷峻起來。他用不經心的口氣補上一句：「女孩可以走。我想跟你小敘一下，卒子。」

我放開她的手臂。給他一個白眼。「以爲我在開玩笑，呃？」他一本正經地說。「不要辜負我對你有禮。我外面車子裡有兩個小子會隨時聽命行事。」

在我身邊的卡門驚呼一聲，奪門而出。她的腳步聲向山下的方向迅速消失。我原來沒有看見她的車子，她一定是把車子停在坡底那邊。我才開口說：「搞什麼鬼——」

「噢，省省吧。」艾迪·馬仕嘆口氣打斷我的話。「這裡面有事不對頭。我會把它查出來。如果你想肚子吃鉛，就跟我作對吧。」

「喲，喲，」我說：「來硬的哼。」

「只在有必要的時候，卒子。」他不再看我。他在房間裡四處走動，雙眉緊蹙，對我不理不睬。

我從前窗的破玻璃往外看。籬笆上露出一輛車的車頂。引擎還在轉。

艾迪．馬仕看到桌上那個紫色的大肚酒瓶，和兩只鑲金紋的玻璃杯。他嗅嗅其中一個杯子，又嗅嗅大肚酒瓶。嘴角露出一撇噁心的訕笑。「蹩腳皮條客。」他聲調平板地說。

他看看上面的幾本書，哼了一聲，繞過桌子，然後站在有相機眼的小圖騰柱前面。他審視柱子一下，然後眼光落在柱前的地板上。他用腳去挪動小地毯，然後迅速彎下腰，全身抽緊起來。他一隻灰褲膝蓋往地板跪下去。桌子擋住我部分視線。我聽到一聲驚呼，他又站起來。他的手閃進外套底下，一支黑色魯格手槍出現在手裡。他棕色的長指頭握著槍，並沒有對準我，也沒有對準任何特定的對象。

「血。」他說。「那邊地板上有血，在地毯底下。一大堆血。」

「這樣嗎？」我說，擺出感興趣的表情。

他坐進書桌後的椅子，把桑椹色的電話拉近自己，手槍換到左手。他對著電話深鎖眉頭，兩條灰色的濃眉緊貼在一塊兒，鷹鉤鼻上粗糙的皮膚也形成一條深刻的皺紋。「我想我們應該報警。」他說。

我走過去，踢一腳原來蓋格屍體所在的地毯。「是舊的血。」我說。「都已經乾了。」

「我們還是得報警。」

「有何不可？」我說。

他瞇起眼睛。故作高格調的虛假面貌剝落了，剩下的只是一個衣表光鮮的持槍惡棍。他不喜歡我同意他的提議。

「你到底是什麼人，卒子？」

「馬羅是我的名字。我是偵探。」

「從來沒聽過。那個女孩是誰？」

「客戶。蓋格設計她圈套，想勒索她。我們來找他談。他不在。門開著，所以我們就進來等。我是不是已經告訴過你了？」

「眞巧。」他說。「門開著。正好在你沒有鑰匙的時候。」

「是啊。那你怎麼會有鑰匙呢？」

「這關你什麼事，卒子？」

「我可以把它變成我的事。」

他勉強擠出一抹笑容，把灰髮上的帽子往後一推。「我也可以把你的事變成我的事。」

「你不會喜歡的。我這種報酬太微不足道了。」

「好吧，算你聰明。這房子是我的。蓋格是我的房客。怎麼樣？」

「你結識這種可愛的人士。」

「他們是什麼人我無所謂。房客百百種。」他垂下眼看一看手槍，聳聳肩，把它插回臂膀底下。

「有什麼高見嗎，卒子？」

「多得很。有人槍殺蓋格。或蓋格槍殺某人，然後逃之夭夭。或者根本是兩個不同的傢伙互殺。或者蓋格在搞某種宗教，在那根圖騰柱前面舉行血祭。或者他晚飯吃雞，喜歡在客廳裡自己殺雞。」

灰髮男人對我大吼。

「我放棄。」我說。「你最好還是打電話找你的警察朋友來吧。」

「我不懂。」他怒氣沖沖地說。「我不懂你在搞什麼把戲。」

「快呀，打電話叫條子。你會得到很大的反應。」

他一動也不動地想了一會兒。癟緊了嘴唇。「這話我也不懂。」他咬牙切齒地說。

「也許你只是正好今天運氣不佳。我知道你是誰，馬仕先生。你經營拉斯歐林達的絲柏枝俱樂部。提供奢侈人士奢侈賭博。地方執法人員是你的掌中物，而且有一條油水豐厚的管道直通洛杉磯當局。換句話說，有靠山。蓋格搞的那門子生意也需要靠山。或許你有時候讓他分享一點，看在他是你房客的分上。」

他的嘴巴扭曲發白。「蓋格搞哪門子生意？」

「黃色書刊生意。」

他瞪我瞪了長長一分鐘。「有人算計他。」他輕聲說。「你知道一些內情。他今天沒去店裡。他們不知道他在哪裡。他家裡的電話也沒人接。所以我就來瞧瞧是怎麼回事。我發現地毯底下的地板上有血。你和一個女孩子又正好在這裡。」

「證據有點弱，」我說：「但是如果有人願意買這個故事，你還是可以賣。然而你漏掉了一點。今天有人從店裡把他的書運走——他出租的那些好書。」

他啪一聲把指頭一彈說：「我事先應該想到的，卒子。好像給你贏了一著。你看是怎麼回事？」

「我看蓋格被做掉了。我想那是他的血。暫時潛藏屍體是爲了有時間把書運走。有人想接手他的生意，需要一點時間來安排一切。」

「他們逃不掉的。」艾迪·馬仕沉下臉來。

「誰說的？就憑你和你外面車上那幾個槍手嗎？這是個大城市了，艾迪。最近有些非常厲害的傢伙潛進來了。這是地方發達的後果。」

「你他媽的話太多了。」艾迪·馬仕說。他齜牙吹了兩聲非常尖銳的口哨。外面一聲大力關車門的聲音，快跑的腳步穿過籬笆而來。馬仕又把手槍亮出來，把它對準我的胸膛。「打開門。」

門把被人扭來轉去，外面有呼叫的聲音。我動也沒動。手槍的槍口看起來像第二街隧道的洞口，但是我仍然不動。肉身不防彈是我必須習爲以常的事實。

「你自己去開，艾迪。你憑什麼對我下令？好好對待我，我還可能幫你忙呢。」

他僵硬地站起來，繞過桌緣，走過去門邊。他兩眼不離我地打開門。兩名男子撞進房間，七手八腳地探手掏槍。一個顯然是個癟三，長得還算英俊的白面小生，有一隻爛鼻子，一邊耳朵像片小牛排。另一個瘦瘦的，金髮，面無表情，兩隻眼睛長在一塊兒，眼眸好像沒有顏色。

艾迪．馬仕說：「瞧瞧這隻鳥身上有沒有帶傢伙。」

金頭髮的亮出一把短筒槍對我瞄準。癟三馬上挨過來小心探觸我所有的口袋。我像個索然無趣的模特兒在展示晚禮服一樣，轉動身體讓他檢查。

「沒槍。」他刺耳的聲音說。

「查看他是誰。」

癟三一隻手伸進我的胸口口袋，抽出我的皮夾。他把它掀開來，鑽研內容，「名字叫菲力普．馬羅。住在富蘭克林街上的赫伯阿姆斯大樓。私家偵探執照，還有一只副警長的盾徽。原來是個探子。」

他把皮夾插回我的口袋，輕輕打我一下耳光，然後站到一邊。

「出去。」艾迪．馬仕說。

兩名槍手跑出去，關上門。聽得見他們上車的聲音。他們發動引擎，然後又和原來一樣等著。

「好吧。說話。」艾迪．馬仕說。他眉尖聳起，和額頭形成一個尖銳的角度。

「我還不能說。假定蓋格已經遇害，殺掉蓋格以便搶奪他的生意這個想法滿蠢的，我沒有把握事情確實是如此。但是我敢確定，拿書的人知道發生了什麼事，而且我確定他店裡的那個金髮小姐，爲了某種理由十分驚惶。而且我大概猜得出拿書的人是誰。」

「誰？」

「那就是我還不能說的部分。我有客戶，你曉得。」

他扭一扭鼻子。「那——」他馬上又住口。

「我猜你認識店裡那個女孩子。」我說。

「誰把書拿走了，卒子？」

「還不能講，艾迪。我爲什麼應該告訴你？」

他把槍往桌上一擺，用掌心一拍。「因爲這個，」他說：「還有，我可能還會讓你覺得很值得。」

「這才像話。把槍拿開。而且我從來就不討厭錢的聲音。你打算用多少錢收買我？」

「做爲什麼的代價？」

「你要我做什麼？」

他狠狠地往桌上一拍。「給我聽著！卒子。我問你一個問題，你就又問我一個問題。我們永遠沒完沒了。我要知道蓋格在哪裡，我有我私人的理由。我不喜歡他那一行，我也沒有保護他。我只是恰巧擁有這棟房子。現在連這點我也不怎麼在乎了。我相信關於這件事無論你所知多少，都只是皮毛，否則早就有一大票條子在這個垃圾窩進進出出了。你根本沒有東西可賣。我看是你自己才需要一點保護。所以，招供吧。」

猜得好，但是我可不想讓他知道。我點起一根菸，把火柴吹熄，往圖騰柱的玻璃眼一丟。「你說得對。」我說。「如果蓋格發生了什麼事，我應該把我所知報告警方。這樣我的消息就隸屬公共領域，我就沒什麼東西好賣了。所以如果你准許，我就此告別了。」

他日曬過的健康臉色轉成發白。一霎時，他看起來險惡，激動，又無情。他做出要取槍的動作。我隨口補上一句：「順便問一聲，馬仕太太近來可好？」

一時間，我自覺這個玩笑開得有點過火了。他握槍的手痙攣顫抖。臉部肌肉繃得死緊。「出去。」他口氣還算溫和。「我不在乎你滾去哪裡或做什麼事。只是聽我一句忠告，卒子。不要把我扯進你的陰謀，否則你會但願自己改名換姓，住在遠遠的林梅利克[1]。」

「喔，那地方離克隆梅不遠嘛。」我說。「聽說你有個老朋友的老家在那兒。」

他向前靠在桌子上，兩眼死瞪著我，一動不動。我走到門邊，打開門，回頭看他。他的視線緊跟著我，但是瘦長灰色的身體仍舊不動。他的目光帶著仇恨。我踏出門，走出籬笆，步上山坡到我的車子，坐進車裡。我把車子掉頭往上開過山頂。沒有人開槍打我。過了幾個街口，我熄火停車，呆坐幾分鐘。也沒有人跟蹤。我開車返回好萊塢。

1. Limerick，愛爾蘭地名，當地以盛行趣味打油詩著名。

14

等我把車子停靠在藍道路公寓大樓的正門入口時，時間是差十分五點。有幾家窗戶已經透出燈火，收音機的聲音在黃昏裡蕩漾。我乘電梯到四樓，沿著綠色地毯和象牙色壁板的寬走道走。一陣涼風從火災逃生口打開的紗門徐徐吹進來。

註明「四〇五」號的門邊有一個小小的象牙按鈴。我按它一按，等了一段似乎相當長的時間。然後門無聲無息地打開大約一呎寬。那門開得沉穩又鬼祟。開門的男人長腿，長腰，聳肩，沒有表情的棕色臉上一對深棕色的眼睛，那張臉彷彿長時間以來就已經學會怎樣控制自己的表情。鋼絲般的頭髮長在腦勺後，使他棕色而拱起的額頭十分顯眼，乍看之下，讓人以爲他很有腦筋。他警覺的眼睛不露好惡地盯著我。棕色瘦長的指頭握著門沿。他沒說話。

我說：「蓋格在嗎？」

我看不出他的表情有任何變動。他從門後拿來一根香菸塞進唇間，輕輕吸了一口。一口煙懶懶地、傲慢地向我吹來，煙後面的聲音冷靜，不疾不徐，比一個銀行交易員的聲音還要不露聲色。

「你說什麼？」

「蓋格，亞瑟・關・蓋格，有書的那個傢伙。」

他不慌不忙地想一想。垂眼看看香菸頭。原來握著門的另一隻手躲到門後。那肩膀動的樣子，彷佛躲在門後的那隻手在做某些動作。

「不認識任何人叫這個名字。」他說。「他住在這一帶嗎？」

我微微一笑。他不喜歡我的微笑。他的眼睛露出嫌惡。我說：「你是裘・波第嗎？」

那張棕臉僵硬起來。「所以怎麼樣？想騙吃嗎，兄弟——還是只是來給自己找樂子？」

「原來你就是裘・波第，」我說：「然而你不認識一個叫做蓋格的人。非常有趣。」

「是嗎？你大概自以爲很有幽默感。滾到別的地方去賣吧。」

我靠上門，給他一個如夢似幻的微笑。「你有書，裘。我有那份冤大頭名單。我們應該談一談。」

他目不轉睛地盯著我的臉。他背後房間裡有一聲輕微的響動，像是窗簾的金屬環輕輕打在金屬桿子上。他斜眼望一下房間。然後把門開大一點。

「有何不可——如果你手上確實有東西？」他冷靜地說。並且往門邊閃開一點。我穿過他面前走進去。

這是間賞心悅目的房間，家具高尚而不擁擠。盡頭牆壁上一座落地玻璃窗開向一個石砌陽台，看出去是山丘暮色。窗戶近旁的西面牆壁有一扇緊閉的門，同一面牆壁靠近公寓入口又有另一扇門。後面這扇門的門楣下有一條細銅桿，從細銅桿垂下來的絨布簾把門整個遮起來。

剩下來的東面牆壁沒有門。有一張臥椅擺在靠牆中間，我在臥椅上坐下來。波第關上門，像螃蟹一樣橫著走到一張鑲著方形釘子的高橡木桌前。桌子下層擺著一個有鍍金樞紐的杉木盒子。他拿起盒子走到兩扇門中間的一把安樂椅，坐下來。我把帽子放在臥椅上，等他開口。

「好啦，我在聽著哪。」波第說。他打開雪茄盒，把抽剩的菸蒂丟進身旁一個菸灰缸。他放一根細長的雪茄到嘴裡。「來根雪茄？」他從半空中丟一根雪茄過來給我。

我伸手去接。波第從雪茄盒裡取出一把手槍指著我的鼻子。我看看槍。那是一把點三八口徑的黑色警用手槍。此刻我沒有任何意見。

「厲害，嗯？」波第說。「稍微站起來一下。向前走大約兩碼。你可以趁這個走動的機會呼吸點新鮮空氣。」他的口氣像電影裡硬漢講話那種故作漫不經心的調調。電影裡的硬漢都是那樣。

「嘖，嘖。」我說，動也不動。「這城裡到處都是槍，可是沒見到幾個有腦袋。你是我短短幾小時內遇到的第二個傢伙，自以為一槍在手就世界在握。把槍放下，少愚蠢了，衰。」

他兩道眉毛鎖在一塊兒，下巴抬得高高的。目光凶惡。

「另一個傢伙的名字叫艾迪．馬仕，」我說：「聽過沒有？」

「沒有。」波第仍舊把槍指著我。

「如果他曉得你昨晚下雨的時候幹了什麼事，他會像資金籌主搓支票一樣地把你搓掉。」

「幹掉我對艾迪．馬仕有什麼價值？」波第冷冷地問。但是他的槍已經垂到膝蓋上。

「連個記憶都不值。」我說。

我們倆互相瞪視。我左邊絨布簾底下的門檻露出一雙尖頭黑拖鞋的鞋尖，但是我沒去管它。

波第平靜地說：「不要誤會。我不是什麼硬漢——我只是做事比較小心。剛剛才跟你見面，我完全不知道你是什麼人物。你有可能是來取我性命的。」

「你還不夠小心。」我說。「蓋格的書那一招玩得太差了。」

他慢慢吸了一大口氣，然後靜靜地吐出來。然後他往後靠，交叉兩條長腿，把柯爾特自動手槍握在膝蓋上。

「開玩笑，不趁火打劫，更待何時？」他說。「你有什麼事要跟我說？」

「先叫你那個穿尖頭拖鞋的朋友出來吧。她憋氣也憋得夠久了。」

波第眼睛不離我身地喊：「出來吧，艾格妮。」

簾子掀開來，蓋格店裡那個綠眼珠，走路搖曳生姿的金髮女郎加入我們的行列。她以一種混雜著恨意的眼光看我。鼻子皺成一團，眼眸的顏色暗了好幾層。看起來非常不高興。

「我就知道你這個人不會有好事。」她猝然開口衝著我來。「我早就告訴過袞要小心腳步。」

「他要小心的不是腳步，是他的後腿。」我說。

「你以爲這很好笑啊。」金髮女郎說。

「本來是滿好笑的，」我說：「但是現在可能不好笑了。」

「省省吧，」波第警告我：「裘是非常小心他的腳步的。把燈打開，這樣如果我必須宰掉這個傢伙的時候，可以看清楚一點。」

金髮女郎扭亮一盞方形的大立燈。她坐進立燈旁的一把椅子，而且彷彿她的束腰帶太緊似的，坐得僵直。我把雪茄放到嘴裡，咬掉菸頭。我掏出火柴點雪茄時，波第的手槍緊盯不捨。我嚐一口雪茄，然後說：

「我提到的那份冤大頭名單是用暗碼寫的。我還沒解出那些暗碼來，但是上面大概有五百個名字。據我所知你有十二箱書。你應該至少有五百本在手上。而且應該還有更大一票在外借中，但是以最保守的狀況來算，就算五百本是總額。如果這是一份活絡有效的名單，就算你只做上面百分之五十的客戶生意，那也有十二萬五千件生意可做。你女朋友對這些清楚得很。我只是大致猜測。你可以把租金算得非常低，但是不管怎麼樣也不會少於一塊錢。那些貨也是要本錢的。就以一本一塊錢租金來算，你也有十二萬五千大洋可賺，而且你仍舊擁有那筆資本。我是說，你仍舊擁有蓋格的資本。這筆數字給你足夠的理由去殺人。」

金髮女郎說：「你瘋了，你這要死的蛋頭——！」

波第側臉對她咬牙喝道：「鎮靜一點，看在老天分上。鎮靜一點！」

她滿腦子憂悶，一肚子氣憤地靜下來。她的銀指爪抓著自己的膝蓋。

「這不是遊手好閒的傢伙做得來的生意，」我以幾近感性的語氣告訴波第，「要像你這樣勤快穩健的人才有辦法，裘。你要有信心，而且要保持信心。花錢找二手性快感的人，就和老太太憋尿找不到廁所一樣猴急。就我個人的立場來看，我認爲勒索那檔事是一項很大的錯誤。我認爲你應該把那檔事整個抹消，全心全意做你合法的銷售和出租生意。」

波第的暗棕色眸子在我臉上上下逡巡。他的柯爾特手槍仍然對我的致命器官求之若渴。「你是個有趣的傢伙。」他聲調平板地說。「誰擁有這樁美妙的生意？」

「當然是你。」我說。「幾乎可以這樣說。」

金髮女郎嗆了一聲，抓抓耳朵。波第什麼也沒說。他只是注視著我。

「什麼？」金髮女郎嚷嚷起來。「你敢跟我們說，蓋格先生搞的那種是正道生意？你神經病！」

我有禮地瞟她一眼。「沒錯，我就是這個意思。每個人都知道有這種生意存在。好萊塢正是做這種生意的好所在。如果這種東西非存在不可，那麼所有講究實際的條子寧可讓它存在於大街上。這和他們寧可容忍綠燈戶的理由一模一樣。這樣如果需要取締的時候，他們可以知道到哪裡去取締。」

「我的天。」金髮女郎說。「你任由這個臭奶酪頭坐在那裡侮辱我嗎，裘？虧你手上有槍，而他手上除了雪茄和拇指頭什麼都沒有。」

「我喜歡他講的話。」波第說。「這個傢伙有些主意很不賴。你給我閉嘴，不要再多話，否則我就用這個讓你閉嘴。」他搖晃著手槍，愈來愈不耐煩。

金髮女郎倒抽一口氣，轉臉面對牆壁。波第看著我，狡獪地說：「我怎麼會擁有這樁美妙的生意？」

「是你殺蓋格得來的。昨天晚上下雨的時候。那眞是個開槍殺人的大好天氣。麻煩的是，你斃了他的時候，他不是自己一個人。要不是你沒注意到，這點又好像不太可能，就是你一時慌張急著脫逃。可是你還有膽子從他的相機取走底片，你還有膽子又回去藏他的屍體，這樣才可以在警方發現謀殺案之前，把那些書安頓妥當。」

「有你的。」波第一臉輕蔑地說。柯爾特手槍在他膝蓋上晃盪。他棕色的臉孔像塊木雕一樣堅硬。「你很會猜謎，先生。偏偏你他媽的好狗運，不是我斃掉蓋格的。」

「你承不承認都一樣，」我十分樂意告訴他：「反正你是注定了要頂這個罪。」

波第的聲音沙啞起來。「你想我被擺了圈套了？」

「一點沒錯。」

「怎麼說？」

「有人會這樣指證。我已經告訴你了，有證人在場。不要跟我耍天眞，衰。」

這時他爆發開來。「那個他媽的小騷貨！」他破口大罵。「她敢，該死！她敢——試試看！」

我往後一靠對他咧嘴一笑。「太好了。我就想你一定有她的裸照。」

他沒說話。金髮女郎也沒說話。我讓他們去咀嚼這句話的意思。波第的臉慢慢開悟，有一種陰沉的釋然。他把柯爾特手槍放在椅畔的小桌子上，但是右手仍然不即不離。他把雪茄的菸灰點落在地毯上，兩眼瞇成細縫盯著我。

「你大概認爲我很笨。」波第說。

「就騙子來說，中等程度而已。照片拿來。」

「什麼照片？」

我搖搖頭。「不要玩這一套，衰。假裝無辜一點用處也沒有。你要不是昨晚人在現場，就是從某個曾在現場的人手上取得裸照。你知道『她』在現場，因爲你叫你女朋友用可能涉及刑事的話威脅雷根太太。你之所以知道可以這樣威脅，唯一的兩個辦法，要不曾經親眼目睹事情發生，就是在拿到照片的同時，也知道照片是在何時何地拍攝的。搞清楚狀況，吐實吧。」

「必須讓我嚐點甜頭才行。」波第說。他稍微轉頭看看綠眸子的金髮女郎。她已經綠眸不再，只是一具光有金髮的空殼。此刻她像一隻新宰的兔子，癱軟無力。

「沒有甜頭。」我說。

他憤恨地斥問：「你是怎麼找上我的？」

我把我的皮夾亮出來，讓他看我的執照。「我在調查蓋格——替一位客戶。昨晚我人在屋外，在雨中。我聽到槍聲。破窗而入。沒看到兇手。但是看到其他一切。」

「那你還是緊閉尊口的好。」波第冷笑道。

我把皮夾收起來。「沒錯，」我承認：「到此之前確是如此。給不給照片？」

「關於那些書，」波第說：「你又是怎麼知道的？」

「我從蓋格的店一路跟蹤到這裡。我有證人。」

「那個無賴小子嗎？」

「什麼無賴小子？」

他又動怒了。「在店裡做事的那個小子。卡車離開以後他就溜了，連艾格妮都不知道他跑哪裡去了。」

「這消息很有用。」我說，對他咧嘴而笑。「那本來讓我有點擔心。你們兩人有沒有去過蓋格的房子——昨晚之前？」

「連昨晚都沒去過。」波第厲聲說。「原來她說是我殺的，呃？」

「如果有照片在手，我可能有辦法說服她說她弄錯了。當時她喝了一點酒。」

波第嘆口氣。「她恨我的膽量。我把她甩了。沒錯，有人付我錢，但是我遲早也是得這麼做。對我這種單純的人來說，她太難纏了。」他清清喉嚨。「給點甜頭怎麼樣？我手頭幾乎空了。艾格妮和我需要跑路費。」

「不可以從我的客戶拿。」

「聽著——」

「照片拿來，波第。」

「噢，見鬼。」他說。「算你贏。」他站起來，把柯爾特手槍插進口袋。他的左手伸進外套的裡面。當他的手還舉在那裡，面容因厭惡而扭曲起來的同時，門鈴響了起來，鈴聲不斷。

15

他很不高興。他咬著下唇，眉梢驟然下垂。整張臉變得尖銳、狡猾，又凶惡。

門鈴依然唱個不停。我也不高興。如果來客碰巧是艾迪．馬仕和他的手下，我可能會順帶被宰了。如果是警察，除了笑臉和許諾，其他我無可奉告。如果是波第的朋友——假設他有朋友的話——他們有可能比他還難對付。

金髮女郎也不高興。她突然起立，一隻手懸在半空。緊張使她的臉變得又老又醜。

波第眼睛緊緊地盯住我，同時疾速拉開桌子的小抽屜，取出一把骨製手柄的自動手槍。他向金髮女郎示意。她溜到他身邊，接過手槍，手抖個不停。

「坐在他旁邊，」波第說：「拿低一點對準他，不要讓來人看到。如果他搞鬼，你自己要會判斷。我們還沒輸哪，寶貝。」

「噢，裘。」金髮女郎哀鳴。她走過來，靠我身邊在臥椅坐下，用槍指著我的腿幹。我不喜歡她眼裡那種愚蠢的神色。

門鈴聲停止了，緊接著是一陣急促不耐的拍門聲。波第把手放進口袋裡，握住槍，走到門邊，用左手打開門。卡門・史坦梧用一把小左輪手槍頂著他棕色的薄唇，把他逼退進房間裡。

波第雙唇蠕動，一臉驚惶地往後退。卡門把身後的門關上，既不看我，也不看艾格妮。她小心翼翼地逼近波第，一點點舌尖露出牙縫之間。波第把兩手都從口袋裡抽出來，一副想撫慰和解的態勢。他的眉目不受指揮地糾結成一團。艾格妮把槍口從我身上轉開，揮向卡門。我射出一隻手，五隻指爪用力攫住她的手，並且用拇指按住槍的保險栓。保險栓已經打開了。我讓它繼續開著。我們之間雖然有一陣短促無聲的扭打，但是波第和卡門都全然未予理會。我搶到槍。艾格妮粗聲喘息，全身不停地發抖。卡門一臉猙獰，呼吸聲嘶嘶作響。她聲調毫無起伏地說：

「我要我的照片，袁。」

波第嚥一口口水，努力想擺出笑容。「當然，孩子，當然。」那聲音細微平板，跟先前應付我的聲音，有如速克達機車與十噸卡車之別。

卡門說：「你殺了亞瑟・蓋格。我看見你殺他。我要我的照片。」波第臉都綠了。

「嘿，等一下，卡門。」我喊道。

金髮艾格妮突然醒過來。她頭一低，利齒往我的右手咬下去。我大聲嚷嚷把她甩掉。

「聽著，孩子，」波第說：「先聽我一分鐘——」

金髮女郎對我啐了一口口水，整個人衝向我的腿，眼看就要往我的腿咬下去。我用槍敲她的頭，並沒有很用力，同時想法子站穩。她滾到我腿下，兩隻手臂緊緊將我的腿抱住。我跌回臥椅上。這女人不知是因愛或因懼，或者集兩者之大成，變得出奇強壯，也或者她原來就相當強壯。

波第伸手去搶近在眼前的小左輪手槍。沒抓到。槍發出一聲並不算很響的刺耳噪音。子彈打到一扇向內摺開的落地玻璃窗。波第淒厲地哀嚎，跌到地板上，並從底下用力扯卡門的腳。她摔一跤，小左輪手槍滑落出去，掉到一個角落。波第迅即跪立起來，手探向口袋。

我比上次用力地打艾格妮的頭，把她踢到一邊，並且站起來。波第眨著眼睛看我。我的自動手槍對著他。他想探進口袋的手停在半空中。

「耶穌基督！」他哀叫討饒。「別讓她殺我！」

我放聲大笑。像個白癡一樣笑得不克自持。金髮艾格妮兩手撐著地毯坐在地上，張口結舌，一綹鋼絲般的金髮懸在右眼前方。卡門手腳趴在地上，呼吸聲仍然嘶嘶作響。她的那把小左輪手槍掉在角落，靠著牆腳板閃閃發亮。她不顧一切地爬過去。

我對波第揮揮手上的槍說：「不要妄動。你不會有事的。」

我越過正在爬行的女孩子，把槍撿起來。她仰頭看我，開始咯咯笑起來。我把她的槍收進口袋，拍拍她的背。「起來，天使。你這樣像隻哈巴狗。」

我走到波第身邊，用那把自動手槍抵住他的橫隔膜，伸手把他口袋裡的柯爾特手槍取出來。現在所有曾經現身的槍枝全在我手上。我把它們全部塞進口袋，對他伸出一隻手。

「拿來。」

他點點頭，舔舔唇，仍然目有懼色。他從胸口內袋拿出一只厚信封交給我。信封裡面是送洗過的底片和五張光面照片。

「確定全都在這裡？」

他再度點頭。我把信封收進我自己的胸口內袋，轉身走開。艾格妮已經坐回臥椅上，在整理她的頭髮。她瞪著卡門的綠眼眸有一股蒸騰的恨意。卡門也已經站起來，她伸出手向我走來，嘴裡仍然咯咯地笑，鼻息仍舊嘶嘶地響。她的嘴角有一絲唾沫。貼近嘴唇的細小白牙微微閃爍。

「現在可以給我了嗎？」她面帶故作嬌羞的笑容問我。

「我會幫你處理。回家吧。」

「回家？」

我走過去門邊，往外張望。清涼的夜風安詳地吹下走道。走道上沒有半個驚惶的鄰居。一把小手槍走火，射破一片窗玻璃，可是在今天的社會，那並不具有太多意義。我握著打開的門，向卡門揚首示意。她走到我身邊，神色不定地微笑。

「回去家裡等我。」我用安慰的口吻說。

她舉起拇指吸吮。然後點點頭穿過我面前踏上走道。經過我時，她用手指撫撫我的面頰。「你會照顧卡門，對不對？」她說。

「對。」

「你眞可愛。」

「你看到的還不算什麼。」我說。「我右邊大腿上有一個峇里島舞孃的刺青。」

她杏眼圓睜，說：「頑皮鬼。」用一根指頭點點我。然後耳語道：「可以還我槍嗎？」

「現在不行。待會兒。我會送去給妳。」

她突然摟住我的脖子，親我的嘴。「我喜歡你。」她說。「卡門非常喜歡你。」然後像隻快樂的畫眉鳥飛奔下走道，在樓梯口轉頭跟我擺擺手，然後跑下樓梯不見了蹤影。

我回去波第的公寓。

16

我朝向內摺開的落地窗那裡走去，觀察窗戶上半部那一小片打碎的玻璃。玻璃中了卡門那把槍的子彈，像挨了一拳。玻璃上沒有裂孔。旁邊牆壁的膠泥上有一個小洞，只要稍微留神一點就可以看得出來。我把窗簾拉過來遮住碎裂的玻璃，並且從口袋裡取出卡門的槍。那是一把班克特製手槍，點二二口徑，裡面裝的是穿透力低而殺傷力大的空尖彈。槍柄鑲著珍珠，底部有一塊小小圓圓的銀片，上面刻著字：「給卡門，歐文贈」。她把所有的字母都挖得坑坑洞洞。

我把槍收回口袋，在波第旁邊坐下來，瞪著他喪氣的棕眼眸。一分鐘過去。金髮女郎藉著一只隨身小鏡子整了整面容。波第撥弄著一根香菸，揚揚下巴問：「滿意了？」

「到目前爲止，可以這麼說。你爲什麼會找上雷根太太，不找老頭子？」

「搞過老頭子一次。大約六、七個月前。我想他煩起來可能會去報警。」

「你憑什麼以爲雷根太太不會告訴他？」

他用了點心思考量這句話，抽著菸，兩眼緊盯著我的臉。終於，他開口：「你和她多熟？」

「跟她見過兩次面。你一定比我了解她很多，才敢碰這種運氣，用照片敲詐她。」

「她經常四處玩樂。我猜想她可能有一些漏子不要讓老頭子知道。我猜她很容易就能籌足五千大洋。」

「這解釋有點弱，」我說：「但是算你通過。你破產了，嗯？」

「我已經捉襟見肘一個月了。」

「你是幹什麼營生的？」

「賣保險。我在波仕．沃格林公司上班，就在威斯頓路和聖塔蒙尼卡大道交口的富衛得大樓。」

「既然你已經坦白開口了，那就打開天窗說亮話。那些書在你公寓這裡？」

他嗤一聲，揮一下棕色的手。神態之間顯然又恢復自信。「見鬼，才沒有。在倉庫裡。」

「你雇人運來這裡，然後馬上又找倉庫租賃公司把書送走？」

「沒錯。我不要從蓋格的店直接運到倉庫去，你想我會這樣做嗎？」

「很精明。」我佩服地說。「有沒有人到店裡去盤查什麼？」

他又露出憂慮的神色。然後他斷然搖頭。

「很好。」我對他說。我放眼艾格妮。她已經整妝斂容完畢，兩眼茫茫然地瞪著牆壁，對周遭幾乎聽而不聞。經歷他們這場首度禍殃之後，緊張和震驚造成的困乏在她臉上顯露無遺。

波第憂心地眨眨眼。「所以？」

「你怎麼拿到那些照片的？」

他變起臉來。「聽著，你已經達成你來這裡的目的，而且撿了便宜。你做得相當漂亮俐落。現在去跟你的雇主炫耀吧。我已經洗手了。我不知道什麼照片不照片的，對不對，艾格妮？」

金髮女郎睜大了眼睛，用曖昧但絕非讚賞的眼光注視著他。「半吊子傢伙。」她倦怠地哼一聲鼻子說。「這就是我的全部結論。我還沒有遇過一個傢伙是通盤聰明到底的。從來沒有。」

我對她咧嘴一笑。「我是不是把妳的頭打得太重了？」

「你跟我見過的每一個男人都一樣。」

我再轉頭看波第。他指尖掐著香菸，像在抽搐。他的手似乎有點發抖。但棕色的撲克臉孔依然平穩。

「我們必須講好一個共通的故事。」我說。「譬如說，卡門沒有來過這裡。這點非常重要。她沒有來過這裡。剛才只是你的幻覺一場。」

「哈！」波第冷笑。「如果你要這麼辦，夥伴，如果——」他伸出一隻手，掌心向上，五指做成杯狀，拇指尖輕輕地摩擦著食指和中指。

我點頭會意。「我們可以看著辦。可能可以給一點。但是你不要指望是個大數字。現在告訴我，你是從哪裡搞到照片的？」

「一個傢伙不小心掉的。」

「嗯哼。一個你在街上擦肩而過的傢伙。你再也認不出他的樣子。你以前也從來沒有見過。」

波第大口打個呵欠。「照片從他的口袋裡掉出來。」他說。

「嗯哼。昨天晚上有誰可以做你的不在場證人，撲克臉？」

「當然有。我就在這裡。艾格妮和我在一起。OK，艾格妮？」

「我又開始爲你感到傷心了。」我說。

他瞠目結舌，香菸懸掛在他的下唇上。

「你自以爲很精明，而事實上你實在蠢得可以。」我告訴他。「即使你閃得過昆丁監獄，將來也有一段漫長寂寞的逃亡日子。」

他的香菸抖了一下，菸灰掉在他的背心上。

「想想看你有多精明。」我說。

「出去。」他突然咆哮。「滾。我已經跟你浪費夠多口舌了。滾蛋。」

「OK。」我站起來，走到高橡木桌旁，從口袋取出他的兩把槍，把它們槍身與槍身正好平行的並排擺在吸墨紙上。我探手拾起落在臥椅旁地板上的帽子，舉步向門走去。

波第喊了一聲：「嘿！」

我轉身等著。他的香菸像吊在彈簧上的洋娃娃，抖個不停。「一切都擺平了，對不對？」他問。

「怎麼？當然。這是個自由的國家。如果你不願意，你可以不必待在監獄外面。那是說，假定你是這裡的公民。你是公民嗎？」

他只是瞪著我，抖著香菸。金髮艾格妮緩緩轉過頭來，以相似的角度瞪著我。他們的眼神裡，含著幾乎相同的狡獪、猜疑，和受挫的怨怒。艾格妮突然舉起她的銀指甲，從頭上抓了一撮頭髮，並且以一種憤恨的痙攣動作將它們在指間扯斷。

波第神態侷促地說：「你不會去找警察吧，兄弟。如果雇用你的是史坦梧家，你不會去找警察。我手上有太多那家人的把柄。你已經拿到照片，也得到不露口風的承諾。回去叫賣你的成果吧。」

「做事有決斷一點。」我說。「你已經叫我滾，我已經要走了，你又把我喊回來，我停下來，現在我又得走了。這就是你要的？」

「我沒有什麼把柄在你手上。」波第說。

「只有幾件謀殺案。在你的圈子裡不算什麼大不了的事。」

其實他跳腳的高度不到一吋，但是感覺像有一呎高。眼睛睜得老大，菸草色的瞳孔周圍整個一圈白。棕色的面龐在燈光照耀下有點發綠。

金髮艾格妮發出一聲野獸般的低嗥，把頭埋進臥椅尾端一塊靠墊裡。我站在那裡欣賞她修長的腿線。

波第緩緩地舔了舔唇說：「坐下，夥伴。我可能還有一點情報可以給你。你剛才說幾件謀殺案是什麼意思？」

我靠著門站著。「昨天晚上七點半左右你人在哪裡，裘？」

他嘴角鬱悶地往下垂，兩眼盯著地板。「我在探查一個傢伙，一個有樁好生意的傢伙，我猜他可能需要一個合夥人。蓋格。我有時候會去探查他，看看他是不是有什麼很硬的靠山。我猜他有一些特殊的朋友，否則不會那麼光天化日地經營那種生意。但是沒看到那種朋友去他家。只看到一些女人。」

「你觀察得不夠仔細。」我說。「繼續講。」

「昨天晚上我在蓋格家底下的那條街。雨下得很大，我窩在我的小轎車裡，什麼也看不見。蓋格家門前停了一輛車，山坡再上去一點還有另外一輛。那就是爲什麼我會停在山坡下面。我附近還有一輛大別克轎車停在那裡，過了一段時間以後，我過去探那輛車子一眼。登記的名字是薇薇安・雷根。沒發生什麼事，所以我就離開了。就是這樣。」他揮一揮香菸。兩隻眼睛在我的臉孔上下逡巡。

「可能。」我說。「你知道那輛別克現在在哪裡嗎？」

「我怎麼知道？」

「在警長的車庫裡。今天早上從利都漁港十二呎深的水底被吊上來。裡面有一個死人。他頭被敲了一記，車頭對著碼頭外掉下去，而且手動油門被拉下來。」

波第喘息沉重。一隻腳不安地拍打著地板。「耶穌基督，老兄，你不可以把那個賴在我身上。」他嘶啞地說。

「爲什麼不可以？根據你的說法，這輛別克在蓋格家後面。雷根太太沒開這輛車出去。是她的司機，一個叫歐文・泰勒的小伙子，把車開出去。他跑去蓋格家找蓋格談話，因爲歐文・泰勒愛上卡門，他不喜歡蓋格和她玩的那種遊戲。他用鐵橇和一把槍擅自從後門進入，正好逮到蓋格在給卡門拍照，卡門一絲不掛。所以他的槍，和所有槍枝所具備的功能一樣，就開火了，蓋格倒地死亡，歐文拔腿就逃，但是沒有忘記帶走蓋格剛拍的照片底片。所以你隨他背後追上去，從他那裡拿到照片。若非如此，照片怎麼會在你的手上？」

波第舔舔唇。「對，」他說：「但是不能因此就說是我把他害死的。沒錯，我聽到槍聲，看到兇手乒乒乓乓從後樓梯跑下來，鑽進別克開走。我開車跟上去。他開到山腳下往西轉上日落大道。過了比佛利山，他滑出路面，不得不停下來，我就貼上去，假裝是警察。他有槍，但是神志非常混亂，我就把他擊昏。我搜他的衣物，發現他是誰，然後純粹出於好奇，把底片拿起來。正在納悶那是什麼，滿脖子又是雨又是汗的時候，他忽然醒過來，把我打下車子。等我站起來，他已經一溜煙跑掉了。那是我最後一次看到他。」

「你怎麼知道他殺的是蓋格？」我直截了當地問。

波第聳聳肩。「我猜是，但我也有可能猜錯。等把底片洗出來，知道內容是什麼以後，我就相當確信是蓋格沒錯。而且當蓋格今天早上沒有去店裡，家裡電話也沒有人接時，我就很確定是他了。所以我就想，這是把他的書搬走的好時機，而且可以對史坦梧家下個快手，討些旅費，暫時避避風頭。」

我點點頭。「聽起來好像滿有道理。也許你眞的沒有殺人。你把蓋格的屍體藏到哪裡去了？」

他兩道眉毛挑得高高的。然後咧嘴一笑。「門兒都沒有。門兒都沒有。少來這一套。不知道什麼時候會有警車來包圍那個地方，你想我會跑回去處理他的屍體嗎？門兒都沒有。」

「有人把屍體藏起來了。」我說。

波第聳聳肩。笑容仍然留在他臉上。他不相信我的話。當他還在那裡覺得我的話不可思議時，門鈴又響起來了。波第疾速站起來，眼神冰冷。他看看桌上的槍。

「她又回來了。」他怒吼道。

「如果是她，她身上沒有槍。」我安慰他。「你難道沒有其他朋友嗎？」

「大概只有一個，槍。」他咆哮。「我受夠了這隻小貓咪的牆角遊戲。」他大步跨向桌子，拿起柯爾特手槍。他把槍握在身邊走去門邊，用左手握住門鈕一轉，門打開一呎寬，身體傾向門縫，槍枝緊緊地靠在大腿旁。

有一個聲音說：「波第？」

波第說了些什麼，我聽不見。兩槍迅速的爆破聲像悶在葫蘆裡。那槍一定是緊緊地抵住波第的身體。只見他向前靠門倒下，身體的重量「砰」一聲把門推闔。他順著木門滑下。兩腳順勢把背後的地毯推開。他的左手從門鈕上落下來，手臂撞在地板上發出沉重的一擊。他的頭抵住門。一動也不動。柯爾特手槍還鉤在右手上。

我跳起來衝過房間，把他的身體翻到一邊好打開門擠出去。幾乎正對門那戶公寓有一個女人探頭出來看。她滿臉懼色，獸爪般的手指著走道的一端。

我趕下走道，聽見有人跑下瓷磚樓梯的腳步，便循聲追下去。在入口大廳，前門正要安靜地自動闔上，外面人行道上有跑步聲。我在門全部闔上之前趕到，把門用力扯開，衝出去。

一個沒戴帽子，身著短皮衣的高個子身影，跑過街道斜對面一排停在路旁的車輛中間。那身影轉過來，火光從那裡射過來。兩聲像斧頭重劈的聲響，擊中我旁邊的灰泥牆壁。身影繼續往前跑，然後在兩輛車中間一閃，不見了蹤影。

一個男人跑來我身邊問：「怎麼回事？」

「有人開槍。」我說。

「老天啊！」他急忙逃進公寓大樓。

我快步走下人行道到我的車子，鑽進去，發動引擎。我把車駛出路旁，向山下開去，速度不快。街對面的車子沒有任何動靜。我以為我聽到腳步聲，但不敢確定。我往山下開一條半街，在十字路口掉頭，再往回開。沿著人行道傳來一陣細微的口哨聲。然後是腳步聲。我和路邊的一輛車子並排停車，從兩輛車子中間溜下來，俯低身子。我把卡門的小左輪手槍從口袋裡拿出來。

腳步聲愈來愈大，口哨吹得興高采烈。一會兒，短皮衣出現了。我從兩輛車子中間踏出來說：「有火柴嗎，夥伴？」

那個少年迅速轉向我，舉起右手作勢要伸進短皮衣。他的眼睛在路邊圓吊燈的光照下濕潤閃亮。水汪汪的黑眼睛狀似杏仁，蒼白英俊的臉龐上，有如波浪的黑髮在低低的額頭上長出兩個尖。眞是一個非常俊俏的少年，是蓋格店裡的那個少年。

他站在那裡沉默地注視我，右手靠在短皮衣邊緣，但是還沒有伸進去。我把小左輪手槍低低地握在身畔。

「你一定非常想念那位皇后。」我說。

「×你鳥。」少年輕聲說，一動不動地站在人行道內側，介於停靠的車輛和一片五呎高的護堤牆之間。

警車的聲音從遠方傳上長長的山丘。少年把頭轉向聲音的來向。我往前踏近一步，把槍抵進他的短皮衣。

「要我還是要警察？」我問他。

他把頭稍微歪向一側，彷彿我打了他一耳光似的。「你是誰？」他問。

「蓋格的朋友。」

「離我遠一點，你狗娘養的。」

「這是一把小槍，小子。我可以給你從肚臍穿個洞，你必須休養三個月才有辦法再走路。可是你終究還是會康復。所以你可以自己步行走進昆丁監獄那個又好又新的毒氣死刑室。」

他說：「×你鳥。」他把手伸進短皮衣裡頭。我把槍往他腹部壓得更用力。他輕輕吐了一口長長的嘆息，手從短皮衣伸出來，乏力地垂在身邊，他的寬肩也頹萎下來。「你要幹什麼？」他低聲問。

我伸手到他的短皮衣內側，抽出他的自動手槍。「進我的車，小子。」

他走過我面前，我從背後推他一把。他爬進車子。

「駕駛座，小子。你開車。」

他滑過去駕駛座，我上車坐在他旁邊。我說：「先讓警車上山。他們會以爲我們是聽到警笛移到一邊讓路。然後把車子掉頭下山，我們回家去。」

我把卡門的槍收起來，用自動手槍抵著少年的肋骨。我從窗戶往後看。此時警笛的鳴聲非常響亮了。兩盞紅燈浮現在街道中央。燈光愈來愈大，漸漸合而爲一，然後警車在一陣颶風般狂野的警笛聲中，從我們旁邊掃過。

「我們走吧。」我說。

少年把車掉頭，往山下開去。

「我們回家。」我說。「上拉文坡道。」

他光滑的嘴唇抽搐了一下。他把車子往西轉上富蘭克林街。「你這孩子心思太單純。你叫什麼名字？」

「卡羅．蘭葛安。」他有氣無力地說。

「你殺錯人了，卡羅。裘．波第沒有殺你的皇后。」

他對我咒了一句三字經，繼續開車。

17

一團迷霧纏繞著拉文坡道旁尤加利樹高大的枝椏，滿月被霧氣遮掩了一半。山下一戶人家的收音機開得震天價響。少年把車子駛過盒子籬笆，停在蓋格家門前，熄了引擎，雙手握著方向盤，兩眼直直地瞪著前方。蓋格的籬笆後沒有一絲燈光。

我說：「有人在家嗎，小子？」

「你應該知道呀。」

「我怎麼知道？」

「×你鳥。」

「有人的牙齒就是這樣爛掉的。」

他齜牙咧嘴秀給我看他的牙齒。然後一腳踢開門下了車。我立即隨他下車。他兩手握拳插在臀上，沉默地望著露出籬笆上方的房子。

「好了。」我說。「你有鑰匙。我們進去吧。」

「誰說我有鑰匙？」

「不用跟我耍，小子。皇后有給你鑰匙。那裡面有一間你舒適乾淨的男用小房間。當他有女訪客的時候，就把你趕出去，把房間鎖起來。他就像凱撒一樣，是女人的丈夫，也是男人的妻子。你以爲我看不出來，他和你是什麼樣的人嗎？」

我手上的自動手槍仍然對著他，但他照樣不管三七二十一地向我撲來。我下巴中了一拳。幸好我腳步退得夠快，沒有跌倒，但是也挨得不輕。那一拳有意是狠命的一擊，但是無論他外表如何，娘娘腔的男人畢竟骨子裡就是欠鐵。

我把槍丟到小子的腳下說：「也許你需要這個。」

他迅即彎下腰去撿。動作非常快。我一拳打進他的頸窩。他往一旁踉蹌跌倒，想爬過去撿槍，但是沒撿到。我把槍拾起來，丟進車裡。少年四腳著地爬起來，惡眼賁張狠狠地瞪我。他一邊咳嗽一邊甩頭。

「別再打啦。」我告訴他。「你在白費力氣。」

可是他要打。他像是用航空母艦發射器噴出來的飛機，向我射來，對準我的膝蓋俯衝。我閃到一邊，手向他的脖子伸過去，把他的頭挾在我的腋下。他兩腳在地上亂扒，勉強站穩，兩手亂抓亂打。我挾著他甩一圈，把他的頸項扯更高一點。我用左手握住我的右手腕，把我的右臂抵著他，一時間，彼此的力道均衡。我們就像兩尊怪物懸掛在迷霧的月光下，兩人的腳都狠命地擦著路面，兩人都氣喘吁吁。

此時我的右前臂壓住他的氣管，兩隻手臂的力量都集中在那上面。他的腳開始發狂亂搓，已經喘不出聲音來了。他動彈不得。他的左腳撇向一邊，膝蓋癱軟了。我繼續挾住他半分鐘。他整個人癱在我手臂上，體重不輕，我幾乎要撐不住。然後我放開手。他整個人垮在我腳下，昏迷了。我去車子的前座雜物箱拿出一副手銬，把他兩隻手腕拽到背後，用手銬銬起來。我從腋下把他拉起來，把他拖進籬笆內從外面街道看不見的地方。我回到車子裡，把車移到上坡一百呎遠的地方，鎖好車子。

我回來的時候他仍然是昏迷的。我打開門鎖，把他拖進房子，關上門。此時他開始回神喘氣。我扭亮一盞燈。他眨著眼皮睜開眼，目光慢慢集中在我身上。

我避開他的膝蓋，彎下腰說：「別吵，否則你就吃不了兜著走。靜靜躺著，屏住呼吸。直到你憋不住了，然後告訴自己，你非呼吸不可，你臉都發黑了，眼球都暴出來了，此時此刻非呼吸不可了，可是你是在聖昆丁監獄乾乾淨淨的小毒氣室裡，五花大綁坐在刑椅上，當你吸進那口費盡整個神魂全力抗拒的氣時，吸到的不會是空氣，而是氰氣。那就是今天我們這一州所謂的人道死刑。」

「×你鳥。」他說，著惱地輕嘆一口氣。

「你會請求認罪減刑，兄弟，不要妄想你不會。而且我們要你講什麼你就得講什麼，不要你講什麼你就不可以講什麼。」

「×你鳥。」

「再講一次那句話，我就讓你有得受。」

他撇一撇嘴。我讓他倒在地板上，兩手銬在背後，一邊面頰壓著地毯，露在上面的那隻眼睛充滿了獸性的光芒。我打開另一盞燈，走進客廳後面的走道。蓋格的房間似乎仍沒有被動過。我打開走道對面另一間房間的門，房門現在沒有鎖。房間裡有一點昏晦閃動的光芒，和一股檀香的味道。櫃子上一個小銅碟裡有兩股並排的香灰。光線是來自於那對一呎高燭台上的兩根黑色高蠟燭。燭台是立在兩張各據床頭兩側的直背椅子上。

蓋格躺在床上。兩條失蹤的中國絲繡在他的軀體中央排成一個聖安德魯十字，正好遮住他中國袍子前面的血漬。在十字之下，兩條穿黑睡褲的腿又直又僵。腳上穿著白色厚毛布鞋底的拖鞋。在十字之上，他兩隻手臂在手腕的部位交叉，手平放在靠肩的地方，掌心向下，五指併攏平伸。他的嘴巴閉闔，陳查理式的鬍子看起來像假髮一樣不眞實。扁平的鼻子看起來皺縮蒼白。眼睛幾乎是閉上了，但是沒有完全闔攏。他的玻璃眼珠映著燭光微微閃爍，像在對我眨眼睛。

我沒去碰他。甚至也沒有靠得很近。他應該是像冰一樣冷，像木板一樣僵硬。

黑蠟燭的火光因爲開門的陣風閃了一下。黑色的燭淚沿著燭身淌下。房間裡的空氣既污濁又不眞實。我走出來，關上門，回到客廳。少年仍在原處不動。我凝神佇立，傾聽是否有警車的嗚聲。眼前的問題只是艾格妮會多快開口，以及她會怎麼說。如果她提到蓋格，這裡隨時就會有警察抵達。但是她有可能好幾小時都緘默不語。甚至有可能早已逃之夭夭。

我低頭看少年。「要坐起來嗎，小子？」

他閉起眼睛假寐。我走到書桌旁，撈起桑椹色的電話筒，撥號到勃尼·歐斯的辦公室。他六點鐘就下班回家了。我改撥他家裡的號碼。他在家。

「我是馬羅。」我說。「今天早上你的小子們有沒有在歐文·泰勒的身上發現一把左輪手槍？」

我聽見他清喉嚨，然後可以聽得出他刻意不讓口氣露出驚訝。「這是屬於警方的事務。」他說。

「如果有，裡面應該有三個空彈殼。」

「你他媽怎麼知道的？」歐斯平靜地問。

「來拉文坡道七二四四號，從月桂峽谷大道進來。我會給你看那三顆子彈跑哪裡去了。」

「就是這樣，嗯？」

「就是這樣。」

歐斯說：「在窗邊守著，你會看到我從街角彎進來。我就覺得你先前的行爲有點神祕兮兮的。」

「神祕兮兮不是恰當的字眼。」我說。

18

歐斯站著俯視少年。少年坐在沙發上，身體斜靠著牆壁。歐斯無言地瞪著他，他的淡色眉毛根根豎立又硬又圓，像「富樂刷」廣告員分贈的小蔬菜刷。

他問少年：「你承不承認槍殺波第？」

少年悶聲咒了一句他最喜愛的三個字。

歐斯嘆一口氣望著我。我說：「他可以不必承認。我有他的槍。」

歐斯說：「我祈禱上天，但願每次有人跟我講這種話，我就可以得到一塊錢。這話有什麼好笑的？」

「我沒有說笑的意思。」我說。

「哦，很好。」歐斯說。他轉過身。「我已經打了電話給韋德。我們要帶這個無賴一起過去見他。他可以搭我的車，你跟在後面，以防萬一他踢我的臉。」

「你喜不喜歡臥房裡的景象？」

「還好啦。」歐斯說。「幸好泰勒那個小子掉到漁港裡。否則因爲他宰了那頭臭鼬鼠，我不得不把他送進死刑室，豈不令人討厭？」

我回到小臥房，吹熄黑蠟燭，燭心灰煙裊裊。我回到客廳的時候，歐斯已經叫少年站起來。少年站在那裡，用銳利的黑眼睥瞪著他，一張臉像冷羊脂一樣又硬又白。

「我們走吧。」歐斯說，抓他臂膀的樣子彷彿很不情願碰他。我把燈關掉，隨他們步出屋子。我們上了車，我跟在歐斯兩盞車尾燈後面開下冗長蜿蜒的山坡。希望這是我最後一次到拉文坡道。

地方檢察官塔格．韋德住在第四街和拉法葉公園道的交口，他那座白色的屋宅大概有一棟電車房的大小，房子一邊是紅沙岩的車輛出入口，正前方是占地好幾畝柔軟綿延的草地。那是一棟堅固老式的建築，過去市區往西擴展時，這種建築常常就整棟遷移到新地點。韋德出身洛杉磯一個老家族，他可能是在這棟房子還坐落在西亞當路，或費格羅路，或聖詹姆斯公園道時，在這座老屋裡出生的。

車道上已經停了兩輛車，一輛大型的私人轎車和一輛警車，警車旁有一個穿制服的駕駛倚著後擋泥板在抽菸欣賞月色。歐斯走過去跟他講了幾句話，司機探頭張望歐斯車裡那個少年。

我們走上房屋按鈴。一個梳著一頭油亮金髮的男子來開門，他引領我們步下走道，經過一間坐落得較低，擺滿沉重的暗色家具的客廳，然後又走下客廳遠端的另一條走道。他敲敲一扇門，踏進裡面，把門大開，我們走進一間鑲板書房，盡頭有一扇打開來的落地玻璃門，外面是黑暗的花園和一些不知名的樹。潮濕的泥土味和花香從窗戶傳進來。牆上有大幅暗色的油畫，幾張安樂椅，一些書，良質的雪茄菸味和潮濕的泥土味及花香混合在一起。

塔格．韋德坐在一張書桌後面，他是個體格福泰的中年人，一對清澄的藍眼睛帶著狀似友善而實際空洞的表情。他面前擺著一杯黑咖啡，左手靈巧謹慎的指間夾著一根有斑紋的細雪茄。書桌一角，另一位男士坐在一張藍色的皮椅裡，冷冷的眼神，瘦長的臉，像耙子一樣細瘦的身材，像貸款公司經理一樣強硬的神態。保養良好的乾淨臉龐像不到一個小時前才修過面。他穿著一套筆挺的棕色西裝，領帶上有一顆黑珍珠。他有那種腦筋敏捷的人特有的修長而神經質的手指。看起來一副隨時準備應戰的樣子。

歐斯拉一把椅子過來坐下，說：「晚安，康傑格。這位是菲力普．馬羅，一身麻煩的私家偵探。」歐斯咧嘴一笑。

康傑格看看我，頭也沒點一下。他把我全身打量一番，彷彿在閱覽一張照片。然後下巴動幅大約一吋的頓了一下。韋德說：「坐，馬羅。我會和康傑格組長溝通，但是你也瞭解。這裡現在是個大城市了。」

我坐下來點起一根香菸。歐斯看著康傑格問：「藍道路謀殺案調查到什麼？」

瘦長臉的扯扯一根手指，關節喀啦作響。他頭也不抬地說：「一具屍體，身中兩槍。有兩把沒有開火的手槍。我們在底下街上逮到一個金髮女郎，她正想發動一輛不屬於她的車子。她的車就停在旁邊，一模一樣的車型。她一副張皇失措的樣子，小子們就把她帶回去偵訊，她才說出來。這個叫波第的傢伙中槍的時候，她在公寓裡。說她沒看到兇手是誰。」

「就是這樣？」歐斯問。

康傑格挑一下眉毛。「不過一小時前才發生的。你指望什麼——謀殺的全程影片嗎？」

「也許對凶手有個描述什麼的。」歐斯說。

「一個穿短皮衣的高個子傢伙——如果你稱這個叫描述的話。」

「他正在外面我的破車裡，」歐斯說：「銬了手銬。馬羅幫你逮到的。這是他的槍。」歐斯從口袋裡拿出少年的自動手槍，把它放在韋德書桌的一角。康傑格看看槍，但是沒去碰。

韋德嗆笑幾聲。他靠到椅背上，嘴裡不斷地噴那根帶斑紋的雪茄。他又彎身向前，啜了一口咖啡。他從身上那件晚宴外套的胸口內袋取出一條絲手帕，搭一搭嘴唇，然後再把手帕收回去。

「這還牽涉了另外幾件謀殺案。」歐斯說，掐了掐他下巴底下的軟肉。

康傑格明顯地僵直起來。他倨傲的眸子變成兩道冷峻的光炬。

歐斯說：「你有沒有聽說，今天早上利都港外的太平洋吊起一輛車子，裡面有一個死人？」

康傑格說：「沒有。」仍然一臉嫌惡。

「車子裡的死人是一個有錢人家的司機。」歐斯說。「有人利用這人家其中一名女兒勒索。韋德先生透過我推薦馬羅先生給他們。馬羅非常謹慎地處理此事。」

「我最喜歡非常謹慎地處理謀殺案的私家偵探。」康傑格說。「你不必這麼他媽的故作客套。」

「對，」歐斯說：「我不必這麼他媽的故作客套。我他媽的也很少有這種和市警客套的機會。大部分時候我還得告訴他們，腳要擺在哪裡才不會跌斷骨頭。」

康傑格的尖鼻子周圍都發白了。安靜的房間裡依稀可聞他鼻息的嘶嘶聲。他非常低沉地說：「你不必告訴我的手下，他們的腳應該擺在哪裡，聰明傢伙。」

「那以後再說吧。」歐斯說。「我剛提到的這個淹死在利都港的司機，昨天晚上在你的管區裡槍殺一個傢伙。那個傢伙的名字叫蓋格，他在好萊塢大道上經營一家黃色書刊店。蓋格和在外面我車子裡的那個無賴同居。我說同居，如果你懂得這個意思。」

康傑格現在眼光平視著他。「聽起來好像有可能發展成一個骯髒故事。」他說。

「依我的經驗，大多數警察故事都是骯髒故事。」歐斯火氣頗大地應道，他轉向我，眉毛賁張。「輪到你播報了，馬羅。講給他聽。」

我講給他聽。

我保留兩件事沒說，當時我也不明白自己爲什麼要這麼做，我各遺漏一個人。我沒提卡門去過波第的公寓，也沒提那天下午艾迪．馬仕去過蓋格的房子。其餘的，我原原本本地吐露出來。

在我敘述的時候，康傑格的眼睛都沒有離開我的臉，他的臉上也沒有顯露任何情緒變化。結束之後，足足有一分鐘，他全然靜默。韋德也沒說話，啜著他的咖啡，輕輕地噴著他帶斑紋的雪茄。歐斯盯著他的一根拇指頭。

康傑格緩緩地靠向椅背，把一隻腳踝翹到另一隻腿的膝蓋上，用他細瘦神經質的手搓著腳踝的骨頭。瘦臉上眉頭深鎖。他用一種簡直要叫人受不了的客氣口吻說：

「所以，你所做的事，就是不報告昨晚發生的那件謀殺案，然後花今天一整天的時間四處招搖撞騙，好讓蓋格的那個小子有機會在今天晚上製造第二樁謀殺案。」

「該說的我都說了。」我說。「我的立場相當爲難。我也許做得不對，但是我要保護我的客戶，而且我完全沒有料到那個少年會去殺波第。」

「料不料得到是警察的事，馬羅。如果你昨晚報告蓋格被殺，店裡的書就不會被搬去波第的公寓。這小子就不會被引上波第這條線，也就不會去殺他。就算波第的命是借來的。他這種人哪個不是如此？可是一條命終歸是一條命。」

「沒錯。」我說。「下次你的警員在巷子裡射殺偷了一點小錢嚇得沒命逃跑的小賊時，把這種話講給他們聽。」

韋德啪一聲把兩手用力往桌上一按。「夠了。」他喝道。「你憑什麼那麼確定，馬羅，是泰勒這孩子殺死蓋格？即使殺蓋格的槍是在泰勒身上或車子裡找到的，也不能就此推定他絕對是凶手。槍有可能是被栽贓的——譬如說是波第，眞正的凶手搞的。」

「肉體上可能，」我說：「但是道德上不可能。這樣講假設太多巧合，而且太不合波第和他女朋友的個性，也不合他做事的方式。我和波第長談過。他是個騙子，但是並非殺手型的人物。他有兩把槍，但是並沒有隨身攜帶。他一直想找機會插手蓋格的生意，自然他是從他女朋友那裡知道內幕的。

他說他觀察蓋格一陣子了，想知道他是不是有什麼硬靠山。我相信他的話。假定他爲了取得蓋格的書殺蓋格，然後拿了蓋格剛給卡門·史坦梧拍的裸照逃走，再把槍栽給歐文·泰勒，並把泰勒推下利都港，這一切假定未免太過火了。泰勒有動機，他因妒生恨，也有機會去殺蓋格。他沒有得到允許開東家的車出去。他當著女孩子的面殺蓋格，就算波第是凶手，他也絕不會用這種幹法。我看不出一個對蓋格純粹只有商業興趣的人會用這種幹法。但是泰勒就有可能這樣做。裸照那種事正是會促使他這樣做的恰當情況。」

韋德嗆笑著，眼光瞟向康傑格。康傑格嗤鼻一聲清了清喉嚨。韋德問：「至於藏屍體又是怎麼一回事？我看不出所以然。」

我說：「小子還沒有告訴我們，但是一定是他搞的。波第不可能在蓋格被殺以後跑進屋子裡。一定是在我帶卡門回家那段時間，小子正好回家。由於他自己是那種人物，他當然怕沾惹警察，而且他可能認爲，先把屍體藏起來，等把屬於自己的東西都搬出屋子再說，是個好主意。根據地毯上的痕跡判斷，他把屍體從前門拖出去，很可能拖去放在車庫裡。然後他把屋裡所有屬於他的東西清光帶走。後來，也許在當晚某個時刻，在屍體還沒有僵硬以前，他突然感傷，覺得自己沒有好好的對待死去的朋友。所以又跑回去，把他搬到床上去。當然，這一切都只是我的猜測。」

韋德點點頭。「然後今天早上他到店裡去，裝作什麼事也沒有發生，可是張大眼睛觀察。當波第把書搬出去，他查出書的去處，便推斷拿書的人就是爲了那個目的殺死蓋格。甚至他對波第和他女朋友的瞭解，可能比他們原先揣測的還要多。你認爲呢，歐斯？」

歐斯說：「我們會查出來——但是這並無助於解決康傑格的問題。讓他椎心的是，這一切都是在昨天晚上發生的，可是他才剛剛得到通知而已。」

康傑格酸酸地說：「關於這點，我想我自會設法處理。」他利眼瞪我一下，馬上又把目光移開。

韋德揮一揮雪茄說：「讓我們看看證物吧，馬羅。」

我掏空口袋，把獵獲物都放到他書桌上：給史坦梧將軍的三張借據和蓋格的名片，卡門的照片，還有用暗碼列滿姓名和地址的藍本子。我先前已經把蓋格的鑰匙交給歐斯。

韋德看一看我拿出來的東西，輕輕地噴著雪茄。歐斯點起一根他自己的玩具雪茄，向著天花板怡然地吐煙圈。康傑格靠著桌邊，注視著我交給韋德的東西。

韋德輕輕敲了敲卡門簽字的那三張借據說：「我猜這些只是誘餌。如果史坦梧將軍付錢的話，那表示他在擔心背後更嚴重的事情。然後蓋格就可以進一步敲詐勒索。你知不知道他在擔心什麼？」他看著我。

我搖搖頭。

「你有沒有把你故事的所有相關細節，全盤托出？」

「我保留了幾條私人事項。我有意把它們繼續排除在外，韋德先生。」

康傑格說：「哈！」然後頗具深意地哼一下鼻子。

「爲什麼？」韋德平靜地問。

「因爲我的客戶有權受到保護，除非必要，無須讓他們去面對陪審團。我是有執照的私家偵探。我想『私家』兩個字在這裡應該有些意義吧。好萊塢警局手上有兩件謀殺案，兩件都破案了。兩個凶手都抓到了。各個案子的動機和凶器也都有了。基於涉及人士的名聲考慮，勒索案那一部分應該按下不提。」

「爲什麼？」韋德又問。

「沒關係，」康傑格語帶譏嘲地說：「我們很樂意爲維護私家偵探的立場充當配角。」

我說：「我拿個東西給你看。」我站起來，走出房子到我的車子裡，從車裡取出屬於蓋格店裡的那本書。那名穿制服的警察駕駛站在歐斯車子的旁邊。少年坐在車子裡，斜靠在一角。

「他有沒有說什麼？」我問。

「他提了一個建議。」警員說著啐了一口痰。「我沒理他。」

我回到屋子裡，把書放在韋德的書桌上，打開包裝。康傑格正在桌子一端打電話。我進來的時候，他掛斷電話坐下來。

韋德翻覽全書，神情木然，然後把書闔起來推過去給康傑格。康傑格打開書，才看一、兩頁就迅即闔上。他面頰上有幾點像五角錢大小的紅暈。

我說：「看看卷首空白頁上蓋的那些日期。」

康傑格再度打開書看一看。「怎樣？」

「必要的時候，」我說：「我可以立誓作證那本書是蓋格店裡的。那位金髮女郎，艾格妮，會承認店裡做的是哪一種生意。任何明眼人都看得出來，那家店只是某種地下活動的門面而已。但是好萊塢的警察，基於他們自己的某些理由，任由它營業。我敢說，陪審團會很有興趣知道，警察的理由是什麼。」

韋德咧嘴一笑。他說：「確實，陪審團有時候會問這種令人尷尬的問題——他們想知道，市政府辦事情為什麼會是這種辦法，而這種詢問常常是白費口舌。」

康傑格突然站起來，戴上帽子。「我看我在這裡是一比三單打獨鬥。」他卒然道。「我是刑事組的人。如果這個叫做蓋格的搞的是黃色書刊生意，那無關我的職責。但是我也承認，如果這個消息在報紙曝光，對我的部門也沒有什麼益處。你們這些鳥廝想要怎麼樣？」

韋德看看歐斯。歐斯沉靜地說：「我要把人犯交給你。走吧。」

他站起來。康傑格怒眼瞪視他，然後大步踏出房間。歐斯隨他身後出去。門再度關起來。韋德輕敲著桌面，用他澄澈的藍眼眸凝視著我。

「你應該了解，警方對這種包庇事件會是怎樣的觀感。」他說。「你必須把全部詳情做一個說明報告——至少做為存檔之用。我想我們應該有辦法讓兩件謀殺案分開來，並且都不提及史坦梧將軍的名字。你曉不曉得我為什麼沒有對你動怒，扯掉你的耳朵？」

「不曉得。我原來以爲我兩隻耳朵都會不保。」

「處理這一切，你可以得到什麼？」

「一天二十五塊錢，外加相關花費。」

「那麼到目前算來，總共是五十元和一點汽油費。」

「差不多。」

他歪著頭，用左手小指頭的指背摩挲著下巴底下。

「爲了這麼一點錢，你自願讓自己和這一郡的半數警察過不去？」

「我不喜歡這樣做，」我說：「但是我還能怎麼樣？我在辦一件案子。爲了討生活，我賣我必須賣的。我所能賣的，就是上帝賜給我的一點膽量和智慧，還有爲了保護客戶寧可吃虧受氣的一點意志力。今天晚上，我沒有先和將軍商量就吐露了這麼多，這已經違反了我的原則。至於包庇的事，我自己在警界做過事，你也知道。這在任何大城市都司空見慣。如果外面的人想包藏什麼，警方就非常正氣凜然起來，可是爲了朋友的人情或應付有點辦法的人士，他們自己其實經常在搞相同的把戲。再說我的事還沒了。我的案子還在進行。如果必要，我的反應仍然一樣。」

「先決條件是，康傑格沒有吊銷你的執照。」韋德一笑。「你說你保留了幾條私人事項。那有什麼重要性嗎？」

「我的案子還沒辦完。」我說，和他四目坦然對峙。

韋德對我微笑。他有愛爾蘭人那種坦率大膽的笑容。「讓我告訴你一件事，孩子。家父和老史坦梧是很親密的朋友。我在公務許可的範圍之內——也或許大大不止於此——盡我所能不讓老人傷心。可是就長期看來，這是不可能的。他的那幾個女兒，遲早有一天會捅出一個無法掩蓋的漏子，尤其是那個金頭髮的小太妹。她們不應該那樣不受管束恣意橫行。怪只怪老頭子自己。我猜他並不明瞭今天的世界是什麼樣子。還有一件事，趁我們今天這樣坦誠相對，我不必對你動怒的時候，向你一提。我敢用美金一元賭一毛加拿大幣，將軍擔心他的女婿，那個以前幹走私的，可能攪和在這件事情裡頭，而他眞正希望你查出來的，是證實他沒有。你認爲如何？」

「從我打聽得來的印象，雷根不像是會搞勒索的那種人。他是有弱點，而且就是因爲那個弱點出走。」

韋德嗤之以鼻。「那個弱點並不是你我所能判斷的。如果他是道上的人物，那個弱點就不應該有那麼弱。將軍有沒有告訴你，他在找雷根？」

「他告訴我，他希望能知道雷根在哪裡，而且平安無事。他喜歡雷根，而雷根沒有跟老人道別就那樣跑掉，令他很傷心。」

韋德靠回椅背，鎖起眉頭。「原來如此。」他語音有變。他伸手移動桌上的東西，把蓋格的藍色筆記本放到一邊，其餘的證物都推向我。「你最好把這些帶走。」他說。「它們對我沒有用處。」

19

等我停好車，走到赫伯阿姆斯大樓前門，時間已經將近十一點。玻璃大門十點鐘就鎖上了，所以我必須拿鑰匙出來開。在空蕩蕩的方形大廳裡面，一名男子把手上的綠色晚報放在一盆棕櫚樹旁邊，把菸蒂彈進樹盆裡。他站起來，對我揮揮手上的帽子說：「老大要跟你說話。你眞會讓你的朋友等啊，夥伴。」

我站定看著他的塌鼻子和小牛排耳朵。

「什麼事？」

「你擔心什麼？只要你不管閒事就萬事太平。」他一隻手在敞開的外套上方鈕釦眼附近徘徊。

「我身上都是警察味。」我說。「我已經累到不想說話，沒有胃口，也沒有力氣思考。但是你如果認爲我還沒有累到不能接受艾迪．馬仕的命令——趁我還沒射掉你另一邊好耳朵之前，掏槍吧。」

「鬼咧。你根本沒槍。」他目光平穩的瞪著我。一雙鐵絲般的暗色眉毛皺在一塊兒，嘴角下垂。

「那是上次。」我告訴他。「我並不是每一次都沒帶傢伙。」

他揮揮左手。「ＯＫ。算你贏。老大沒說我可以開槍。他會給你消息。」

「太晚就太早了。」我說，在他經過我面前走向大門時，緩緩地隨他轉身。他打開門，頭也不回地走出去。我對自己的傻氣暗自好笑，走進電梯，上樓到我的公寓。我把卡門的小槍從口袋裡拿出來，朝著它大笑。然後把它徹底清乾淨，上油，用一塊絨布包起來，鎖進抽屜。我給自己調了一杯酒，正在喝的時候，電話鈴響起來。我坐到放電話的桌子旁。

「原來你今天晚上來硬的。」艾迪·馬仕的聲音。

「又大，又快，又硬，又不好惹。有何指教？」

「條子去那邊了——你知道我指哪裡。你沒把我扯進去吧？」

「憑什麼不能？」

「人家對我好，我就對他好，卒子。人家對我不好，我就對他不好。」

「你仔細聽，就可以聽到我牙齒都在打顫了。」

他乾笑幾聲。「你沒提吧——你有提到我嗎？」

「沒有。該死，如果我知道自己爲什麼那樣做就好了。我猜不用把你扯進去，事情就已經夠複雜了。」

「謝了，卒子。是誰殺他的？」

「明天自己看報吧——也許會報導。」

「我現在就要知道。」

「你向來有求必應嗎？」

「沒有。那算是你的回答嗎，卒子？」

「一個你從來沒聽過的人殺他的。就是這樣，沒什麼好追究的了。」

「如果事情確實如此，也許有一天換我還你一份人情。」

「掛斷電話讓我睡覺吧。」

他又笑起來。「你在找鐵鏽仔雷根，是不是？」

「好像很多人都以爲我在找雷根，可是我沒有。」

「如果你在找他，我可以指點你一下。到海邊這兒來找我吧。隨時歡迎。我會很樂意跟你見面。」

「也許吧。」

「那麼後會有期了。」電話喀嗒一聲掛斷，我坐在那裡，手握著電話筒，差一點就失去耐性。然後我撥史坦梧家的號碼，電話響了四、五聲以後，男管家有禮的聲音接聽：「史坦梧將軍公館。」

「我是馬羅。記得我嗎？我大約在百年前和你見過面——或者那是昨天？」

「是，馬羅先生。我當然記得。」

「雷根太太在家嗎？」

「是，我想她在。請你——」

我突然改變心意打斷他的話。「不必了。你把口信傳給她就好。告訴她我拿到照片了，全部的照片，而且一切無事了。」

「是……是……」他的聲音似乎有點顫抖。「你拿到照片了——全部的照片——而且一切無事了……是，先生，容我說——非常感激你，先生。」

五分鐘不到，電話鈴響起來。我已經喝完酒，現在我覺得可以吃得下被遺忘掉的那頓晚餐了；我兀自出門任由電話響去。等我回來，電話仍舊響個不停。就這樣，電話斷斷續續地響到十二點半才告一段落。那時我已熄了燈，打開窗戶，用一份報紙蒙住電話，上床就寢了。史坦梧一家已經把我撐得一肚子滿滿。

第二天早上，我邊吃蛋和培根，一邊把三份早報都讀一遍。他們的報導和事實的距離，與一般新聞報紙的故事一樣——如火星與土星之相差十萬八千里。三份報紙都沒有把利都港自殺的司機歐文·泰勒，和月桂峽谷異色住宅的謀殺案連在一起。也沒有一份報紙提到史坦梧家、勃尼·歐斯，或我。歐文·泰勒是「一個富有家庭的司機」。偵破轄區內兩件謀殺案的所有功勞，都歸好萊塢分局的康傑格組長一人所有，兩件謀殺案，起因於對位處好萊塢大道的蓋格書店後頭所提供之通訊服務收益問題的爭吵。波第殺死蓋格，而卡羅·蘭葛安則射殺波第做為報復。警方逮捕了卡羅·蘭葛安。他已經坦承罪狀。他以前有不良紀錄——大概是指中學時代。警方並拘留了一名叫艾格妮·樓茲爾的女子，是蓋格的祕書，做為本案的重要證人。

這是一篇頗為精彩的拍馬屁報導。文字間給人的印象是，蓋格是在前一晚遇害，而在僅隔大約一個鐘頭以後，波第被殺，康傑格組長在點燃一根香菸的短短時間之內，即一舉偵破兩樁謀殺案。泰勒自殺事件登在第二版第一頁。報上有一張照片，是那輛轎車停在機動駁船的甲板上，車牌被塗黑，舷側的甲板上躺著一具用布覆蓋的物體。歐文·泰勒死前已經有一段時間精神沮喪而且健康狀況不佳。他的家人住在德布克，屍體會被運回當地。無須驗屍。

20

失蹤人口調查處的葛雷哥利隊長把我的名片方方正正地擺在他寬大平坦的桌子上，名片的周邊正好和桌子的四邊平行。他側著頭研究一下名片，哼了幾聲，晃一圈他的旋轉椅，然後放眼望著窗外半條街外，司法局上方圍了柵欄的頂樓。他是個結實魁梧的男人，眼神疲憊，動作緩慢得像個守夜人。他的聲音全無抑揚頓挫，而且平板又毫無興味。

「私家偵探，嗯？」他說，眼睛沒看我，而是看著窗外。一縷煙從懸在他犬齒上那根石南製菸斗的黑斗口中升起。「有什麼要我效勞的嗎？」

「我在幫蓋．史坦梧將軍辦事情，西好萊塢市阿泰白亞彎道三七六五號。」

葛雷哥利隊長沒有取下菸斗，只直接從嘴角噴出一小口煙。「什麼案子？」

「和你所處理的工作不盡相同，但是我有興趣。我想你可能幫得上忙。」

「幫你什麼忙？」

「史坦梧將軍是個有錢人。」我說。「他是地方檢察官父親的老朋友。如果他要雇一個人替他做全職跑腿，警方也不會有什麼意見。反正他老人家付得起。」

「你憑什麼認爲我在替他做事？」

我沒有回答。他緩慢而沉重地搖動旋轉椅，兩隻大腳平放在地板光裸的油氈布上。他的辦公室有一股多年例行公事累積下來的陳腐味。他兩眼無神地瞪著我。

「不浪費你的時間了，隊長。」我說著把椅子往後一推——僅僅大約四吋。

他一動不動。繼續用頹萎疲憊的眼睛瞪著我。「你認識地方檢察官？」

「見過面。我曾經在他底下做事。我和他的調查組組長勃尼．歐斯相當熟。」

葛雷哥利隊長探手拿起電話，喃喃地對著話筒說：「給我接地方檢察官辦公室的歐斯。」

他坐在那裡握著掛上的電話筒。分秒流逝。煙從他的菸斗裊裊升起。他的眼睛一如他的手，沉重又凝定不動。電話鈴響起來，他用左手拾起我的名片。「歐斯嗎？……我是總局的艾爾．葛雷哥利。有一個叫菲力普．馬羅的傢伙在我辦公室裡。名片上說他是私家偵探。他要跟我要情報……是嗎？他長什麼樣子？……ＯＫ，謝了。」

他掛斷電話，把菸斗從嘴裡拿下來，用一支粗鉛筆的銅柄蓋端塞菸草。他小心又認眞地塞，彷彿那是他那一天必須做的一件重要事務。他靠回椅背，又瞪著我。

「你要什麼？」

「想知道你有什麼進展，如果有的話。」

他沉思一下。「雷根嗎？」他終於又開口問。

「當然。」

「你認識他？」

「從來沒見過。據說他是個英俊的愛爾蘭人。將近四十歲，曾經幹過私酒買賣，和史坦梧將軍的大女兒結婚，可是兩個人合不來。聽說他大約一個月前失蹤。」

「史坦梧實在沒有必要雇私家偵探四處打探，他應該慶幸這種女婿自行銷聲匿跡。」

「將軍非常欣賞他。這種事並不罕見。老人殘廢又寂寞，雷根經常陪他聊天和他作伴。」

「你認爲有什麼你做得到，可是我們做不到的？」

「就尋找雷根這檔事來說，完全沒有。但是發生了一件頗爲詭異的勒索事件。我要確定雷根沒有牽涉在內。如果能知道他人在哪裡或不在哪裡，可能有幫助。」

「兄弟，我很想幫你忙，但是我不知道他在哪裡。他自己謝幕下台，就是這樣。」

「很難不守局裡的規定，是不是，隊長？」

「是啊——但也不是完全不能商量——暫且一下還是可以的。」他按一下桌邊的一個按鈕。一個中年女人從側門探進頭來。「愛芭，把托藍斯·雷根的檔案拿過來。」

門關起來。葛雷哥利隊長和我又在更沉重的寂靜中四目相對。門又打開來，那個女人把一份貼著標籤的綠色檔案放在他桌上。葛雷哥利隊長點頭示意她出去，然後把一副厚框眼鏡戴在血脈歷歷的鼻子上，並且慢慢地翻起檔案裡的文件。我在手指間捻著一根香菸。

「他是在九月十六日跑掉的。」他說。「那天唯一重要的一件事，就是那是司機的休假日，沒有人看到雷根開車出去。那是下午很晚以後的事情。四天以後，我們在靠近日落大廈一個屬於某高級別墅社區的車庫裡發現他的車子。一名車庫管理員向車輛失竊處報案，說那輛車子不屬於他們社區所有。該社區的名稱是卡莎第歐若。這裡面牽涉到一件事，我待會兒再告訴你。我們查不出來是誰把車子放在那裡的。車上也查不出任何符合警方紀錄的指紋。雖然看起來好像有犯罪的嫌疑，但是停在車庫裡的車並沒有任何證據顯示不軌。它倒是和另一件我馬上要告訴你的事似有牽連。」

我說：「那就是，艾迪．馬仕的太太也同時失蹤了。」

他看起來不太高興。「是啊。我們調查該社區的居民，發現她住在那裡。大約在雷根出走的同時間，她也離家了，反正前後差距不出兩天。有人看到一個口音有點像雷根的傢伙和她在一起，但是沒有辦法確切指認就是他。我們幹警察這一行，有時候會碰到一些真他媽好笑的事，有時候一個老太婆碰巧把頭伸出窗外看到一個傢伙跑過去，六個月以後竟然能從一排嫌疑犯當中把他指認出來，可是有時候拿一張清清楚楚的照片找旅館服務生指認，他們卻說他們不能確定。」

「那是優良旅館服務生的必備資格之一。」我說。

「就是啊。艾迪．馬仕說，他和他太太已經分居了，但是兩人仍維持友好的關係。這件事有幾點可能性。首先，雷根身上帶了一萬五千元大洋，那筆錢是他隨時都帶在身上的。真鈔實票，他們告訴我。不是一張信用卡，或一堆有價值的東西。那是一筆大數目，但是這個雷根有可能是那種愛現的小子，帶一大票錢在身上，當有人注意他的時候，就把它拿出來亮一亮。可是，也有可能他根本對錢不在乎。因爲他太太說，除了吃住，和她太太送的一輛帕卡一二〇型轎車，他從來沒有從史坦梧老頭那裡拿過一毛錢。這可是一名前走私犯置身綾羅錦緞哪。」

「這也把我難倒了。」我說。

「好了，我們這裡有一個傢伙跑掉了，褲袋裡帶了一萬五千大洋，而且眾人皆知。噯，那是錢哪。如果我有一萬五千大洋，我也會跑掉，何況我還有兩個小孩在上中學。所以我們的第一個念頭是，有人跟他要那筆錢，要得太過火，結果不得不把他送去沙漠，跟仙人掌種在一塊兒。可是我不是很中意這個說法。雷根身上有槍，用槍經驗豐富，而且他的經驗不是僅限於應付油頭滑嘴的酒販子而已。據我所知，早在一九二二年或什麼的，愛爾蘭內亂的時候，他帶領過一整旅的軍隊。像這樣的傢伙，不是隨便一名搶匪就可以輕鬆解決的。然後，他的車停在那個車庫裡，所以無論搞他的人是誰，想必知道他愛戀艾迪．馬仕的太太，這點我猜的確是事實，但是這種事，也不是隨便一個撞球間的混混就會知道的。」

「有照片嗎？」我問。

「有他的，沒有她的。這點也很有趣。這件案子有很多有趣的地方。在這兒。」他把一張光面照片推過桌面給我，我注視著那張哀愁多於欣悅，衿持多於魯莽的愛爾蘭臉孔。那不是一張硬漢的臉，但也不是一張隨便可以讓人頤指氣使的臉。暗色的劍眉，頭角崢嶸。額頭寬而不高，一頭茂密的黑髮，一根細短的鼻樑，一張寬闊的大嘴。下巴線條有力，但是配那張嘴卻顯得太小。那張臉看起來有點緊張，那是一個行動快速而且做事認眞的人的臉。我把照片遞回去。如果讓我看到那張臉，我會認得。

葛雷哥利隊長把菸斗的菸草敲出來，裝新的進去，用自己的拇指把菸草塞實。他點好菸，噴了一口，又開口說話。

「嗯，可能有其他人知道他愛艾迪．馬仕的妻子。除了艾迪本人以外。有意思的是，艾迪本人曉得。但是他似乎並不在乎。在那段期間，我們把他調查得相當徹底。當然，艾迪不會因爲吃醋殺他。那樣情勢就會太明顯地指向他。」

「那得看他有多精明。」我說。「他有可能將計就計。」

葛雷哥利隊長搖搖頭。「如果他有聰明到在他那一行混得下去，就不會傻到去幹這種事。我懂你的意思。他要這種笨招，因爲他認爲我們預期他不會去耍這種笨招。就警方的角度來看，這是錯的。因爲這樣他會招惹我們上身，會干擾到他的生意。你可能認爲這種笨招是高招。我也可能認爲如此。可是對一般執法人員而言就不是這樣了。他們會讓他的日子不好過。我不會把這點列入考慮。如果我錯了，你大可證明給我看，我會服輸把我的椅墊吃下去。到那之前，我不會把艾迪列爲嫌犯。對他那種人來講，吃醋不是個好動機。頂尖的騙徒是很有生意頭腦的。他們學會做事情要精打細算，個人的感情不是那麼重要。所以這點我撇出考慮。」

「那麼有什麼是你列入考慮的?」

「那位女士和雷根本人。除此之外,沒有其他人涉案。她那時候是金頭髮,但是現在應該不是了。我們找不到她的車子,所以他們八成是開那輛車走的。等到我們開始調查,他們已經比我們早了很長一步——十四天。除了雷根的車子,我想我們手上根本等於沒有這個案子。當然他們這些人的態度我早就習以爲常了,特別是上層社會的家庭。當然,我所做的一切,也都必須嚴格保密。」

他靠向椅背,用兩隻碩重的大掌心拍著座椅的扶手。

「除了等,我看不出還有什麼可做的。」他說。「報章的讀者在等,但是現在找答案還太早。雷根身上有我們所知的一萬五千大洋。那個女孩也有一些,可能多半是珠寶。但是他們有一天會用光的。雷根會去兌現一張支票,留下一個痕跡,或寫一封信。他們也許在某個陌生的城鎮,取了新的名字,但是人的胃口是不會變的。他們遲早還是得回到原來的金融系統。」

「那女孩在嫁給艾迪·馬仕之前是做什麼的?」

「歌手。」

「你找不到一張她以前的職業照片嗎?」

「找不到。艾迪一定有一些,但是他不肯拿出來。他不想追究她了。我也無法強迫他。他在城裡有些朋友,否則怎麼能有今天這種光景?」他哼一聲。「有幫上你什麼忙嗎?」

我說:「你永遠找不到他們兩個人了。太平洋離這兒太近了。」

「我說吃椅墊那點還是算數的。我們會找到他的。只是時間的問題。可能要一、兩年。」

「史坦梧將軍可能活不到那麼久。」我說。

「我們已經盡我們所能了，兄弟。如果他願意懸賞，花一些錢，我們或許可以有些結果。市政府是不會給我那種錢的。」他的大眼珠瞪著我，雜亂的眉毛挑了一挑。「你當眞認爲艾迪把他們兩個做掉了嗎？」

我大笑。「沒有。我只是開玩笑。我的想法跟你一樣，隊長。雷根和一個比跟他合不來的有錢太太對他更具意義的女人跑了。再說，錢也還沒歸他太太管。」

「這麼說，你見過她？」

「是。她當週末是很過癮，可是當日常三餐就太累了。」

他嘟囔幾聲，我謝謝他撥空和給我情報就離開了。一輛灰色的普利茅斯轎車從市政府那裡開始跟蹤我。我故意在一條靜謐的街道讓它有機會跟上來。可是它不領情，所以我就甩脫它，忙自己的事情去了。

21

我沒有去史坦梧家。我回去辦公室，坐在我的旋轉椅上處理一些瑣事。一陣風從窗戶吹進來，隔壁旅館的油煙灰被掃進房間，像在空地上追逐的藜草球一般滾過我的桌面。我心想是不是該出去吃中飯，生命如此單調，如果現在喝一杯酒，生命大概還是一樣單調，然而在這種時間自己一個人喝悶酒，實在也沒有什麼趣味。正在這個念頭上，諾里斯來電話。他以謹慎有禮的態度說，史坦梧將軍身體不適，聽人給他讀了報上幾則有關的新聞以後，他思忖我的調查已告完成。

「是，關於蓋格，」我說：「我沒殺他，你知道。」

「將軍並沒有以爲是你殺的，馬羅先生。」

「將軍知不知道雷根太太擔憂的那些照片的事？」

「不知道，先生。完全不知道。」

「你知不知道將軍曾交給我什麼東西？」

「知道，先生。三張字條和一張名片，我想。」

「沒錯。我會退還。至於照片，我想我最好就把它們毀了。」

「非常好，先生。雷根太太昨晚打了好幾次電話找你——」

「我出去大喝一場。」我說。

「是。我相信很有必要，先生。將軍指示我寄一張五百元的支票給你。那樣夠嗎？」

「太慷慨了。」我說。

「那麼，我假定我們現在可以說，這件事情就此閉幕了？」

「噢，當然。像定時鎖故障的金庫一樣，閉得死緊了。」

「謝謝你，先生。我確信我們所有人都樂觀其成。等將軍人比較舒爽以後——可能明天——他想親自跟你道謝。」

「好，」我說：「屆時我再來喝一點他的白蘭地，也許還加香檳。」

「我會妥善冰鎮恭候。」老小子說，幾乎可以感覺到他的語氣裡帶著笑意。

就這樣。我們互道再見，然後掛斷電話。隔壁咖啡店的香味隨著油煙灰從窗戶飄進來，但是我並不覺得餓。於是我拿出我的公事酒喝將起來，任由我的自尊恣意飛馳。

我屈指盤算。鐵鏽仔雷根拋棄一大筆錢和一個漂亮妻子，和一個不明不白、多少仍算是騙徒艾迪．馬仕之妻的金髮女人浪跡天涯。他沒有道別突然離去，其中多少有些緣故。將軍第一次和我面談的時候，過於自傲，或者說，過於小心，不願告訴我失蹤人口調查處已經有案在手。失蹤人口調查處的人碰到了死胡同，顯然認爲不值得繼續追究。雷根事情做了就已經做了，那是他自個兒的事。我同意葛雷哥利隊長的看法，艾迪．馬仕極不可能只因為另一個男人和他根本沒住在一起的女人跑掉，就把自己扯進一件雙殺案。這事有可能使他懊惱，但是生意畢竟是生意，在好萊塢這種地方，你必須咬緊牙根，不能為了走失的金髮女郎亂了方寸。如果這當中牽涉了大筆金錢，那就另當別論。但是對艾迪．馬仕而言，一萬五千大洋不算多大一筆。他不是像波第那種二毛五的小角色。

蓋格死了，卡門必須去找別的邪門人物陪她喝異國雞尾酒。我想她不會有任何困難。她只要隨便在街角站個五分鐘，裝出一副羞人答答的樣子就行了。我只希望下一個勾上她的騙棍，能對她稍微溫柔一點，能跟她建立稍微長遠一點的情誼，而不是達成目的就丟。

雷根太太和艾迪．馬仕熟得可以跟他借錢沒問題。如果她賭輪盤而且是個很好的常敗將軍，這自然無庸詫異。任何賭場老闆都會在急需的時候借錢給他的好顧客。除了這點，他們還因為雷根的緣故多了一層關係。他是她的丈夫，而他和艾迪．馬仕的妻子私奔。

卡羅．蘭葛安，那個語彙有限的少年殺手，即使他們不把他送上死刑椅，他也會被隔絕於社會網絡很長、很長一段時間。他們不會定他死刑，因為他會用認罪做交換條件，替政府省錢。沒錢雇大律師的人犯都是如此。艾格妮．樓茲爾被拘留做為重要人證。如果卡羅用認罪做交換，他們就用不上她，如果卡羅依所控罪狀認罪，他們會放她走。除了她無可利用之外，他們也不願意暴露任何有關蓋格的生意的事。

剩下的就是我。我隱瞞一件謀殺案，而且扣押物證二十四小時，但是我還逍遙法外，而且有一張五百元的支票即將到手。我眼前可做的聰明事，就是再喝一杯，並且把這整齣亂局給忘了。

那顯然是聰明之舉，我打電話給艾迪．馬仕，告訴他我晚上要到拉斯歐林達找他談。我居然這麼聰明。

我大約在九點鐘抵達，一輪十月冷硬高聳的月亮失落在海灘上的層層濃霧裡。絲柏枝俱樂部在該市的盡頭，它所在的這棟占地廣闊的巨宅，原來是一個名叫迪卡山的有錢人的夏居，後來還曾經被改建為旅館。如今它看起來只是一座黑暗破舊的龐然巨物，聳立在被風吹得七歪八扭的濃密蒙特利柏樹叢裡，這些樹即是此處名稱的由來。建築物的周圍有很大的雕花陽台，各處角樓林立，巨大的窗戶四邊鑲了彩色玻璃，屋後有空蕩蕩的大馬廄，充滿令人懷舊的腐朽氣息。艾迪．馬仕讓建築的外表維持舊觀，沒有把它裝修成電影布景的豪華模樣。我把車子停在燈火零落的街道上，沿著一條濕漉的碎石路走向入口大門。一名穿雙排釦守衛制服的門房，領我走進一個昏暗靜謐的大前廳，前廳裡有一座莊嚴堂皇的白橡木樓梯，彎上漆黑的二樓。我把帽子和外套交給衣帽間，聆聽沉重的雙扇門後面傳來的音樂和雜亂的語聲。那些聲音好像來自遙遠的所在，和建築本身似乎不屬於同一個世界。然後曾經和艾迪．馬仕與瘋三在蓋格家出現的那個一臉無神的瘦高金髮男子，從樓梯下面的一道門出來，他對我冷冷一笑，帶我從一條鋪了地毯的走道前往他老闆的辦公室。

那是一個方方正正的房間，有一個深深突出去的老窗戶，石砌壁爐裡，杜松木塊的爐火懶懶地燒著。壁板是核桃木，鑲板上方的淡紅色雕飾横楣已經褪色。天花板又高又遠。房間裡有一股冷冷的海水味。

艾迪·馬仕暗無光澤的桌子和這間房間很不搭調，然而，又有哪一件一九〇〇年以後製造的物品和這間房間配得來？他的地毯是佛羅里達的日曬棕色。角落有一架桌上型收音機，一套塞弗爾瓷器茶具擺在一只銅盤上，旁邊是一具俄羅斯炭爐銅茶壺。我好奇那是給誰用的。角落有一扇門，上面有一個定時鎖。

艾迪·馬仕對我露出和藹可親的笑容，和我握手，並且用下巴指指上鎖的金庫。「除了那個東西，這裡的盜賊要對付我可容易得很。」他心情愉快地說。「這地方上的兄弟每天早上會來一趟，監督我開金庫。我和他們有約定。」

「你曾經暗示有東西可以提供給我。」我說。「是什麼？」

「急什麼？先喝一杯，坐一下。」

「是一點也不急。只是你我之間除了生意沒什麼好談的。」

「先喝一杯，你會喜歡我的酒的。」他說。他調了一些酒，把我那杯放在一把紅皮椅旁邊，自己則交叉著腿靠桌子站著，一隻手插在午夜藍的晚宴外套口袋，拇指露在外面，指甲熠熠閃亮。他穿晚宴套裝比穿灰絨套裝看起來較不好惹一點，但是還是像個馬師。我們喝口酒，彼此點了點頭。

「以前來過這裡嗎？」他問。

「禁酒時期來過。我對賭博一點興趣也沒有。」

「贏錢就不一樣了。」他微笑。「你今天晚上應該下場瞧一瞧。你的一個朋友在外頭賭輪盤。聽說她手氣好得很。薇薇安・雷根。」

我啜了一口酒，取了一根印有他姓名字首的香菸。

「我滿喜歡你昨天處理那件事的方法。」他說。「你有時候頂惹我不高興，但是事後我看出來你其實做得很對。你我應該可以合得來。我欠你多少？」

「我替你做什麼了？」

「還是很小心，呃？我有內線通警察總局，否則我今天就不會在這裡了。我有辦法讓事情照我的意思，而不是照你在報上讀到的方式發生。」他向我炫耀他的大白牙。

「你有多少？」我問。

「你不是指錢吧？」

「依我所了解，情報。」

「什麼情報？」

「你的記憶眞短暫。雷根啊。」

「噢，那個啊。」幾座青銅座燈的光束投映在天花板上，他在靜謐的燈光下揮揮閃亮的手指。「我聽說你已經取得情報了。我覺得我欠你一筆費用。我習慣付錢給對我好的人。」

「我開車下來不是爲了沾你什麼好處。我做多少賺多少。那數量依你的標準並不算多，但是夠我用。一次一個客戶是條好規則。你沒斃掉雷根吧，有嗎？」

「沒有。你認爲我有嗎？」

「我不會把你剔除考慮。」

他大笑。「你開玩笑。」

我也大笑。「是啊，我在開玩笑。我沒見過雷根，但是我看過他的照片。你底下沒有做這件差事的人才。還有，我們還在這檔事上的這段期間，不要再派你的無賴槍手來找我。我可能會歇斯底里起來，轟掉一個也說不定。」

他透過玻璃杯望著爐火，把杯子放到桌子一端，用一條透明的細麻手帕抹抹唇。

「很會耍嘴皮。」他說。「可是我敢說你也眞有兩下子。你不是眞對雷根有興趣吧，是嗎？」

「不，就職業上而言並無興趣。客戶並沒要求我。但是我知道有人很想知道他在哪裡。」

「她才不在乎。」他說。

「我的意思是她父親。」

他又抹一下唇，然後注視著手帕，彷彿期待在那上面發現血漬。他兩道灰色的濃眉深鎖，一根手指抓著曬黑的鼻子側邊。

「蓋格企圖勒索將軍。」我說。「將軍雖然沒講，但是我想，至少他有點害怕雷根可能涉身其中。」

艾迪·馬仕大笑。「啊哈。蓋格對每個人都搞那一套。那完全是他自己想出來的招數。他從人家手裡弄到看似合法的借條——我敢說借條確實合法，只是他不敢用它們提出告訴。他會先把借條送出去，借條上妙筆生花，而自己手上則不留一物。如果被他抽中王牌，碰上一個驚惶的候選人，他就著手淘金。如果沒抽中王牌，他就撒手放棄。」

「聰明傢伙。」我說。「他確實撒了手。不但撒了手，而且摔個正著。你怎麼什麼都知道？」

他不耐煩地聳聳肩。「我祈禱上天，要是能不讓我知道我所知道的一半事情就好了。在我這個圈子裡，知道別人的事是最壞的投資。所以如果你要追究的只是蓋格，那麼你已經可以洗手了結了。」

「洗手了結而且結清帳目了。」

「抱歉發生了那種事。我希望老史坦梧用固定薪水雇一個像你這樣的卒子，一星期至少有幾晚，把那些個女孩子守在家裡。」

「為什麼？」

他嘴角露出鬱鬱不樂的樣子。「她們實在麻煩。就拿那個黑頭髮的來說。她在這裡很讓我們頭痛。如果賭輸，她就大舉借貸，結果搞得我手上一堆打折也沒人要的借條。除了固定的零用，她根本沒有自己的錢，而老頭子的遺囑是怎麼寫的，沒有人知道。如果賭贏，她就把我的錢帶回家。」

「第二天晚上你還是會收回來啊。」我說。

「我只收一部分回來。就長期來說，我虧本哪。」

他熱切地看著我，彷彿這事對我很重要。我奇怪他爲什麼覺得有必要告訴我這些事。我打了一個呵欠，把我的酒喝光。

「我出去場子裡瞧瞧。」我說。

「好，請。」他指指金庫門附近另一道門。「那裡可以通輪盤桌後面的門。」

「我寧可和那些冤大頭同一個入口出入。」

「ＯＫ。隨你便。我們是朋友，是吧，卒子？」

「當然。」我站起來，我們握握手。

「也許有一天我可以眞的還你一份人情。」他說。「這次你的情報全部來自葛雷哥利。」

「原來你也掌握了他。」

「噢，沒你想的那麼壞。我們只是朋友嘛。」

我瞪視他一會兒，然後走到原先進來的那道門那裡。我打開門，回頭看他。

「你沒叫一個開灰色普利茅斯轎車的跟蹤我吧，有嗎？」

他一下子眼睛睜得老大。看起來頗爲震驚。「見鬼，沒有。我幹嘛這樣？」

「我也無法想像。」我說著，走出來。我想他訝異的表情相當眞實可信。我想他的神色甚至還帶了點憂慮。我想不出有任何理由値得如此。

22

等那個掛黃飾帶的墨西哥小樂團奏累了沒人跳舞的低柔討好的倫巴曲時，時間已經差不多十點半了。演奏響葫蘆的傢伙彷彿指尖發疼似地搓搓十指，然後以幾乎相同的動作放一根香菸到嘴裡。其他四個人同時彎下腰，伸手到椅子底下取出他們的玻璃杯啜飲，他們咂咂嘴，眨眨眼睛。那模樣好像在說，那是龍舌蘭酒。但八成只是礦泉水。他們的裝模作樣和他們演奏的音樂一樣白費。根本沒有人理會。

這房間以前是舞廳，艾迪．馬仕只整修到足以應付他生意需要的程度。沒有閃亮的鉻飾，沒有間接燈光從有稜有角的飛簷後面射出來，沒有鎔鑄的玻璃飾畫，也沒有紫羅蘭色皮面鑲閃亮金框的椅子，沒有一樣典型好萊塢之夜的擬現代主義裝飾。燈光是來自沉甸甸的水晶吊燈，淡紅色的鑲板牆依然是原來的淡紅色鑲板牆，只是因時間有點褪色，而且因灰塵而變暗了些，很久以前那鑲板牆和鑲花地板是刻意配合的，現在只剩下墨西哥小樂團前方還露出一小塊光滑的地板。其餘部分全鋪上厚厚的紅色地毯，那一定花了不少錢。鑲花地板是用十數種硬木拼成的，從緬甸柚木、十幾種色調深淺不同的橡木，到看似桃花心木，但已褪色成加州山丘野紫丁香色的淡紫色紅木，全排成精細的圖案，像經緯線一樣精確無誤。

這仍然是一間美麗的房間，只是現在輪盤桌取代了步伐整齊的老式交際舞。遠遠的牆邊有三張桌子。一道低低的銅杆把它們連在一起，並且形成圍護各桌莊家的護欄。三張桌子都在活動，但是最擁擠的是中間那桌。我在房間另一頭憑著吧檯站著，手上轉著桃花心木檯面上的一小杯巴卡迪雞尾酒，從我這裡可以看見位於中間那桌的薇薇安．雷根的黑頭。

酒保靠到我身邊，看著中間桌子那堆衣冠楚楚的人群。「她今晚吃定他們了，而且吃得死死的，」他說。「那個高個子黑頭髮的妞兒。」

「她是誰？」

「我不知道她的名字。可是她常常來。」

「見鬼你不知道她的名字。」

「我只是來這裡工作的，先生。」他一點也沒有敵意地說。「而且她自己一個人。跟她來的那個傢伙醉倒了。他們把他送出去他車子裡。」

「我會送她回家。」我說。

「見鬼你會。唉，總之祝你好運。要不要把那杯巴卡迪沖淡點，還是你喜歡這樣就好？」

「我喜歡這樣就好，如果還說得上喜歡的話。」

「要我呢，我是只有在患喉炎的時候才沾酒當藥。」他說。

人群開出一條縫隙，兩個穿晚宴西裝的男人擠出來，從縫隙中，我看見她的頸背和裸露的肩膀。她穿著一件暗綠色絲絨的低胸禮服。就這種場合來說，似乎打扮得過於講究。人群再度合攏，除了她的黑頭，其他部分又都被遮起來了。那兩個男人穿過房間來到酒吧，他們靠著吧檯點了威士忌加蘇打。其中一個滿臉通紅十分興奮。他用一條綴了黑邊的手帕抹臉。他的長褲側邊兩條緞飾，寬得像輪胎的軌跡。

「哇塞，從來沒看過這麼刺激的，」他用幾乎打顫的聲音說：「紅色連續八贏兩平。那才是輪盤，哇塞，那才是輪盤。」

「讓我手都癢起來了。」另一個說。「她隨便一下手就是一千大洋。她不會輸的。」他們把鳥嘴湊上酒杯，快快灌下黃湯又回場子裡去。

「這些自以爲見過場面的小人物，」酒保說：「一擲千金，哈。有一次我在哈瓦那看到一個老馬臉的——」

中間那張桌子突然一陣喧嘩，一個做作的外國口音壓過眾人高聲說：「請妳耐心等一下，夫人。莊家無法跟進妳的賭注。馬仕先生馬上就過來。」

我放下巴卡迪雞尾酒，漫步走過地毯。小樂團開始奏起一曲探戈，相當大聲。沒人上場跳舞，也沒有人有意上場。我穿過一些穿著晚宴西裝、晚禮服、運動服，和上班套裝的人群，走到左邊最後面那張桌子。這張桌子已經停賭了。兩名莊家站在桌子後面交頭接耳，眼睛都向一邊瞄。其中一個把推耙在空空的賭桌上漫無目的地推來推去。兩個人都瞪著薇薇安．雷根。

她的長睫毛不住抽動，臉色異常蒼白。她在中間那桌，正對著輪盤。她面前有一堆零亂的鈔票和籌碼。那堆錢看起來不少。她用冷靜、傲慢，又不悅的聲音對那個莊家懶洋洋地說話。

「我倒很想知道，你們這是哪門子廉價店號。還不快動手給我轉輪盤，臭屁傢伙。我還要再玩一次，而且要玩大的。你如果贏，錢收得比什麼都快，可是輸了就開始哭爹叫娘起來。」

莊家臉上露出一抹見識過上千粗人和百萬蠢蛋的冰冷而有禮的微笑。他高大、陰沉，又毫不爲所動的態度眞是無懈可擊。他嚴肅地說：「莊家跟不上妳的賭注，夫人。妳那裡超過一萬六千元。」

「那是你們的錢，」女郎揶揄他：「你不想要回去嗎？」

站在她身邊的一個男子不知跟她說了些什麼。她猛然轉頭啐了他一句，他漲紅了臉退回人群當中。銅杆後方遠遠的鑲板牆那裡，一扇門打開來。艾迪．馬仕臉上掛著一副無所謂的微笑，從門後走出來，雙手插在晚宴外套的口袋裡，兩根拇指的指甲都露在外面熠熠閃亮。他似乎對這種姿勢有偏好。他漫步走到莊家身後，在中間桌子的一角停下來。用懶懶的鎮定語調說話，沒有莊家那麼有禮貌。

「什麼事，雷根太太？」

她像被刺了一下似地突然轉臉向他。我看見她面頰的線條僵硬起來，彷彿內心有一股幾乎無法承受的緊張。她沒有回答。

艾迪・馬仕陰沉地說：「如果妳不想玩了，我派人送妳回家。」

女郎臉紅起來。顴骨卻是蒼白的。然後她聲音走調地大笑。她尖刻地說：

「還要再玩一盤，艾迪。我所有的錢全部押紅色。我喜歡紅色。那是血的顏色。」

艾迪・馬仕淡淡一笑，然後點點頭，伸手到胸口內袋。他抽出一個四角扣金，上面印了徽記的大皮夾，隨意往桌上一丟，擲給莊家。「用千元整數跟進她的賭注。」他說：「如果沒有人反對，這一盤只給這位女士。」

沒有人反對。薇薇安・雷根俯下身，用兩手大剌剌地把她所有贏的錢全推到賭盤的大紅方盤上。莊家不疾不徐地俯向桌子。他邊數邊疊她的鈔票和籌碼，除了一些零頭籌碼和鈔票，他把其餘的全整整齊齊地疊成一疊，用他的推耙把零頭推還給她。他打開艾迪・馬仕的皮夾，抽出兩束千元鈔票。拆開一束，數了六張，把它們和那束沒拆的放在一起，剩下的四張散鈔收回皮夾，皮夾隨手往旁邊一放，彷彿那只是一盒火柴似的。艾迪・馬仕沒去碰皮夾。除了莊家，全桌沒有人移動。他用左手轉輪盤，然後手腕隨意一揮，把象牙球送上輪盤，球沿著輪盤上方飛躍蹦跳。然後他收回雙手，交握胸前。

薇薇安雙唇緩緩啓開，直到牙齒逮住燈光，像一排刀似地閃閃發亮。象牙球懶懶地滑下輪盤的斜坡，沿著數字上方的鉻條跳動。經過很久以後，非常突然的，一個乾爽的喀啦聲。輪盤速度慢下來，載著球繼續轉動。直到輪盤全然停止旋轉，莊家才放開他交握的雙臂。

「紅色贏。」他毫無興趣地正式宣布。小象牙球躺在紅色25上面，距離雙零才三個號碼。薇薇安·雷根把頭往後一仰，勝利地大笑。

莊家舉起推耙，把那疊千元鈔票緩緩推過桌面，讓它們加進賭注的陣容，然後把一切都緩緩地推出下注的檯面。

艾迪·馬仕微微一笑，把皮夾收回口袋，轉身走進鑲板牆那道門離去。

十幾個旁觀者同時吐了一口氣，然後四散走向酒吧。我和大家一起散開，趁薇薇安收齊贏來的錢離開賭桌之前，走到房間遠遠的一端。我走出安靜寬敞的前廳，跟衣帽間的女孩取了我的帽子和外套，丟一個兩毛五錢幣在她的收銀盤裡，走去外面的陽台。門房在我身畔出現，說：「要我替你把車開過來嗎，先生？」

我說：「我只是出去散步一下。」

陽台邊緣上的雕花因爲蒙了霧氣而潮濕不堪。霧水從蒙特利柏的枝椏滴下來，樹叢向沿海的懸崖一路伸展，隱入一片空無。無論往哪個方向看去，都勉強只有幾呎的能見度。我步下陽台的台階，穿過樹叢，走上一條隱約的步道，直到我可以聽到懸崖底下潮水舔食霧靄的聲音。四處沒有一絲燈光。我有時可以清楚地看見樹叢，有時昏晦不清，有時除了霧什麼也看不見。我繞一圈向左轉，回頭走向通往賭場停車用馬廄的砂石路。等到辨得出房子的輪廓時，我停下腳步。我聽到距我前方不遠處有一個男人咳嗽的聲音。

我的腳步踩在柔軟潮濕的草地上無聲無息。那個男人又咳起來，然後他用手帕或袖子摀住咳嗽聲。趁這個時候，我向前移得更近。我看出他的輪廓，一個朦朧的身影在接近砂石路的地方。某種念頭使我躲到一棵樹後匍匐下來。那男人轉過頭來。我預期他轉過來的臉部應該是一團白影。可是並沒有。那張臉還是黑的。那張臉蒙了面罩。

我在樹後，等著。

23

一陣輕巧的腳步，女人的腳步，沿著看不清楚的砂石路走來，我前面那個男人向前移動，彷彿憑在霧上。起先我看不見那個女人，然後我看見她隱約的身影。她頭部那種傲慢的風姿似曾相識。那個男人很快地站出來擋住她的去路。兩個人影在霧中交疊在一起，似乎變成濃霧的一部分。先是一陣死寂。然後男人說：

「這是槍，女士。不要妄動。霧裡面聲音是傳得很遠的。皮包給我。」

女郎沒有發出一點聲響。我踏前一步。突然間，我可以看得清那男人帽緣上模糊的絨毛。女郎一動不動地站著。然後她的呼吸開始變得很大聲，像一把小銼刀銼在軟木上。

「喊看看，」男人說：「我就把妳切成兩半。」

她沒喊。她沒動。他則有所動作，並且乾笑一聲。「最好在這裡面。」他說。我聽到一個皮包釦打開的喀喇聲，然後是一陣翻找的聲音。男人轉身向我這棵樹走來。他走了三、四步以後，又嗆笑一聲。那笑聲出自我自己的記憶。我伸手從口袋拿出菸斗，把它像把槍似地握在手裡。

我輕聲喊出來：「嗨，藍尼。」

那男人愣呆了，意圖舉起一隻手。我說：「別動。我告訴過你，永遠不要打這種念頭，藍尼。我的槍正瞄準你。」

沒有人動。砂石路上的女郎沒動。我沒動。藍尼也沒動。

「把皮包放在你兩腳間的地上，小子。」我告訴他。「慢慢地，輕輕地放。」

他彎下腰。我跳出來，趁他還彎著腰時逮住他。他氣喘吁吁地起身抵住我。他兩手空空。

「看我搞不搞得過你。」我說。我壓住他，從他外套口袋掏出槍。「老是有人送我槍。」我告訴他。「除非等到我打理完所有的壞蛋，免不了有這些累贅。滾開。」

我們的喘息交錯，像兩隻牆頭上對峙的雄貓互相瞪眼。我退後一步。

「走吧，藍尼。不記仇。你不聲張我也不聲張。ＯＫ？」

「ＯＫ。」他口氣濃重地說。

霧幕吞噬了他。他的腳步漸行漸遠，終於消失。我撿起皮包，摸摸裡頭，然後踏上砂石路。她仍然站在那裡一動不動，一隻沒戴手套的手緊緊抓住喉頭上灰色的毛皮外套領，指間一只戒指微微閃爍。她沒戴帽子。分梳的黑髮是夜色的一部分。黑眸亦同。

「幹得好，馬羅。你現在變成我的保鑣了嗎？」她的口氣有些衝。

「看起來像是。你的皮包在這兒。」

她接過去。我說：「妳有車嗎？」

她大笑。「我和一位男士來的。你在這裡做什麼？」

「艾迪・馬仕要見我。」

「我不知道你認識他。是爲什麼事？」

「告訴妳沒關係。他以爲我在找一個他認爲和她太太私奔的某人。」

「你在找那個人嗎？」

「沒有。」

「那你來幹什麼？」

「爲了要查出來，爲什麼他以爲我在找一個他認爲和她太太私奔的某人。」

「你查出來了嗎？」

「沒有。」

「你走漏消息之快，和收音機播報員不相上下。」她說。「這大概不干我的事——即使那某人是我的丈夫。我以爲你對這件事並不感興趣。」

「別人老是把這件事往我身上推啊。」

她惱怒地咬咬牙。那個持槍蒙面盜的事件似乎對她一點影響也沒有。「哎，帶我去車庫吧。」她說。「我得去瞧瞧我那個護花使者怎麼了。」

我們沿著砂石路繞過屋角，前面有燈光，然後又繞過另一個屋角，來到一間有兩盞照明燈的明亮封閉式馬廄。那裡依舊鋪著磚頭，而且廄房仍然老式地在中間往下傾斜銜接柵欄。裡面有許多閃閃發亮的車子，一個穿棕色工作服的男子從凳子上站起來，向我們走來。

「我男朋友還是爛醉如泥嗎？」薇薇安隨口問他。

「恐怕還是，小姐。我幫他蓋了一條毯子，把窗戶搖起來。我想他沒事。只是在休息。」

我們走過去大凱迪拉克轎車那裡，穿工作服的男子打開後車門。寬敞的後座上，一個男人鬆垮垮地躺著，一條花格子毛毯蓋到下巴上，他張著嘴巴在打鼾。那是個大塊頭的金髮男子，看起來像很有酒量。

「這位是賴利．考伯先生。」薇薇安說：「考伯先生──這位是馬羅先生。」

我悶哼一聲。

「考伯先生是我的護花使者。」她說。「這麼好的護花使者，考伯先生。這麼小心周到。你應該看他清醒的時候。我應該看他清醒的時候。隨便哪個人應該看到他清醒的時候。我的意思是，至少有個留證。這樣還可以成爲歷史的一部分，雖然曇花一現，隨即被時間所埋沒，但是永遠不會被人遺忘──當賴利．考伯清醒的時候。」

「就是啊。」我說。

「我甚至還考慮跟他結婚。」她用緊繃的高音繼續講個不停，彷彿搶匪造成的驚嚇現在才開始發生效用。「萬事不順心的時候，我這樣考慮過。我們背負著同樣的詛咒。錢多，你知道。有私人遊艇，在長島有房子，在新港有房子，在百慕達有房子，大概全世界各地，這裡那裡，到處都有房子——像一瓶好威士忌一樣，唾手可得。對考伯先生而言，好威士忌更是永遠不會距離太遠。」

「就是啊。」我說。「他有沒有司機可以載他回家？」

「不要老講『就是啊』。太粗俗了。」她挑起眉毛瞪著我。穿工作服的男子死命咬住下唇十分尷尬。「噢，司機一大票那還用說嘛。他們大概每天早上都在車庫正前方操練，鈕釦閃亮，鎧甲發光，白手套纖塵不染——那種西點軍校式的貴氣。」

「那麼，這個司機到底跑哪裡去了？」我問。

「他今晚是自己開車來的。」穿工作服的男子說，一副像他做錯什麼似的抱歉口氣。「我可以打電話去他家，讓他們派個人過來。」

薇薇安轉身對他微笑，彷彿他剛呈給她一頂鑽石王冠。「太好了。」她說。「請你就這樣去辦好嗎？我實在不願意讓考伯先生這樣死法——這樣貧嘴大張。人家還以爲他是渴死的。」

穿工作服的男子說：「人家只要聞到他的酒味就不會這樣想了，小姐。」

她打開皮包，抓了一大把鈔票塞給他。「你要照顧他呦，我信任你。」

「嘖嘖。」男子說，兩隻眼球都突出來了。「我當然會，小姐。」

「我姓雷根，」她甜甜地說：「雷根太太。你可能還會再看到我。你才來這裡沒多久吧，是不是？」

「沒多久，夫人。」他握滿鈔票的一雙手不知所措。

「你會喜歡這裡的。」她說，她勾住我的手臂。「我們搭你的車吧，馬羅。」

「車在外面街上。」

「我不介意，馬羅。我愛霧中散步。可以遇見一些有趣的人物。」

「噢，得了吧。」我說。

她抓住我的臂膀開始顫抖。到停車處的一路上，她都用力攬住我的手臂。直到抵達車子，她才停止發抖。我把車子開下房子較暗一邊有樹林的彎路。彎路下去就是接迪卡山大道，拉斯歐林達的主軸。我們從古老散光的弧形路燈下駛過，一會兒之後，碰見一個小鎮，有一些建築物，一些看起來死寂的店鋪，一家加油站在夜鈴上方掛了盞燈，最後終於有一家還在營業的雜貨店。

「你最好喝點東西。」我說。

她微微頷首，縮在座位角落，一臉蒼白。我以對角線角度開到路邊停下。「一點黑咖啡加幾滴麥酒應該不錯。」我說。

「我樂意喝得像兩個水手加起來那麼醉。」

我替她開車門，她下車緊貼我身邊而過，頭髮刷過我的面頰。我們走進雜貨店。我在售酒的櫃臺買了一瓶一品脫的裸麥威士忌，拿到小吃檯的高腳凳，往破舊的大理石檯面一擺。

「兩杯咖啡。」我說。「要又黑又濃，而且是今年才煮的。」

「你不能在這裡喝酒。」店員說。他穿著一件洗到發白的藍色工作服，領圍和他的頭髮一樣稀薄，一對相當老實的眼睛，而且下巴倒溜，就算撞牆也不會碰到。

薇薇安·雷根探手到皮包裡拿出一包香菸，像男人一樣把它搖鬆幾根來。她把那包香菸舉向我。

「在這裡面喝酒是犯法的。」店員說。

我點起香菸，不理會他。他從生鏽的鎳壺裡倒了兩杯咖啡出來，擺在我們面前。他看看那瓶裸麥威士忌，喃喃自語幾句，然後有氣無力地說：「ＯＫ，你們倒酒的時候我注意一下街上好了。」

他走開去站在櫥窗旁邊，背對著我們，豎起兩隻耳朵。

「我做這種事可是心驚膽跳啊。」我邊說，邊扭開威士忌的瓶蓋，並且把咖啡杯加滿。「這鎮上執法眞夠嚴格。整個禁酒時期，艾迪·馬仕那個地方是個夜總會，每天晚上他們前廳裡都有兩名穿制服的在那裡站崗──以便確定客人沒有自行帶酒，而非向夜總會買不可。」

那個店員突然轉身走回櫃檯後，然後走進藥劑室的小玻璃窗後面。

我們啜著加酒的咖啡。我注視薇薇安映在咖啡壺後面那片鏡子裡的臉孔。那張臉緊張，蒼白，美麗，又狂野。她的雙唇鮮紅刺目。

「妳眼神不定。」我說。「妳有什麼把柄在艾迪·馬仕的手裡？」

她望著鏡子裡的我。「我今天晚上賭輪盤刮走他不少錢──用我昨天向他借的五千大洋做本，而且一毫不損。」

「那可能讓他很心疼。妳想是他派那個路痞跟蹤妳的嗎？」

「什麼是路痞？」

「就是持槍的混混。」

「那你算不算路痞？」

「當然。」我大笑。「但是嚴格地說，路痞是屬於錯的那一方。」

「我常納悶是否有所謂錯的一方。」

「我們講離題了。妳有什麼把柄在艾迪．馬仕手裡？」

「你是說，有什麼可以威脅我的？」

「是。」

她撇撇嘴唇。「放聰明點，拜託，馬羅。多用點腦筋。」

「將軍近來如何？我可沒有故作聰明。」

「他情況不是很好。今天沒有下床。至少你可以不要再盤問我。」

「我記得曾幾何時，我也想跟妳說同樣這句話。將軍知道多少？」

「大概全都知道。」

「諾里斯會跟他講嗎？」

「不是。是韋德，地方檢察官，他去見過他。你有沒有燒毀那些照片？」

「當然有。妳擔心妳的小妹，是不是——有時候。」

「我想我唯一眞正擔心的就是她。就某一方面來說，我也擔心爹，有些事情必須避免讓他知道。」

「他並沒有抱持太多幻想，」我說：「但我想他仍很在意尊嚴。」

「我們是他的血肉。這是最嚴重的一點。」她以深沉又疏離的眼光從鏡中凝視我。「我不願意看他死時心中輕蔑自己的血肉。這個血統雖然向來狂野，但是並非常常墮落。」

「現在是墮落的嗎？」

「我猜你認爲是。」

「妳的不是。妳只是扮演成那種樣子。」

她垂下眼瞼。我又啜了幾口咖啡，替彼此又點了根香菸。「原來你會開槍殺人。」她低聲說。「你是個殺手。」

「我？怎麼說？」

「報紙和警方編得很好聽。但是報上的東西我不全然相信。」

「噢，你以爲我殺了蓋格——或波第——或兩者。」

她沒答腔。「我沒有必要這麼做。」我說。「我是有可能這樣做，我猜，然後事後逃之夭夭。他們兩個對開槍殺我都會毫不遲疑。」

「所以你內心裡仍是個殺手，和所有的警察一樣。」

「噢，別胡扯了。」

「你是那種黑暗、危險，又安靜的男人，對人的感情不比一名屠夫對俎上肉的感覺好到哪裡去。第一次見到你我就知道了。」

「妳結交夠多歪道朋友，應該看得出不同。」

「比起你來，他們都只能算是軟柿子。」

「謝了，女士。你自己也不是什麼好欺負的鬆餅。」

「我們離開這個腐敗的小鎮吧。」

我付了帳，把那瓶麥酒放進口袋裡，然後我們離開。那個店員仍然對我感到不悅。

我們駛離拉斯歐林達，一路上經過一些陰濕的海邊小鎮，沙灘上貼近洶湧浪潮的地方，立著一些簡陋的木板屋，靠後方的斜坡上才是一些較大的房子。偶爾可以看見一兩個窗戶還點著暈黃的燈火，但多數房子都是漆黑一片。海上傳來海草的味道，瀰漫在霧靄當中。車輪的聲音軋過大道潮濕的水泥路面。世界是一片濕漉的空無。

自離開雜貨店，一直到接近得瑞市，她才第一次開口跟我說話。她的聲音悶悶的，彷彿喉嚨深處有什麼東西在悸動。

「開下去得瑞海灘俱樂部吧。我要看海。從下一條街左轉。」

十字路口上，交通號誌的黃燈熠熠閃爍。我把車子轉向，駛下一邊是斷崖的山坡，右邊是銜接市區間的車道，車道遠方有一些低矮零落的燈光，然後更遠的地方有港口的燈光，一層薄靄籠罩在城市的上空。霧幾乎散了。路穿過懸崖底下的區間車道，然後接上一條海邊公路，這條公路是一片開敞平整的海灘的界線。路邊停著一排面海的車輛，車燈全熄。海灘俱樂部的燈光在數百碼之外。

我在路邊停車，扭熄車頭燈，雙手仍握在方向盤上。薄霧底下的浪潮席捲吐沫，潮音幾不可聞，像某種念頭試圖在意識的邊緣成形。

「靠過來一點。」她以幾近嘶啞的聲音說。

我從方向盤底下向座椅中央移過去。她彷彿要探窗外望似的，把身體往背對我的方向稍微一轉。然後無聲無息的，整個人往後倒進我的臂彎裡。她的頭差點撞到方向盤。她閉著眼睛，臉上一片陰暗。然後她眼睛張開來，眨了一眨，那眸光即使在黑暗中仍然清晰可見。

「抱緊我，野獸。」她說。

起先我只用手臂鬆鬆地環繞著她。她的髮絲刺著我的面頰。然後我挾緊手臂把她抬高起來。我把她的臉緩緩帶近我的臉。她的眼瞼快速地眨個不停，像蛾的雙翅。

我先猛烈而快速地吻她。然後是一個緩慢纏綿的長吻。她的唇在我的唇下啓開。她的身體在我的臂彎裡顫抖起來。

「殺手。」她輕輕地說，她的氣息呼進我的嘴裡。

我緊緊抱住她，直到她身體的顫動幾乎也使我的身體隨著顫動起來。我不斷地吻她。許久之後，她把頭移開一些說：「你住在哪裡？」

「赫伯阿姆斯大樓。富蘭克林街靠近肯漠路。」

「我從來沒去過。」

「想去嗎？」

「想去。」

「妳有什麼把柄在艾迪．馬仕手裡？」

她在我臂彎裡的身體僵硬起來，呼吸聲變得刺耳。她頭往後拉開，杏眼圓睜到眼眸周圍一圈白，瞪視著我。

「原來就是這麼一回事。」她用乾澀的語調輕聲說。

「就是這麼一回事。接吻很愉快，但是你父親並不是雇我來跟妳睡覺的。」

「你狗娘養的。」她鎮定地說，一動不動。

我對著她的臉大笑。「不要以爲我是根冰柱。」我說。「我眼睛沒瞎，也不是沒有感覺。我和任何一個傢伙一樣是暖血動物。你很容易到手——他媽的太容易了。妳有什麼把柄在艾迪．馬仕手裡？」

「你再問一次，我就尖叫。」

「儘管請便，尖叫吧。」

她跳起來，把身子坐直，移到車子遠遠的一角。

「有人因爲這種芝麻綠豆大的小事被殺，馬羅。」

「有人根本不爲什麼也會被殺。第一次見面我就告訴妳，我是偵探。讓妳的漂亮腦袋記住這點。我是當正經的，女士，不是當玩的。」

她翻弄皮包，拿出一條手帕咬起來，她把頭轉過去背對我。我聽到手帕撕裂的聲音。她緩緩地，一次又一次，用牙齒把手帕撕裂。

「你爲什麼認爲我有把柄在他手裡？」她耳語問，聲音悶在手帕裡。

「他讓妳贏一大筆錢，然後派一個槍手來替他要回去。妳一點意外的神色也沒有。甚至也沒有謝謝我幫妳保回來。我看這整件事根本就像在演戲。如果我要自誇一下，我至少可以說，在這當中我並非全無所得。」

「你以爲他可以輸贏隨他高興。」

「當然。如果要扯平賭金，五次有四次是如此。」

「非得要我告訴你，我憎惡你的膽量嗎，偵探先生？」

「妳沒欠我什麼。已經有人付我錢了。」

她把破碎的手帕丟出車窗外。「妳對付女人的方式眞可愛。」

「我喜歡吻妳。」

「你保住頭顱的招數很漂亮。謝謝誇獎。我是應該恭喜你，還是我父親？」

「我喜歡吻妳。」

她的聲音變得冰冷。「如果你夠好心，帶我離開此地。我相當確定我想回家了。」

「妳不當我的妹妹了？」

「如果現在手上有剃刀，我就劃你喉嚨一刀——看看會流出什麼東西來。」

「毛毛蟲血。」我說。

我發動引擎，把車子掉頭開回來路，穿過區間車道登上公路，然後就此回城到西好萊塢。她沒跟我說話。回程一路上她連動都幾乎不動一下。我開過鐵門駛上車道到巨宅的大門口。車子尚未完全停穩，她就推開門下車了。甚至到那時她都沒說話。我望著她按鈴之後佇門而立的背影。門打開來，諾里斯探頭張望。她迅速推開他進門不見了。門碰一聲關上，我坐在那兒凝神注目。

我把車轉下車道回家。

24

這次公寓樓下的大廳是空的。沒有槍手在棕櫚盆栽底下等著對我發號施令。我乘電梯到我那一樓，和著某戶公寓門後隱隱傳來的收音機樂聲步下走道。我需要喝一杯，而且渴求至極。我沒有打開進門的燈。我直接向小廚房走去，但是走三、四呎之後即停下腳步。有事不對勁。空氣裡有某個東西，一種氣味。窗簾都放下來，從兩邊漏進來的街燈給房間帶來一點微光。我靜立凝聽。空氣裡的味道是香水味，濃得令人發膩的香水味。

四周無聲，完全無聲。然後我的眼睛比較適應黑暗以後，我看見面前地板上有個不應該在那裡的東西。我倒退幾步，摸到牆壁，用大拇指扳開電燈開關。

原來收上牆板的床被放下來了。床上有個東西在咯咯笑。一個金髮頭顱壓在我的枕頭上。兩隻赤裸的臂膀往上彎，雙手抓著頭頂。卡門．史坦梧面朝上躺著，在我的床上，對著我咯咯笑。她波浪般黃褐色的頭髮散在枕頭上，彷彿經人小心鋪陳過。她石板灰的眸子瞄著我，和往常一樣，有一種從槍管後面窺探的效果。她微笑著。銳利的小牙齒閃閃發亮。

「我很可愛吧，嗯？」她說。

我粗暴地說：「和周六晚的菲律賓仔[1]一樣可愛。」

我走過去立燈那裡拉亮立燈，走回原地關熄天花板的電燈，然後又穿過房間到立燈下一張撲克牌桌那裡，看著桌上那盤棋。棋盤上擺著一個難題，一盤六步棋招。就和我很多其他的問題一樣，我不知道要怎麼解決。我伸出手移動一著騎士，然後扯掉我的帽子和外套隨手一丟。這整段時間床上仍不斷傳來輕輕的咯咯笑聲，那種使我聯想起老鼠在老房子的壁板後面流竄的聲音。

「我打賭你根本猜不出我是怎麼進來的。」

我挖出一根香菸，冷眼看著她。「我打賭我猜得出來。妳和小飛俠彼得潘一樣，是從鑰匙孔進來的。」

「他是誰？」

「噢，以前我在撞球間認識的一個傢伙。」

她咯咯笑。「你眞可愛，可不是？」她說。

我正要開口說：「那根大拇指——」卻給她搶先一步。不需要我提醒。她已經把右手從頭後面放下來，開始吸吮起大拇指，一雙圓滾滾又頑皮的眼睛淨盯著我瞧。

「我全身光溜溜的。」等我吸著菸瞪了她一分鐘以後，她說。

「老天，」我說：「這念頭正浮上我心頭。我正在搜索字眼。剛剛妳說出來的時候，我幾乎也脫口而出。就差那麼一分鐘，我就要說：『我打賭妳全身光溜溜的。』我自己向來都穿膠鞋上床，以防萬一醒來的時候惡念上心，可以趕快溜之大吉。」

「你眞可愛。」她搔首弄姿地微微扭了扭頭。然後把左手從頭底放下來，抓住被單，很戲劇化的先停一下，然後整個掀開來。確實全身不著一物。她橫陳床上，在燈光照耀下，像珍珠一樣赤裸明亮。今天晚上史坦梧家的女孩子雙雙對我獻身。

我把黏在下唇邊緣的一絲菸絲撿掉。

「很好。」我說。「可是我早已都見識過了。記得嗎？我就是那個老碰見妳一絲不掛的傢伙。」

她又咯咯笑了幾聲，再把自己蓋起來。「好吧，妳到底是怎麼進來的？」我問她。

「管理員讓我進來的。我把你的名片拿給他看。名片是我從薇薇安那裡偷來的。我跟他說你告訴我來這裡等你。我——我擺出一副神祕的樣子。」她得意得神采飛揚起來。

「高竿。」我說。「管理員都這樣。現在我知道妳怎麼進來了，告訴我妳要怎麼出去。」

她咯咯笑。「不出去——要待很久不出去……我喜歡這裡。你很可愛。」

「聽著，」我用香菸指著她，「不要再逼我幫妳穿衣服。我很累了。謝謝妳的好意。可是這已經超出我能接受的範圍。多格好斯．瑞利從來不做這種對不起朋友的事。我是妳的朋友。我不願意對不起妳——不管妳自己怎麼想。妳和我應該維持朋友的情誼，這不是維繫友情的方法。現在能不能請妳做個好女孩，把衣服穿起來？」

她左右搖頭。

「聽著，」我繼續說：「妳並不是眞的喜歡我。妳只是要做給我看，妳有多調皮。可是妳不需要做給我看。我早就知道了。我就是那個傢伙，發現你——」

「把燈關掉。」她咯咯笑。

我把香菸往地板一擲，用腳踩熄。拿出一條手帕擦拭手掌心。我再試一次。

「這無關左鄰右舍。」我告訴她。「他們並不眞的在乎。任何公寓大樓都多得是借宿的女客，多一個並不會震動這棟大樓。這是職業尊嚴的問題。妳知道——職業尊嚴。我在替妳父親做事。他是個病人，非常虛弱，非常無助。他相當信任我不會給他捅出什麼漏子。能不能請妳把衣服穿起來，卡門？」

「你的名字不是多格好斯．瑞利，」她說：「是菲力普．馬羅。你騙不了我。」

我垂眼注視棋盤。騎士那一著下錯了。我把它移回原位。在這盤棋裡，騎士沒有意義。這不是一盤騎士的棋。

我再看看她。此刻她靜靜地躺著，依在枕上的臉龐沒有血色，她的雙眸又大又暗又空洞，像乾旱時接雨的空桶子。拇指不成形的那隻小手的指頭，不安地戳著被單。隱約有一絲疑問開始在她身上某處浮現。可是她自己還不知道。很難讓女人——甚至是正當女人——了解，她們的肉體並不是不可抗拒。

我說：「我要去廚房調一杯酒。要不要來一杯？」

「嗯哼。」陰沉、靜謐，又迷惑的眼睛，鄭重其事地盯著我，疑問悄悄地爬進那對眸子，愈擴愈大，像一隻貓躲在高草叢裡窺伺一隻稚嫩的黑鳥。

「如果我回來的時候妳已經穿好衣服，妳就可以喝一杯。OK？」

她兩排牙齒張開來，嘴裡隱隱發出嘶嘶的響聲。她沒回答我。我到廚房去，取出威士忌和汽水調了幾杯。我沒有什麼眞的值得人興奮的飲料，例如像硝化甘油，或者蒸餾過的老虎氣息之類。我拿著兩杯酒回來的時候，她根本連動都沒有動過。嘶嘶聲已經停止了。她的眼神又死了。她對我展開笑顏。然後突然坐起來，把被單全部掀掉，伸出手。

「給我。」

「等妳穿好衣服。不穿好衣服不給。」

我把兩杯酒放在撲克牌桌上，坐下來，又點了一根菸。「穿吧。我不會看妳的。」

我把頭轉開。然後我聽到十分突然又尖銳的嘶嘶聲。那聲音嚇我一跳，使我又轉頭看她。她裸體坐在那兒，兩隻手支著床，嘴巴微微啓開，臉孔像刮淨肉的骷髏。嘶嘶的響聲從她嘴裡爆裂出來，像和她完全無關似的。那對空洞的眼睛背後有某種東西，是我從來沒有在女人的眼睛裡看見過的。

然後她的嘴唇十分緩慢而審愼地挪動，彷彿是人造的嘴唇，必須用彈簧來操縱。

她罵了我一個骯髒的字眼。

我不在意。我不在意她用髒話罵我，我不在意任何人用什麼字眼罵我。但是這是我居住的房間。

這是我唯一還可以稱得上家的地方。這裡面有一切屬於我，和我有關聯，所有我的過去，所有等於我家人的東西。東西不多；幾本書，一些照片，收音機，棋子，舊信件，類此的雜物。沒什麼。雖然沒什麼，可是它們帶著我所有的回憶。

我不能再忍受她待在這個房間裡。她罵我的話只是更加提醒我這點。

我口吻謹慎地說：「我給妳三分鐘穿好衣服離開這裡。如果時間到妳還沒出去，我會把妳丟出去——用武力。就讓妳和現在的模樣一般，赤裸裸的，丟出去。然後我會把妳的衣服都丟到外面走道上。現在——動手。」

她咬牙切齒，嘶嘶聲尖銳又充滿獸性。她跳下來，伸手取床邊椅子上的衣物。開始穿戴起來。我盯著她。她手腳拙硬彆扭——就女人家來說——但是動作快速。她用兩分鐘多一點的時間穿戴完畢。我計了時。

她站在床邊，手上抱著一只綠色的皮包，緊緊貼著滾毛邊的外套。一頂輕巧的綠帽子斜搭在頭頂上。她在那裡站了一會兒，對我嘶嘶吐氣，臉孔仍然像刮淨肉的骷髏，眼睛仍然空洞，然而又充滿了某種叢林般的危險情緒。然後她快步走向門，打開門出去，沒講一句話，沒有回頭望一眼。我聽到電梯開門關門和移動的聲音。

我走到窗邊，拉起窗簾，把窗戶全部大開。夜風帶著一股依稀的汽油煙和都市街道的陳舊甜味飄進房間。我伸手取酒，慢慢飲將起來。底下公寓大樓的大門自動闔上。安靜的人行道上傳來清脆的腳步聲。然後不遠處一輛車的引擎發動。它帶著一陣刺耳的輾軋聲衝進夜色。我回到床邊低頭看。她的頭造成的凹痕仍留在枕頭上，她嬌小墮落的軀體所造成的凹痕仍留在床單上。

我把空酒杯放下來，狠狠地把床單全撕成碎片。

1. 意指娼妓。

25

隔天早上又下雨了，一陣陣灰色的雨幕，像一片片搖曳的水晶珠簾。我醒來時覺得慵懶又疲倦，佇立窗邊凝望，嘴裡仍有史坦梧的慘淡澀味。我覺得自己像稻草人的衣袋一樣，毫無生氣。我到小廚房去喝了兩杯黑咖啡。不是只有酒才會使你宿醉頭痛。對我來說，這次是女人。女人令我生病。

我刮鬍沖澡穿戴妥當，取出我的雨衣下樓，張望大門外。街道對面，隔一百呎上去，一輛灰色的普利茅斯轎車停在那裡。那就是前一天曾經企圖跟蹤我，我曾經跟艾迪·馬仕問起的同一輛。裡面可能是個警察，如果警察有那麼多閒情去浪費時間跟蹤我的話。或者可能是個吃偵探飯的無毛小子，想把鼻子湊進別人的案子以便分一杯羹。或者可能是百慕達的主教，對我的夜生活不敢苟同。

我繞到大樓後頭，從車庫取出我的敞篷車，把它開過灰色普利茅斯的前頭。裡面有個瘦小的男子，自己一個人。他隨我之後啓動車子。在雨中，他的跟蹤技術比較好一點。他跟得夠近，所以每每我還來不及開出一條街，他就已經跟著轉進來了，而且他也保持足夠的距離，所以多半時候我們之間都還穿插了其他車輛。我沿著大道往下開，在我辦公那棟大樓旁邊的停車場停車，出來的時候，我把雨衣的衣領拉高，把帽緣拉低，冰冷的雨點打在我介於兩者之間的臉孔上。普利茅斯停在對街一個消防栓旁。我走到十字路口，等到綠燈過街，然後走到靠近人行道和路邊停泊的車輛的交界。普利茅斯沒有移動。也沒見人下車。我靠上去，拉開它靠人行道這一面的車門。

一個雙目炯炯的瘦小男子縮進方向盤後的角落。我站著瞪著他，雨水打在我的背脊上。他的眼睛在香菸的裊裊煙霧後眨巴。兩手不安地拍著細薄的方向盤。

我說：「你拿不定主意嗎？」

他嚥了一口口水，香菸在雙唇間吧嗒擺動。「我不認識你吧？」他說，聲音緊張細小。

「我叫馬羅。就是你這幾天一直在跟蹤的傢伙。」

「我沒有在跟蹤誰，先生。」

「這輛老爺車有啊。也許你控制不了它。隨你便吧。我現在要去對街的咖啡店吃早飯，柳橙汁，培根加蛋，土司，蜂蜜，三、四杯咖啡，外加牙籤。然後我會上去我的辦公室，就在你正對面那棟大樓的七樓。如果你有什麼難忍的憂苦，上來一吐爲快吧。我沒什麼事，就是在給我的機關槍上油而已。」

我留他在那裡眨巴著眼睛，走開去。二十分鐘以後，我在辦公室忙著把清潔婦的洗潔精味道搧出去，並打開一個用優美的老式文體書寫姓名地址的厚厚粗糙信封。裡面有一張簡短正式的謝函，和一張面額五百元的淡紫色大支票，收票人菲力普·馬羅，簽票人蓋·德·布里賽·史坦梧，由文生·諾里斯代理。這張支票使今天早上變得十分美好。我正在塡一張銀行的存款單時，信號器告訴我，有人走進我兩呎寬四呎長的接待室。是普利茅斯那個小個子男人。

「很好。」我說。「進來把外套脫下吧。」

我握著門，他小心翼翼地從我面前溜過去，那種戒慎恐懼的樣子，彷彿害怕我會踢他的迷你屁股一腳。我們坐下來隔著桌子相望。他是個非常瘦小的男人，不到五呎三，而且可能不比屠夫的一根拇指重。他有一雙長得緊貼的聰明眼睛，想要裝得冷硬強勢，然而看起來只像冷盤生蠔般柔軟可欺。他穿著一套雙排釦深灰色西裝，肩膀太寬，衣領太大。上面套著一件敞開的愛爾蘭斜紋軟呢外套，有好幾處已經磨得破舊不堪。薄綢領帶鼓出來一大截，露出衣領上方的部分雨點斑斑。

「說不定你聽說過我。」他說。「我是哈利・強斯。」

我說我沒聽過。我把一盒扁錫盒的香菸推向他。他小小靈巧的指頭像鱒魚捕蠅似地捻起一根。用桌上的打火機點燃香菸，揮一揮手。

「我在地頭上混很久了，」他說：「認識一些人面。以前在惠尼米碼頭幹過一點酒類進口。那是很難搞的行當啊，兄弟。搭高速偵察車，腿上架著槍，臂上彈藥滿滿，足以堵死一條運礦槽。很多時候，在抵達比佛利山莊之前，沿路要收買四關警察。很難搞的行當啊。」

「真可怕。」我說。

他往後靠著椅背，從他緊繃的小嘴巴的緊繃的小嘴角，對著天花板吐了一口煙。

「可能你不相信我。」他說。

「可能我不相信。」我說。「也可能我相信。而且也還有可能我根本不想下決定。你這樣虛張聲勢到底和我有什麼關係？」

「沒什麼關係。」他口氣辛辣地說。

「你已經跟蹤我好幾天。」我說。「像個想撿阻街女郎上車，可是又缺乏最後一分勇氣的傢伙。也許你是在賣保險。也許你認識一個叫做裘．波第的傢伙。有很多也許，可是我也有很多差事待辦。」

他瞪大了眼睛，下巴差點掉到大腿上。「老天，你怎麼曉得？」他說。

「我有超感應能力。有屁快放吧。我可不是整天閒著。」

他突然瞇起眼睛，那對眸子裡的亮光幾乎都要看不見了。一陣沉默。大雨打在位於我窗下梅遜大樓入口大廳的焦油平屋頂上。他張開一點眼縫，眸光又亮起來，他的聲音充滿了算計。

「我企圖跟你搭上線，沒錯。」他說。「我有東西要賣——廉價，只要幾張百元鈔就好。你怎麼把我和裘連上來的？」

我打開一封信看。上面說要以專業打折特價提供我六個月的指紋通訊課程。我把它丟進垃圾桶，再抬眼看著小個子。「別介意。我只是胡猜。你不是警察。你不是艾迪．馬仕的人。我昨天晚上問過他。除了裘．波第的朋友，我想不出來還有誰會對我這麼有興趣。」

「老天。」他說著舔了舔下唇。當我提到艾迪．馬仕時，他的臉色變得像紙一樣白。他愣張了嘴巴，香菸奇蹟似地懸在嘴角上，彷彿原來是從那裡長出來的。「哦，你在跟我開玩笑。」他終於說，臉上擠出那種在手術室可以看到的勉爲其難的笑容。

「好吧。我在跟你開玩笑。」我打開另一封信。這一封說要從華盛頓寄給我一種每日通訊，全部是第一手來源的內幕消息。「我猜艾格妮被放出來了。」我補上一句。

「是啊。是她叫我來的。你有興趣嗎？」

「嗯——她是個金頭髮的。」

「別神經了。你那天晚上在那裡扯了一句閒話——裘被幹掉那晚。你說了什麼波第一定曉得史坦梧家的一些好料，否則不會敢拿那種照片碰運氣。」

「嗯哼。所以他眞的曉得嗎？是什麼？」

「那就是要你用兩百元買的東西。」

我又丟了一些慕名信件到垃圾桶裡，然後給自己點了一根香菸。

「我們必須離開此地。」他說。「艾格妮是個好女孩。不能讓她陷在這種事情裡頭。一位女士要在當今的世道下生存，不是那麼容易。」

「她配你太大了。」我說。「她躺在你上面會把你壓扁。」

「講這種話太髒了，兄弟。」他以相當具有尊嚴的態度說這句話，使我不得不正眼看他。

我說：「你說得對。我最近碰到的盡是些不正經的人物。我們閒話少說言歸正傳。你有什麼可以賣的？」

「你願意付錢嗎？」

「可以有什麼好處？」

「可以幫你找到鐵鏽仔雷根。」

「我沒有在找鐵鏞仔雷根。」

「我說你，到底要不要聽啊？」

「放馬過來啊。只要用得上，我就付錢。在我這一行裡，兩張百元大鈔可以買到很多情報。」

「艾迪．馬仕把雷根給斃了。」他平靜地說，然後身子往椅背一靠，那態勢彷彿他剛剛當上副總統。

我把手往門的方向一揮。「我連辯都不想跟你辯。」我說。「我不想浪費氧氣。你走吧，小號的。」

他靠到桌子上來，嘴角白紋歷歷。他一次又一次，眼也不瞧地，小心地呼著香菸。某個辦公室門後傳來打字機每逢鈴噹聲換行，一次又一次，單調的敲鍵聲。

「我不是開玩笑。」他說。

「出去。別煩我。我有事待辦。」

「你才沒有。」他尖刻地說。「我不是那麼好打發。我來這裡講我要講的話，我就是要講。我認識鐵鏞仔。不是很熟，但是也熟到見了面會說：『小子你好嗎？』他有時回答我，有時不回答，視他的心情而定。可是他是個好人，我一直都喜歡他。他愛上一個叫夢娜・歌藍特的歌手。然後她改姓馬仕。鐵鏽仔心碎了，就跟一個有錢女人結婚，她常常到賭窟鬼混，彷彿在家裡沒辦法睡安穩。你對她清楚得很，高眺、黑髮，漂亮得可以去參加選美，但是這種女人可以讓男人很頭大。動不動就發脾氣。鐵鏽仔和她合不來。可是老天，他應該會和她老頭的錢財合得來呀，是不是？你會這樣想。這個雷根應該是個心術不正的貪婪之徒。他放長線釣大魚。本來就一直都在坐這山看那山呀。可是他手上所有的，其實和原來無甚差別。我想他根本就不把錢財放在眼裡。這話從我嘴裡吐出來，兄弟，可是一句褒獎。」

畢竟小個子不是那麼笨。四個混混裡面，有三個不必說連思考都不會這樣思考，更別提懂得如何表達。

我說：「所以他就往外跑。」

「他就開始往外跑，也許。和這個叫夢娜的女孩。她和艾迪・馬仕不住在一塊兒，不喜歡他的行當。特別是那些副業，例如勒索、偷車、窩藏跑路的東部流氓，等等。聽說有一天晚上，雷根在大庭廣眾下告訴艾迪，如果把夢娜牽扯進那些犯罪行當，他就給他好看。」

「這些大部分都早有紀錄了，哈利。」我說。「你不能指望靠這些叫我付錢。」

「我才要說到沒有紀錄的部分呀。所以之後雷根不見了。過去每天下午，我都會在伐帝酒吧看到他在那裡喝愛爾蘭威士忌，瞪著牆壁發呆。他話愈來愈少。有時候他會交一筆賭注給我，那就是我在酒吧的工作，替波仕．沃格林收賭金。」

「我以為他是開保險公司的。」

「門面上是這麼講。我猜如果你踩到他的話，他還是會把保險賣給你。總之，大約從九月中旬開始，我就沒有再看到雷根。我並沒有馬上留意。你知道這種事。一個傢伙在那兒，你看到他，然後他沒來，你也不會注意他沒來，直到有事情，你才會忽然想到。我之所以會想到，是因為我聽到一個傢伙一邊笑一邊說，艾迪．馬仕的女人跟鐵鏽仔雷根偷跑了，馬仕不但沒生氣，還反而像給他們當伴郎似的。所以我就告訴裘．波第，裘很精明。」

「見鬼他才精明。」我說。

「不是條子那種精明，但還是精明。他想撈一筆。就動腦筋看能不能藉著這對鴛鴦搞兩次錢——一次從艾迪．馬仕那裡，一次從雷根的太太。裘對她家略知一二。」

「那消息值五千大洋。」我說。「不久前，他從他們那裡敲了這麼一筆。」

「是嗎？」哈利．強斯看起來有點驚訝。「艾格妮應該告訴我。女人麼。總是愛瞞這瞞那。總之，裘和我留意報紙，但是都沒看到什麼，所以我們知道老史坦梧把它壓下來了。然後有一天，我在伐帝酒吧看到拉西．卡尼諾。知道他嗎？」

我搖頭。

「那是個惹不得的小子。他只有在需要的時候，才出面替艾迪．馬仕辦事——專門擺平麻煩。他可以在舉杯之間斃掉一個傢伙。馬仕不需要他的時候，不准他在附近出現。而且他不住在洛杉磯。總之，可能有鬼，也可能沒什麼。也許他們有雷根的線索，馬仕只是笑而不語，靜觀其變，等待時機。然而也有可能完全不是那麼回事。總之，我告訴裘，裘就去跟蹤卡尼諾。他很擅長跟蹤。我呢，我這方面就不行了。我自暴其短。不收費。裘跟蹤卡尼諾到史坦梧家外面，卡尼諾把車停在圍牆外頭，一輛車開到他旁邊來，裡面是一個女人。他們談了一會兒，裘好像看到女人遞一個東西出來，可能是錢。然後女人就離開了。那是雷根的太太。這下可好，她認識卡尼諾，而卡尼諾認識馬仕。所以裘猜測卡尼諾知道雷根一些事情，趁機給自己賺點外快。卡尼諾離去以後，裘跟他跟丟了。第一幕結束。」

「這個卡尼諾長什麼樣子？」

「矮，壯，棕髮，棕眼，而且總是穿棕色衣服，戴棕色帽子。甚至還有一件棕色鞣皮雨衣。開一輛棕色雙人座轎車。卡尼諾先生什麼都是棕色的。」

「我們來聽聽第二幕吧。」我說。

「不給錢就只能到此爲止。」

「我看不出來這怎麼値兩百塊錢。雷根太太嫁給一個賭場的前走私犯。她當然會認識一些跟他同類型的人物。她和艾迪．馬仕很熟。如果她認爲雷根出了什麼事，她第一個可以找的人當然就是艾迪，而卡尼諾可能就是艾迪指定來處理這件事的人。你手上的情報就這些嗎？」

「你願不願意付兩百元知道艾迪．馬仕的太太在哪裡？」小個子平靜地問。

現在他可逮住我全部的注意力了。我全身往前傾，差點折斷椅子的兩邊手把。

「而且她是自己一個人？」哈利．強斯用柔和而幾近邪惡的口氣補充說。「甚且她根本就沒有和雷根私奔，現在被藏在離洛杉磯大約四十哩的一個祕密所在——所以警方會繼續認爲她跟他一起跑了？你願意付兩百塊錢買這個情報嗎，探子？」

我舔舔唇。我的嘴唇又乾又鹹。「大概願意。」我說。「在哪裡？」

「艾格妮發現的。」他陰沉著臉說。「正巧好運碰上。她看到她開車在外頭逛，就跟蹤她回家。艾格妮會告訴你地點——等她手上拿到錢。」

我扮了一個惡臉給他看。「換做告訴條子的話，他們什麼也不會給你的，哈利。他們這陣子在中城有一些厲害的暗樁。如果把你宰了，他們手上還有艾格妮。」

「讓他們試試看。」他說。「我不是那麼脆弱。」

「艾格妮一定有什麼我沒注意到的吸引人之處。」

「她是個騙棍，探子。我是個騙棍。我們都是騙棍。所以照你的意思，我們應該爲五分錢互相出賣。ＯＫ。看你有沒有能耐使我這樣做。」他伸手再拿我的一根香菸，靈巧地擺在雙唇之間，然後拿一根火柴用我向來的方式點火，他在拇指的指甲上擦了兩次都沒點著，便改爲用腳。他穩穩地噴雲吐霧，兩眼平視我，這個有趣的小個子硬漢，我可以輕而易舉地把他從本壘丟到二壘。一個處身大塊頭男人世界的小個子男人。他身上有一些東西令人欣賞。

「到目前爲止我沒有占任何便宜。」他沉著穩健地說。「我來這裡談一件兩百元的交易。從頭到尾價格維持不變。我來這裡抱著合則聚不合則散，爽快乾脆的態度。現在你卻抬出警察來威脅我。你應該替自己感到羞愧。」

我說：「你會拿到兩百元——做爲那條情報的代價。首先我必須先去領錢。」

他站起來，點點頭，把那件小小舊舊的愛爾蘭斜紋軟呢外套往胸前拉緊。「那樣也好。反正天黑反而比較好辦事。這是件敏感差事——必須提防像艾迪·馬仕那種人。做人總得要吃飯。這一向賭帳收成不佳。我想大頭們已經告訴波仕·沃格林轉移陣地。這樣吧，你到保險公司來，在富衛得大樓，威斯頓路和聖塔蒙尼卡大道的交口，到大樓靠後面的四二八室見面。你把錢帶來，我帶你去見艾格妮。」

「你不能自己告訴我嗎？艾格妮我早見過了。」

「我已經答應她了。」他簡單地回答。他把外套的鈕釦扣起來，輕快地頂頂帽子，又點點頭，然後大步走向門。他走出去。腳步聲沿著走道消失。

我到樓下銀行去，存入那張五百元支票，並領出兩百元現金。我再回到樓上，坐在我的椅子上思考哈利·強斯和他說的故事。那故事好像有點太巧合。像小說一樣地過於簡單，缺乏事實該有的錯綜複雜。如果夢娜·馬仕人在離葛雷哥利隊長轄區這麼近的地方，葛雷哥利隊長應該有辦法找得到她。那是說，假定他有用心去找的話。

整天多半時間我都在想這件事。沒有人來造訪我的辦公室。沒有人打電話給我。雨一直下個不停。

26

七點鐘的時候，雨稍停一段時間，但是排水溝仍然淹得滿滿的。聖塔蒙尼卡大道上，水淹到和人行道齊平，一片淺淺的水潮沖刷著人行道的路面。一個從橡皮靴到橡皮帽全身烏黑漆亮的交通警察，從潮濕的遮雨篷下一路濺著水花走過路旁。我的橡膠鞋底在人行道上一路連滑帶跑，轉進富衛得大樓狹隘的入口大廳。在開著門、金漆剝落的電梯後方角落，亮著一盞孤燈。千瘡百孔的橡皮腳墊上，有一只生鏽、顯然許多人吐而不中的痰盂。芥末色的牆壁上掛著一副用箱子框起來的假牙，看起來像紗窗陽台裡的保險絲盒。我抖掉帽子上的雨珠，看看那箱假牙旁邊的大樓名錄。有些號碼有名字，有些號碼沒有。要不是有很多房間是空的，就是很多住戶不願意透露姓名。有一些保證不疼的牙醫診所，一些看似冒牌的偵探社，一些爬到這裡來等死的病懨懨的小公司，一些——趁郵政稽查員尚未逮到他們之前——保證可以教你成為鐵路局員工，或電台技師，或電影劇作家的通訊學校。這是棟邪門的大樓。在這棟大樓，陳年雪茄菸蒂的餘味，大概算是裡面最乾淨的味道。

電梯裡，一個老人坐在一把搖搖晃晃的凳子上打瞌睡，屁股底下的椅墊破爛不堪。他張著嘴巴，青筋浮現的太陽穴在微弱的燈光下閃著光暈。他穿一件藍色制服外套，看起來像馬兒找對馬棚一樣的貼身。褲腳折線綻開的灰色長褲底下，是白色棉襪和黑色學生鞋，其中一隻鞋子已經皮開肉綻。他在凳子上睡得悽悽慘慘，等候客人。大樓的神祕氣氛使我臨時起意，我輕悄地穿過他面前，找到火災逃生門，把門拉開。逃生梯看起來有一個月沒打掃過，流浪漢在上面睡過、吃過，到處是麵包屑、油膩的報紙碎片、火柴，還有一本假皮封面節縮袖珍版小書。靠著塗鴉牆壁的一個陰暗角落，一條袋形柵欄橡皮圈脫落下來沒人理會。眞是棟高級大樓。

我從四樓出來，嗅著鼻子換空氣。走道上是一樣骯髒的痰盂和千瘡百孔的腳墊，相同的芥末色牆壁，和相同的衰頹氣息。我往下走，轉過一個角落。「L·D·沃格林——保險」的名牌，掛在第一扇黑暗的毛玻璃門上，相同的名牌也掛在第二扇黑暗的玻璃門上，以及其後有燈光的第三扇玻璃門上。其中一扇黑暗的門上寫著「入口」。

有光那扇門上面的玻璃頂窗開著。哈利·強斯有如鳥鳴般尖銳的聲音從裡面傳出來，他說：

「卡尼諾？……是呀，我曾經在某個地方見過你。當然。」

我整個人凍結了。另一個聲音開口。那喉音深沉，像悶在牆壁後面的小發電機的咕嚕聲。那聲音說：「我就想你應該見過。」口氣裡有一股曖昧的邪惡意味。

一張椅子摩擦油氈的聲音，腳步聲，然後我頭上的頂窗吱咯一聲關起來。一個人影從毛玻璃後面淡去。

我回到三扇門當中掛著「沃格林」名牌的第一扇門。我小心翼翼地開看看。鎖上了。門鑲在鬆動的門框裡，那是很多年前裝的舊門，用半乾燥的木材造的，現在乾縮了。我拿出皮夾子，把我駕駛執照外頭又厚又硬的賽璐珞封套取下來。法律忘了禁止這項竊盜工具。我戴上手套，輕巧又親暱地靠著門，用力把門鈕推離門框。賽璐珞片插進那個大縫隙，碰觸彈簧鎖的斜面。一個清脆的喀喇聲，像一根小冰柱斷裂。我一動不動地靠在那裡，像泡在水裡的一條懶魚。裡面沒有動靜。我轉動門鈕，把門推進一片漆黑。再用和開門一樣謹愼的方法，在身後闔上門。

對面是沒裝窗簾的窗戶亮亮的長方形，有一邊被一張桌子的一角切去。桌上隱約可見一台蒙上罩子的打字機，然後旁邊是通向另一間辦公室的門的金屬門鈕。這個門沒鎖。我溜進三間辦公室的第二間。雨水突然沖刷在緊閉的窗戶上。趁著這陣噪音，我穿越房間。有光那間辦公室的門敞開著一吋大的空隙，光線從那個縫隙透出來，像一把緊闔的扇子。一切都太方便了。我像走在壁爐架上的貓，躡足到門扇後面，從門鉸鏈接牆的細縫偷看，可是除了映在木頭一角的燈光，什麼也看不見。

那個咕嚕聲現在口氣還滿愉快的：「當然啦，隨便哪個傢伙都可以大剌剌地坐在那兒挑另一個傢伙的毛病，如果他知道那另一個傢伙是在搞什麼的話。原來你跑去找這個窺龜。唉，那你就不對了。艾迪很不喜歡。窺龜告訴艾迪，有個開灰色普利茅斯車子的傢伙在跟蹤他。艾迪自然會想知道是誰，而且爲什麼，懂吧。」

哈利・強斯輕笑一聲。「這又惹到他什麼了？」

「你沒資格管。」

「你知道我為什麼去找窺龜。我已經告訴你了。是為了裘・波第的女朋友。她必須跑路，可是手上缺錢。她猜想窺龜可以給她一些。我手頭也空空的。」

咕嚕聲輕聲說：「憑什麼給她？窺龜才不會把錢送給混混。」

「他有辦法籌，他認識一些有錢人。」哈利・強斯笑起來，勇敢而輕微的笑聲。

「別跟我耍嘴皮，小個子。」咕嚕聲的口氣帶著鋒芒，像快沉不住氣。

「OK，OK。你知道波第被殺那件事情。是那個神經病小子幹的沒錯，但是事發當晚，這個馬羅也在那間房間裡。」

「那我們早就知道了，小個子。他跟警方講了。」

「是啊——可是他沒講的部分在這兒。波第想利用史坦梧那個小女孩的裸照賣錢。馬羅知道這檔事。他們正在為這事情爭執的時候，史坦梧那個小女孩自己跑來了——帶著槍。她開槍射波第。沒打中，只打破一扇窗戶。然而窺龜沒跟條子提這件事。艾格妮也沒講。她想，不講可以幫她賺一張火車票錢。」

「所以這事和艾迪完全沒有關係囉？」

「你說怎麼扯得上嘛！」

「這個艾格妮人在哪裡？」

「她沒惹你們什麼啊。」

「告訴我，小個子。你要在這裡說，還是到小子們射靶的後房間說？」

「她現在是我的女朋友，卡尼諾。我不會爲任何人讓我的女朋友置身險地。」

隨之而來的是一陣沉默。我聽著雨點打在窗上的聲音。香菸的煙味從門縫傳過來。我想咳嗽。我用力咬住一條手帕。

咕嚕聲開口，還算溫和：「據我所知，這個金髮婊子過去不過是當蓋格的誘餌。我會跟艾迪談談看。你跟窺龜要多少錢？」

「兩百塊。」

「到手了？」

哈利．強斯又笑起來。「我明天跟他見面，希望很高。」

「艾格妮在哪裡？」

「聽著——」

「艾格妮在哪裡？」

一片靜默。

「看看這個，小個子。」

我沒動。我身上沒槍。我不必從門縫看，也知道咕嚕聲叫哈利．強斯看的東西是一把槍。但是除了拿出來招搖一下，我想卡尼諾先生應該不會用槍做其他舉動。我等著。

「我在看。」哈利·強斯說，他的聲音非常緊繃，彷彿是從牙縫中間勉強擠出來的。「我沒看到什麼新鮮玩意兒。儘管開槍吧，看那能給你賺到什麼。」

「能給你自己賺一件芝加哥外套[1]，小個子。」

一陣靜默。

「艾格妮在哪裡？」

哈利·強斯嘆一口氣。「ＯＫ。」他疲憊地說。「她在寇特街二十八號一棟公寓樓房，在班克山莊上面。三〇一號房。算我沒膽好了。我替那個騙子賣命做什麼？」

「沒道理嘛。你總算有腦筋。你和我一塊兒去找她談。我就是要查出來她是在騙你，小子。如果事情真的像你所說的那樣，那就一切扯平。你可以賺窺龜一筆，自在上路。不記仇吧？」

「不會。」哈利·強斯說。「不記仇，卡尼諾。」

「那好。我們來喝一杯吧。有杯子嗎？」咕嚕聲此刻聽起來像戲院女帶位員的假睫毛一樣虛假，像西瓜子一樣滑溜。一個抽屜拉開來的聲音。有東西擺上木桌。一把椅子拖動的聲音。腳摩擦地板的聲音，「這是會上癮的東西。」咕嚕聲說。

一陣液體灌下喉嚨的聲響，「就像女士們說的，貂皮裡的蠹蟲，沾上了就很難去除。」

哈利·強斯輕聲說：「祝成功。」

我聽到一陣刺耳的咳嗽。然後是強烈的作嘔聲。有一個小物體落在地板上，像是一只厚玻璃杯。

我五指蜷曲緊貼著雨衣。

咕嚕聲溫和地說：「你不會才喝一杯就不行了吧，會嗎，夥伴？」

哈利．強斯沒有回答。一陣短暫吃力的喘息聲。然後是令人窒息的沉寂。然後一把椅子拖動。

「別了，小個子。」卡尼諾先生說。

腳步聲，開關喀喇一聲，我腳下那道燈光暗去，一扇門悄悄地開了又闔。腳步聲漸行漸遠，步履悠哉又自信。

我從門後溜出來，把門扇拉大一些，利用窗外射進來的微光審視漆黑的室內。桌子的一角隱隱發亮。桌後的椅子上有一團黑影。封閉的房間裡洋溢著一股沉重窒鼻的味道，幾乎像香水。我走到通外面走道的門邊聆聽。聽到遠遠的電梯啓動的聲音。

我找到電燈開關，燈光從掛在天花板三串銅鍊下一只滿佈塵垢的玻璃燈罩灑下來。哈利．強斯從桌子後面瞪著我，兩眼圓睜，臉部痙攣凍結，膚色青紫。他小小的黑頭向一邊傾斜。僵直地靠坐在椅背上。

一輛街車的鈴聲從幾乎無限遠的地方傳來，在無數牆壁之間撞擊回響。半瓶棕色威士忌立在桌子上，瓶蓋打開了。哈利．強斯的玻璃杯靠在桌子的一隻腳輪邊熠熠閃亮。另一只玻璃杯不見了。

我淺吸一口氣，彎身湊近瓶口。在威士忌的焦炭味之外，另有一股微弱的，類似苦杏仁的味道。哈利．強斯外套上有他臨死前的嘔吐物。這應該是氰毒。

我小心地繞過他身邊，拿起吊在窗子木框上的一本電話簿。我又放下電話簿，從距離小個子屍體最遠的地方探取電話。我撥了查號台。一個聲音回答。

「你能不能幫我查寇特街二十八號三〇一號房的電話號碼？」

「請等一下。」那回答的聲音和身邊的苦杏仁味交雜在一起。一段沉默之後。「號碼是韋恩吾斯區二－五－二－八。屬於格連道爾公寓底下。」

我謝謝查號生，撥了那個號碼。電話鈴響了三聲，然後有人接聽。先是一陣收音機的吵雜聲，然後靜下來。一個粗率的男聲說：「哈囉。」

「艾格妮在嗎？」

「這裡沒有什麼艾格妮，夥伴。你打什麼號碼？」

「韋恩吾斯二－五－二－八。」

「號碼沒錯，妞兒錯了。豈不可惜呀？」那人尖聲笑道。

我掛斷電話，又拾起電話簿查韋恩吾斯區公寓。我撥公寓經理的號碼。心中隱約浮現卡尼諾先生疾駛過雨中，去赴另一個死亡約會的畫面。

「格連道爾公寓。這是席夫先生。」

「我叫華理斯，警察局驗證處。你們那裡有沒有登記一個叫艾格妮．樓茲爾的女孩子？」

「你說你是什麼？」

我又告訴他一次。

「請你把你的號碼給我，我等一下會——」

「少閒扯淡，」我厲聲說：「我現在急著要。到底有還是沒有？」

「沒，沒有。」那聲音和麵包棒一樣僵硬。

「有沒有一個綠眼睛高個子的金髮女郎到你們那個三流旅館登記？」

「喂，這不是什麼三流旅館——」

「噢，少廢話，少廢話！」我模仿警察的腔調對他嚷嚷。「你要我派一隊警車去那兒把整棟樓震垮嗎？班克山莊的這些公寓房子我可清楚得很，先生。特別是每間房的電話號碼個別列開的那種。」

「嘿，不要生氣，警官。我合作就是。這裡是有幾個金頭髮的沒錯。哪個公寓沒有？我倒沒特別注意眼睛的顏色。你要找的那個是單身嗎？」

「單身，或者和一個小個子傢伙一塊兒，大約五呎三，一百一十磅左右，精明的黑眼睛，穿一套雙排釦深灰色西裝和愛爾蘭斜紋軟呢外套，戴灰帽子。我得到的情報說三〇一號房，但是接電話的是個大老粗。」

「噢，不是那裡。三〇一號房住了幾個賣車子的。」

「謝了，我會過來看看。」

「不要驚動住戶，求求你好嗎？來找我，直接來我這裡？」

「謝謝幫忙，席夫先生。」我掛斷電話。

我擦去臉上的汗水。走到辦公室遠遠的一角，面對牆壁，隻手拍著牆。我緩緩轉身，眺望椅子上嘴臉扭曲的小哈利·強斯。

「喂，你唬了他了，哈利。」我大聲說，那聲音我自己聽起來都覺得詭異。「你對他說謊，然後像個小紳士一口飲下氰毒。你死得像隻中毒的耗子，哈利，但是對我而言，你絕不是耗子。」

我必須搜他的身。這是件齷齪差事。他口袋裡沒有任何有關艾格妮的情報，沒有任何我要的東西。我本來就預料不會有，但是我必須確定。卡尼諾先生可能會回來。卡尼諾先生是那種自信滿滿的傢伙，他不會介意重訪自己犯罪的現場。

我關熄電燈，伸手開門。電話鈴響起來，鈴聲震動牆腳板。我聽著鈴聲，下巴肌肉緊縮，發疼。然後我把門關上，又打開電燈，走過去電話那裡。

「是？」

一個女人的聲音。是她的聲音。「哈利在嗎？」

「暫時不在，艾格妮。」

她頓了一下。然後慢慢開口：「你是誰？」

「馬羅，那個惹妳厭煩的傢伙。」

「他在哪裡？」口氣尖銳。

「我過來這裡給他兩百元交換某個情報。交易還算數。錢在我手上。妳在哪裡？」

「他沒告訴你嗎？」

「沒有。」

「或許你問他比較好。他在哪裡？」

「我沒辦法問他。妳知道一個叫卡尼諾的傢伙嗎？」

她倒抽一口氣的聲音，清楚得像人就站在我身邊。

「妳要那兩百塊不要？」我問。

「我——我非常需要，先生。」

「那就好。告訴我該把錢送去哪裡。」

「我——我——」她尾音消失，然後又驚惶地轉回話頭。「哈利在哪裡？」

「嚇壞了，跑了。跟我約個地方見面——隨便哪裡都好——錢在我手上。」

「我不相信你——關於哈利的話。這是陷阱。」

「噢，什麼嘛。要是願意，我早就讓哈利給逮捕了。沒有什麼陷阱好搞的。卡尼諾不知道從哪裡弄到哈利這條線，把他嚇跑了。我要安靜辦事，妳要安靜辦事，哈利也要。」哈利已經安靜了，再也沒有人能剝奪他的靜謐。「妳不會以爲我是幫艾迪．馬仕臥底的吧，會嗎，天使？」

「不——不。我想不是。不會。我半小時內和你見面。在威夏爾大道的布拉克百貨公司，停車場的東邊入口。」

「好。」我說。

我把電話筒掛上。苦杏仁的味道又衝鼻而來，還有嘔吐物的酸味。死小個子沉默地坐在椅子上，超越恐懼，超越變化。

我離開那間辦公室。骯髒的走道上一無動靜。毛玻璃門後燈光不再。我從火災逃生梯走到二樓，從那裡張望電梯廂亮著燈的廂頂。我按電梯鈕。電梯廂開始緩緩移動。我再從救生梯跑下去。當我走出大樓時，電梯在我的頭頂上。

雨又大起來。我走進雨中，沉重的雨滴打在我臉上。當其中一顆雨滴觸到我的舌尖時，我才知道自己正張著嘴巴，顎骨兩邊的痠痛告訴我，我的嘴巴張大到往後方拉扯，正在模仿鐫刻在哈利·強斯臉上的死亡笑容。

1. 指黑道廝殺。

27

「錢給我。」

灰色普利茅斯的引擎聲在她的聲音底下隆隆作響，雨點在車頂上敲擊助興。布拉克百貨公司淺綠色樓頂上的紫色燈光在我們遠遠的頭頂上，這是座既寧靜又遠離黑暗和雨水淋漓的城市。她伸出戴著黑手套的手，我把鈔票放進她手裡。她彎下身在駕駛座前的微弱燈光下清點。皮包喀啦一聲打開，又喀啦一聲關上。她輕輕發出一聲疲憊的嘆息。向我探過身來。

「我要離開這裡，條子。我這就要走了。這是我的跑路費，上帝，我多麼急需這筆錢。哈利出了什麼事？」

「告訴妳他跑掉了。卡尼諾不知怎的，查到他。別管哈利了，我已經付了錢，我要我的情報。」

「這就給你。上上週日裘和我出去，在富希爾大道兜風。那時天色已晚，街燈一盞盞亮起來，交通像往常一樣擁擠。我們開過一輛棕色的雙人座轎車，我看見是一個女孩兒在開。她旁邊坐著一個男人，一個暗膚矮個子的男人。那女孩金頭髮。我以前見過她。是艾迪．馬仕的太太。那個傢伙是卡尼諾。如果你見過他們倆，你不會忘記他們的長相。裘從他們車子的前面跟蹤。他這方面很行。卡尼諾那個看門狗帶她出來散心。到瑞里托市東邊大約一哩，有一條路彎向山丘。往南是橘子園，但是往北那裡荒蕪得像地獄的後院子，而且緊貼著山腳下，有一座製造烘燻消毒材料的氰工廠。離公路不遠有一家小車行兼噴漆店，店主是一個叫亞特．赫克的傢伙。八成是贓車脫手的地方。店後面有一棟木造房子，房子後面除了丘陵和一堆荒石塊，以及幾哩下去的氰工廠，就別無他物了。那就是她被藏匿的地方。他們轉下這條路，袤繞了個圈子再回來，我們看見那輛雙人座轎車停在木房子的路邊。我們在那裡坐了半小時，隔著公路來往的車輛觀看。沒有人出來。等天色相當暗以後，袤溜到房子那裡去瞧。他說房子裡亮著燈，有收音機的聲音，房子外頭只有一輛車，就是那輛雙人座轎車。所以我們就走了。」

她講完了，我聽著威夏爾大道上車輪刷過路面的聲音。我說：「他們可能在那以後換過地點，可是妳能賣的就是這樣——妳能賣的就是這樣。確定妳認對是她？」

「如果你見過她，第二次絕不會認錯人。再見了，條子，祝我好運。我讓你撿了便宜。」

「見鬼妳才是。」我說，走開去過街，上我自己的車子。

灰色普利茅斯向前移，加速，很快地開到街角，轉進日落街。引擎的聲音消逝了，依我看，金髮艾格妮也從此與此地絕緣了。三個男人喪命，蓋格、波第，以及哈利．強斯，那個女人駕車消逝於雨中，皮包裡帶著我的兩百元，而且沒有沾惹任何罪名。我踩下油門，往東開到市區去吃飯。我吃了一頓豐盛的晚餐。在雨中開四十哩路將是相當一段旅程，而且我希望有去有回。

我往北過河，開進帕薩迪納市，穿過帕薩迪納以後，幾乎馬上就是一片片的橘子林。車前燈下的傾盆大雨像一幕幕白霧。雨刷差點來不及刷清玻璃讓人看清路面。然而即使是這樣大雨的暗夜，也掩不住橘子樹清晰的線條，彷彿無止無盡的枝枒，自由地攀伸進夜空。

擦身而過的車輛帶著一陣陣刺耳的咻咻聲，濺起一波波骯髒的水沫。公路急越過一個小鎮，鎮上全是些包裝工廠和倉庫，鐵路支線從工廠間蜿蜒而過。橘子林漸行漸稀，慢慢被拋在南向的後方，路往上爬，空氣冷冽，北邊黑色的山丘漸行漸近，從山腰間襲來刺人的強風。然後黑暗中，隱隱可見兩盞黃色的霧燈高掛在半空，兩盞燈中間有一個霓虹招牌，上面寫著：「歡迎光臨瑞里托市」。

離寬廣的主要街道後方較遠處，有幾戶住家，然後忽然出現一堆商店，一家雜貨店起霧的玻璃櫥窗後燈光隱約，電影院前蒼蠅聚集似地停著許多車輛，角落上有一家已經打烊的漆黑的銀行，一座時鐘從屋頂突出來懸在人行道上方，一群人站在雨中張望櫥窗，彷彿那裡在上演什麼戲似的。我繼續往下開。迎面而來又是一片片空曠的田野。

命運注定一切。才過瑞里托市大約一哩，公路突然轉彎，大雨傾盆下，我一個閃失開得太貼近路肩。右前輪發出一聲刺耳的嘶鳴。我還來不及停下來，右後輪也跟著唱和。我緊急煞車，車子一半在路面上，一半在路肩上，我下車用手電筒探照。兩個爆胎，可是我只有一個備胎。一根粗大的鍍鋅大頭釘的平針底，在前胎上和我大眼瞪小眼。公路旁掉了不少這種大頭針。雖然大都已經掃到路旁，可是掃得不夠遠。

我關掉手電筒，站在那裡呼吸著雨水，仰頭看見路旁有一盞黃色的燈光。燈光似乎是從某個天窗射出來的。那個天窗可能屬於某家車行，那家車行可能是由一個名叫亞特·赫克的人經營的，而且車行旁邊可能有一座木造房屋。我把下巴縮進衣領，正要舉步向那邊走去，又折回來從方向盤旁拆下行車執照，收進口袋裡。我彎下身探到方向盤底下。如果我坐在車子裡，正對著我右腿下面一片厚活蓋後面，有一個暗袋。我在裡面藏了兩把槍。一把是艾迪·馬仕的手下藍尼的，一把是我的。我取了藍尼的那把。他的應該比我的有實戰經驗。我把槍口朝下插進內口袋，舉步踏上公路旁的小道。

車行離公路一百碼遠。它的一片白牆面向著公路。我用手電筒很快地照一下。「亞特·赫克——汽車修理暨噴漆」。我嗆笑幾聲，然後哈利·強斯的臉孔浮現在我眼前，我止住笑。車行門關著，然而門縫底下和兩扇門闔在一起的中央那道縫隙都有燈光。我走過店門。木造房子就在旁邊，兩扇前窗都有燈光，窗簾是放下來的。房子離道路頗遠，立在一排稀疏的樹叢後面。一輛車子停在屋前的砂石道上。四周漆黑，看不清楚，但是那應該是一輛棕色的雙人座轎車，而且應該是屬於卡尼諾先生所有。它安詳的箕踞在狹隘的木陽台前。

他偶爾會容許她開出去兜兜風，他會坐在她旁邊，很可能槍械在握。那個應該和鐵鏽仔雷根結婚，而艾迪·馬仕守不住的女孩子，那個並沒有和雷根私奔的女孩子。好心的卡尼諾先生。

我踏著沉重的步伐走回車行，用手電筒的底座拍打木門。一陣突如其來的寂靜，像打雷一樣沉重。裡面的燈光熄滅。我站在那裡兀自咧嘴而笑，舔去唇上的雨水。我把手電筒的光圈打在兩扇門中央的縫隙。我對著那圈白光咧嘴笑。我正處身我要尋找的目的地。

一個聲音從門後傳來，很不友善的聲音。「你要幹什麼？」

「開門。我的車子在公路上爆了兩個胎，我只有一個備胎。我需要人幫忙。」

「抱歉，先生。我們下班了。瑞里托市在往西一哩。最好到那邊試去。」

我不高興。我用力踢門板。不停地踢。另一個聲音傳出來，一個咕嚕聲，像悶在牆壁後面的小發電機。正中下懷。那聲音說：「自以爲了不起的傢伙，呃？開門，亞特。」

門閂吱咯響，半邊門向內拉開。我的手電筒一時罩住一張瘦骨嶙峋的臉。然後一個閃亮的東西掃下來，打掉我的手電筒。一把槍正對著我。我蹲下去摸索濕漉的地面上的光圈，撿起手電筒。

不友善的聲音說：「關掉手電筒，混蛋。有人就是這樣自找罪受。」

我扭熄手電筒，立起身子。車行裡面的燈光亮起來，照出眼前穿著連身工作服的高個子男人。他從敞開的門口往後退，手上的槍仍對準我。

「進來，把門關上，陌生人。我們看看能幫什麼忙。」

我踏進去，把背後的門關上。我盯著那個瘦骨嶙峋的傢伙，沒去看站在一座工作檯旁靜默不語的另一個鬼影般的男子。車行裡瀰漫著熾熱的硝酸纖維漆的味道，聞起來既甜又有些邪門。

「你沒常識嗎？」瘦男子對我咆哮。「今天中午瑞里托市才發生一件銀行搶案。」

「對不起。」我說，想起一堆人在雨中圍觀銀行的景象。「跟我無關。我才剛到這裡。」

「嗯，是這麼回事，」他老大不高興地說：「有人說是一群小流氓，被追緝躲到這邊的山裡頭去了。」

「這種晚上躲人正好。」我說。「大概就是他們丟的大頭釘。我輾到了幾個。我以爲你也正好有生意可做。」

「你那張嘴巴是從來沒被揍過，是不是？」瘦男子迅即問。

「沒被你這種量級的揍過。」

陰影裡的咕嚕聲說：「不要那麼兇惡，亞特。這個傢伙遇上了麻煩。你是開修車行的，不是嗎？」

「謝謝。」我說，即使此時也沒有轉睛看他。

「OK，OK。」穿連身工作服的男子咕噥道。他把槍塞進衣服底下，咬著指關節悶悶不樂地瞪著我。硝酸纖維漆的味道聞起來像醚一樣令人噁心。一旁角落裡，在一盞電燈底下，有一輛看起來頗新的大轎車，擋泥板上放著一把噴漆槍。

此刻我正視工作檯旁的男子。他長得矮而厚實，一對強壯的肩膀。他生著一張冷靜的臉孔，一對冷靜的暗色眼睛。他穿著一件繫了腰帶的棕色鞣皮雨衣，上面沾滿雨點。棕色帽子瀟灑地斜搭在頭頂上。他背靠工作檯站著，從容地打量我，眼光不帶一點興趣，彷彿只是在看一塊冷肉片。也許所有人在他心目中都是如此。

他陰暗的眼睛緩緩地上下逡巡，然後把自己的手舉起來，對著燈光小心翼翼地研究每一片指甲，就像好萊塢電影常有的鏡頭。他嘴含著香菸說話。

「兩只爆胎，呃？那難搞了。我還以爲他們已經清掃過那些大頭釘。」

「我稍微滑到路邊去。」

「你說你剛進城？」

「路過。正要去洛杉磯。還有多遠？」

「四十哩。這種天氣感覺比較遠一點。從什麼地方來的，陌生人？」

「聖塔羅莎。」

「老遠一趟路，呃？是從太浩鎮還是孤松鎮過來的？」

「不是太浩。是從雷諾和卡森市那邊過來的。」

「那還是很遠。」一抹微笑在他嘴角稍縱即逝。

「犯了什麼法嗎？」我問他。

「呃？沒有，當然沒有。你大概覺得我們太多管閒事了。因爲剛發生了那件銀行搶案嘛。帶把千斤頂去幫他拆爆胎吧，亞特。」

「我在忙。」瘦男子吼道。「我有工作要做。這輛車要噴漆。再說，外頭在下雨，你大概也注意到了。」

棕衣男子興致頗佳地說：「這種天氣噴漆太潮了，亞特。去吧。」

我說：「前輪和後輪，都在右邊。你如果忙的話，其中一個用備胎換就可以了。」

「帶兩把千斤頂去，亞特。」棕色男子說。

「喂，聽著——」亞特正要發火。

棕色男子抬起眼睛，輕輕悄悄地瞪亞特一眼，然後又幾近羞澀地垂下眼瞼。他一句話也沒說。亞特卻像被颶風掃到一樣的搖搖欲墜。他走到角落，把一件橡膠外套罩在連身工作服上面，戴上一頂雨帽。抓起一把有插座的螺旋鉗和一把手提千斤頂，推了一輛照明台車向門走去。

他不聲不響地出去，任由門在身後咿呀張闔。雨水打進來。棕色男子漫步過去把門關上，然後又漫步回到工作檯前，把臀部不偏不倚地擺在與原來一模一樣的那個點上。我當時應該可以制伏他。只剩下我們兩個人。他不知道我是誰。他輕瞄我一眼，把香菸丟在水泥地上，眼也不瞧地就一腳踩熄。

「我打賭你有興趣喝一杯。」他說。「把裡頭也澆濕了，內外平衡一下。」他從身後的工作檯拿出一瓶酒放在檯沿上，然後擺兩只玻璃杯在旁邊。他在每只杯子裡都倒了不少，然後把一杯舉向我。

我像個木偶人似地呆呆走過去接杯子。雨水的寒意仍留在我臉上。熱漆的味道污染著車行裡密閉的空氣。

「那個亞特，」棕色男子說：「跟所有修車工一樣。老是這禮拜做上禮拜就應該做完的工作。你是出公差嗎？」

我不露聲色地嗅嗅酒。味道是對的。我看著他喝一些才飲我的。我把酒含在舌上滾幾下。裡面沒氰。我把小玻璃杯的酒喝光，把杯子放在他旁邊，然後走到一旁。

「一部分是。」我說。我走到擋泥板上擺了一支大噴漆槍那輛漆一半的轎車那裡。雨點猛力打在平屋頂上。亞特此時在雨中詛咒。

棕色男子注視著大轎車。「剛開始只是一片嵌板的工作。」他不經心地說，咕嚕聲因爲喝了酒顯得更溫和。「但是那個傢伙錢多，而且他的司機也要撈點油水。你知道這種行當。」

我說：「只有一種行業比這一行老。」我覺得嘴唇很乾。我不想講話。我點起一根香菸。希望輪胎趕快修好。分秒緩步流逝。棕色男子和我是兩個偶然相逢的陌生人，我們隔著一個名叫哈利・強斯的死小個子遙相對望。只是棕色男子還不知道。

外面傳來腳步聲，門被推開來。燈光射在雨絲上像一條條的銀線。亞特一臉陰沉地把兩只泥濘的爆胎滾進來，用腳把門踢闔，任由其中一只爆胎滾落平躺在地上。他憤憤地看著我。

「你可眞會挑地點讓我架千斤頂。」他吼道。

棕色男子大笑，從口袋裡拿出包成一束圓柱形的五分錢鎳幣，在掌心裡上下擲著玩。

「不要脾氣這麼大。」他冷冷地說。「修爆胎去。」

「我在修啊，不是嗎？」

「嗯，那就不要囉哩囉嗦。」

「是！」亞特把橡膠外套和雨帽扯掉，丟到一邊。他把一只輪胎架上輾延機，狠狠地拆下金屬胎環。他取下輪胎圈，用低溫補綻補爆胎。他帶著一臉晦氣走到我旁邊的牆角，抓起一條充氣管，給輪胎圈加足氣，然後隨手把充氣管一丟，氣管嘴撞上白粉膠泥牆。

我站在那裡看著那捲鎳幣在卡尼諾的手裡跳舞。原先那種緊繃的心情已經消失。我轉過頭，看在我身邊的瘦修車工把充氣的輪胎圈往上一拋，然後一手一邊的把輪胎圈接住。他悶悶不樂地把它檢視一番，瞧一眼角落上那個滿是污水的大電鍍池，不高興地哼了一聲。

他們的默契一定非常好。我沒看到任何信號，任何特具意涵的眼色，或任何可能別具重要性的動作。瘦男子把充氣的輪胎圈高舉在半空中觀察。他半轉身，很快跨前一大步，把輪胎圈猛力往我的頭和肩膀套下去，完美的圈套。

他跳到我身後，用力壓住橡皮圈。他的重量壓住我的胸膛，我被圈住的兩側上手臂動彈不得。我的手雖然還能動，但是拿不到口袋裡的槍。

棕色男子幾乎像舞蹈一樣的，越過地板向我跳來。他一隻手緊緊地攥住那捲五分鎳幣。他無聲無息，面無表情地靠上來。我往前彎身，試圖摔掉亞特。

那隻包著沉重錢幣的拳頭掃過我張開的雙手，像一顆石塊穿過一堆細沙。我心頭一震，燈火昏花，眼前的世界雖然失了焦距，但仍舊存在。他又給我一拳。我的頭失去感覺。燈光一時變得更亮。除了刺眼灼目的白光，什麼都沒有了。然後黑暗掩來，夾著某種像顯微鏡下的細菌一般蠕動的紅絲。然後再也沒有白光或蠕動的東西，只有黑暗，空無，一陣疾風，和一片巨林崩塌。

28

似乎有一個女人，她坐在一盞燈附近，她似乎本來就屬於美好的光圈。另外一道光圈強烈地射在我臉上，使我不得不又闔起眼睛，從瞇起的眼縫中看她。她如此耀眼，頭髮像一只銀製水果盅一樣閃亮。她穿著一件綠色針織洋裝，上面有白色的大翻領。一個角度尖銳的光面皮包擺在她腳下。她在抽菸，肘邊有一只裝著淺琥珀色液體的高玻璃杯。

我很小心地稍微移動一下頭。會痛，但是不比我預期的糟糕。我被綁得像一隻要送進烤爐的火雞。兩隻手腕被手銬銬在背後，然後一條繩子從手腕牽到腳踝上，再牽到我躺著的那張棕色臥椅的末端。繩子繞到臥椅底下看不見盡頭。我動一動，確定繩索確實綁得很緊。

我停止鬼祟的動作，再度張開眼睛，說：「哈囉。」

那個女人收回她眺望遠峰的視線。她小小堅實的下巴緩緩轉過來。眸子像深山湖泊一樣湛藍。頭頂上，雨滴依然敲打不停，雨聲遙遠，彷彿那是別人的雨。

「你覺得怎麼樣？」那銀鈴般悅耳的聲音，和她的頭髮很相配。那清脆的樂音像娃娃屋裡的小鈴鐺。念頭甫自心頭浮起，我就覺得自己很蠢。

「好得很。」我說。「有人在我的下顎打了一個大膿包。」

「你指望什麼，馬羅先生——給你獻花嗎？」

「只要一具普通的松木棺就好，」我說：「不必麻煩附什麼銅的或銀的手把。而且也不要把我的骨灰灑進藍色的太平洋。我比較喜歡被蛆蛀蝕。妳知不知道蛆是雙性，任何一隻蛆都可以愛任何另外一隻蛆？」

「你腦袋有點糊塗了。」她說，嚴肅地注視著我。

「妳介不介意幫我移開這盞燈？」

她站起來，走到臥椅後面。燈光熄滅。光線暗下來舒服多了。

「我不覺得你是個危險人物。」她說。她高䠷但是不呆笨。纖瘦但是不乾癟。她回到原來的座位。

「原來妳知道我的名字。」

「你睡得很沉。他們有充分的時間搜你的口袋。他們什麼都幹了，只差給你抹香油存屍而已。原來你是個偵探。」

「這就是他們查到的全部嗎？」

她靜默不語。朦朧的煙霧自香菸頭裊裊升起。她把香菸在半空中揮了一下。她的手小而優雅有致，不像現在很多女人那種露骨的花園耙子手。

「幾點了？」我問。

她側頭探出裊裊煙霧之外，在座燈肅穆的光華邊緣探看手腕。「十點十七分。你有約會嗎？」

「有我也不意外。這裡是亞特．赫克車行旁邊那棟房子嗎？」

「對。」

「小子們在幹什麼——挖墓坑嗎？」

「他們有事出去。」

「妳是說他們留妳一個人在這裡？」

她又把頭緩緩轉過來。微微一笑。「你看起來不危險。」

「我以爲妳是他們押守的人犯。」

這句話似乎沒有嚇到她，甚至還令她覺得有點趣味。「是什麼使你這樣以爲？」

「我知道妳是誰。」

她十分澄藍的眼睛如此銳利地一閃，我幾乎可以看見那眸光的鋒芒，就像劍的鋒芒一樣。她癟緊嘴巴。但是聲音沒變。

「這麼一來，恐怕你的處境很不利。我是很恨殺戮的。」

「身爲艾迪．馬仕的妻子講這種話？眞丟臉。」

她不喜歡這句話。她瞪著我。我咧嘴一笑。「除非妳能打開這些手鐲子，可是我勸妳不要這麼做，或者妳可以施捨給我一點，妳丟在那裡的那杯飲料。」

她把玻璃杯拿過來。裡頭浮起的泡沫像虛妄的希望。她向我俯下身。她的氣息像小鹿的眼眸一樣纖柔。我對著玻璃杯大口灌。她把杯子從我嘴邊移走，看著一些汁液流下我的頸項。

她再度俯身向我。血液開始在我全身奔騰，像一個極有希望的房客在到處瀏覽一間房子。

「你的臉像破船防水墊。」她說。

「盡量欣賞。這種好景不常。」

她猛然轉頭細聽。面色瞬間轉白。那聲音原來只是雨打在牆上的聲響。她走回房間另一頭，側身對著我，身體微微前傾，俯視著地板。

「你為什麼來這裡送死？」她平靜地問。「艾迪沒有做什麼傷害你的事。你明明知道，如果我不躲在這兒，警方會一口咬定是艾迪謀殺了鐵鏽仔雷根。」

「是他殺的。」我說。

她沒動，姿勢沒有改變一吋。她的喘息聲粗重急促。我張望房間。有兩扇門，都在同一面牆上，其中一扇半開。地上是紅色和棕色相間的方格花紋地毯，窗子上是藍色的窗簾，牆上是鮮綠色的松樹印花壁紙。家具的陳設看起來像巴士站座凳上常見的廣告。雖然美觀，但拒人於千里之外。

她輕輕地說：「艾迪沒對他怎樣。我已經好幾個月沒和鐵鏽仔見面。艾迪不是那種人。」

「妳早就和他分居。妳自己一個人住。妳住家附近的人指認了雷根的相片。」

「謊話。」她冷冷地說。

我試著回想葛雷哥利隊長到底有沒有這樣說。頭太暈了，我沒辦法確定。

「再說這根本不關你的事。」她補上一句。

「這整件事都關我的事。我受雇調查。」

「艾迪不是那種人。」

「噢，妳喜歡詐財騙子。」

「只要有人好賭，就會有賭場存在。」

「那是自欺欺人的想法。只要越出法律一步，就都算違法。妳以爲他只是個賭徒。我認爲他是個淫書皮條客，是個勒索犯，是個賣贓車的，是個遙控殺手，而且是貪污警員的收買人。只要對他有益、有利可圖，他就要沾一手。不要跟我賣什麼仗義高風的江湖俠客。他們的作爲可不是這種形式。」

「他不是殺手。」她蹙起眉頭。

「只是不親自動手而已。他有卡尼諾。卡尼諾今天晚上才殺了一個人，一個只是想幫忙某人，毫無傷害力的小個子傢伙。我差點就親眼目睹。」

她鬱鬱地笑起來。

「好。」我吼道。「不信算了。如果艾迪眞的是好人，我倒願意不要卡尼諾在場和他談談。你知道卡尼諾會如何反應——會因爲我多話，打掉我的牙齒，踢扁我的肚子。」

她把頭往後一仰，站在那裡沉默無言，不知道在想什麼。

「我以爲銀頭髮早就不流行了。」我繼續煩她，只是想讓房間裡繼續有聲音，讓我們不去聆聽其他動靜。

「這是假髮，傻瓜。我戴這個等我的頭髮長出來。」她把手伸上去摘掉假髮。她自己的頭髮整個都剃得短短的，像個小男生。她再把假髮戴回去。

「是誰給妳弄的？」

她一臉訝異。「我自己剪的。怎麼了？」

「是啊。怎麼了？」

「怎麼？爲了向艾迪表示，我自願做他要我做的——藏起來。他可以不必監視我。我不會讓他失望。我愛他。」

「老天爺，」我呻吟道：「而妳搞得我必須和妳一起關在這裡。」

她翻開一隻手掌，瞪著它發愣。然後，她突然走出房間。帶著一把廚刀回來。她彎下腰鋸我的繩索。

「卡尼諾有手銬的鑰匙，」她說：「我沒辦法開手銬。」

她退步站開，氣喘吁吁。她已經鋸斷每一個繩結。

「你這人眞不怕死，」她說：「不管有幾口氣都還要開玩笑——在這種處境之下。」

「我以爲艾迪不是個殺手。」

她迅即轉開，走回她燈畔的座椅坐下來，把臉埋進雙掌。我把兩腳拽下地板站起來。蹣跚走幾步，腿肉僵硬。我左臉神經抽痛不已。我踏一步。還走得動。必要的時候，還可以跑。

「我猜妳的意思是要放我走。」我說。

她頭也沒抬地頷頷首。

「妳最好跟我一塊兒走——如果妳還想活命的話。」

「不要浪費時間。他隨時會回來。」

「替我點一根菸。」

我站在她身邊，碰著她的膝蓋。她突然踉蹌地站起來。我們的眼睛相距不過數吋。

「哈囉，銀假髮。」我柔聲說。

她往後退到椅子的一邊，順手從桌上掃起一包菸。猛然拽出一根，用力把香菸塞進我嘴巴裡。手抖個不停。她點燃一個綠色的皮製小打火機，把火苗舉向香菸。我吸一口菸，凝視她湖水般湛藍的眼眸。她仍然站在我旁邊，我說：

「一隻名叫哈利·強斯的小鳥把我引到妳這裡來。一隻過去常在酒吧跳進跳出，替人收集賭馬金換麵包屑吃的小鳥。他也趁機收集情報。這隻小鳥撿到一件關於卡尼諾的消息。總而言之，他和他的朋友發現了妳在哪裡。他找上我賣這件情報，因爲他知道——至於他如何知道，是一個冗長的故事——我在替史坦梧將軍做事。我得到他的情報，但是卡尼諾逮到這隻小鳥。現在他已經是一隻死鳥，羽翼凌亂，頭項下垂，鳥喙上帶著血珠。卡尼諾殺了他。但是艾迪·馬仕不會做這種事，是不，銀假髮？他從來沒有殺過人。他只是雇人去做而已。」

「出去。」她啞著嗓子說。「趕快離開這裡。」

她攫著綠色打火機的手懸在半空中。指頭握得死緊。指關節像雪一樣發白。

「但是卡尼諾不知道我知道，」我說：「關於那隻小鳥的事。他以爲我只是到處探頭探腦好管閒事。」

然後她放聲大笑。那幾乎是一種痛極爆裂的大笑。像飆風掃樹般震動她全身。我感覺那笑聲裡帶著迷惑，並非全然出乎意料，但彷彿是在已然明瞭的事實中加入一個新的想法，只是這想法與原來的已知不合。然後我又想，從一場大笑中解讀出這麼多意涵未免過分。

「非常好笑，」她喘不過氣來地說：「非常好笑，因爲，你知道——我仍然愛他。女人——」她又大笑起來。

我側耳聆聽，我的頭隱隱作痛。「我們走吧。」我說。「快。」

她倒退兩步，面色凜然。「走吧，你！快走！你可以步行到瑞里托。你辦得到——而且你可以暫時不聲張——至少一、兩個小時。你至少欠我這份人情。」

「我們一起走。」我說。「有槍嗎，銀假髮？」

「你知道我不會走。你明明知道。求求你，求求你趕快離開這裡。」

我向她踏上前，幾乎壓在她身上。「把我放掉以後，妳還要留在這裡？等那個殺手回來，然後你可以跟他說妳很抱歉？那人殺人像拍死一隻蒼蠅一樣。沒什麼。妳和我一道走，銀假髮。」

「不。」

「假設，」我說：「妳那個英俊丈夫確實殺死雷根呢？或者假設卡尼諾沒讓艾迪知道，殺死雷根。只是假設。那樣在放我走以後，妳自己還能有多少時日可活？」

「我不怕卡尼諾。我仍然是他老闆的太太。」

「艾迪只是一坨爛粥，」我咆哮起來：「卡尼諾用一根小茶匙就可以把他解決掉。他會像貓吃金絲雀一樣地把他吃掉。他只是一坨爛粥而已。像妳這樣的女孩子會愛錯男人，就是只有當那個男人是坨沒用的爛粥的時候。」

「出去！」她的唾沫幾乎噴在我臉上。

「OK。」我轉身離開她，從半開的那扇門出去，步入黑暗的走道。她隨我之後衝出來，越過我身邊跑到前門，把門打開。她把頭探出濕漉的黑夜，傾聽。她用手勢示意我向前。

「再見。」她壓低聲音說。「祝一切好運，只一件事除外。艾迪沒有殺鐵鏽仔雷根。等他願意現身的時候，你會發現他好好地活在某個地方。」

我靠著她，用我的身體把她壓在牆上。我的唇貼著她的臉。我那樣跟她說話。

「不必急。這一切都在冥冥之中早有安排，早已排練到最後一項細節，計算到最微末的一秒。和一齣廣播節目一樣。一點也不用急。吻我，銀假髮。」

她在我唇下的臉蛋像冰一樣冷。她舉起雙手捧著我的頭，重重地給我一吻。她的雙唇也像冰一樣。

我走出去，門在我身後關闔，沒有一絲聲響，雨水潑進陽台底下，不及她的唇冰冷。

29

隔壁的車行漆黑一片。我穿過砂石道和一片雨淋得濕軟的草地，路上一條條的小水流，全滾向遠遠的一道水溝裡。我沒戴帽子。帽子一定是掉在車行裡面。卡尼諾很省事地沒把帽子還給我。他以爲我再也用不上了。我想像他把嶙峋陰鬱的亞特，和八成是偷來的轎車，留在一個安全的所在，自己一個人得意洋洋地在雨中開車回來。她愛艾迪·馬仕，爲了保護他而躲起來。所以他回來以後，會發現她在那裡，平靜地坐在一盞燈和一杯未嚐一口的酒旁邊，而我被綁在臥椅上。他會把她的東西都搬到車上，小心地巡查整棟房子，確定沒有留下任何可能的罪證。他會告訴她出去外面等。她不會聽到槍聲。短距離之內，一把短棍就可以有相同的效果。他會告訴她，他把我留在原處，過一段時間就會自己鬆綁。他以爲她那麼笨。好心的卡尼諾先生。

我的雨衣前面敞開著，我手被銬住，無法扣鈕釦。雨衣的衣襬拍打著我的腿，像一隻疲倦的大鳥的翅膀。我來到公路。車龍駛過在車頭燈照耀下發亮的大片席捲的雨水。車輪刺耳的簌簌聲疾掃而過。我發現我的敞篷車還停在原地，兩只輪胎都已經修好裝好，這樣必要時隨時可以開走。他們設想眞周到。我上車，側身倒向方向盤底下，摸索旁邊蓋住暗袋的那片皮革。我拿出另外那把槍，把它塞在雨衣底下，然後再往回走。這世界狹小，封閉，漆黑。一個僅屬於卡尼諾和我私有的世界。

半途上，一輛車子的前燈差點照到我。那對車燈迅速轉出公路，我從路邊斜坡滑進濕漉的水溝，撲倒進水裡。那輛車速度不減地駛過去。我抬起頭，聽到車輪離開道路，開上砂石道的摩擦聲。引擎熄掉，車燈暗去，一個關車門的聲音。我沒聽到房屋的關門聲，但是一道光線從樹叢間瀉出來，彷彿某一扇窗戶的窗簾被拉開來，或者是走道上點了燈。

我回到濕軟的草皮區域，兩腳拖著泥水踩過去。那輛車子停在我和房子之間，我的槍在我身畔下側，我在不致把左手臂連根拉斷的情況下，盡可能把槍拉到前面。車子裡黑黑空空的，仍有餘溫。水箱裡的水還在愉快地咕碌咕碌響。我探頭到車門內。鑰匙還插在方向盤旁邊。卡尼諾對自己非常有把握。我繞過車子，小心地穿過砂石道，到窗下傾聽。聽不到任何聲音。除了雨點疾打在排水管底部的金屬肘角發出的咚咚聲，沒有其他聲音。

我繼續傾聽。沒有吵鬧聲，一切安寧優雅。他會咕嚕咕嚕地問她，她會告訴他，她放我走，而且我答應不會告發他們。他不會相信我，就如同我不會相信他一樣。所以他不會待在裡面太久。他會出來，而且帶著她一道。我唯一能做的事，就是等候他出來。

但是我不能等。我把槍換到左手，彎下身撈起一把碎石。把碎石往窗戶投去。力不從心。沒有幾顆碰著紗窗頂上的玻璃，但那一點微弱的喀嗒聲，就已經具有水壩洩洪的效果。

我跑回車旁，踩上車子的腳踏板。房子的燈光已經熄滅。沒有進一步的動靜。我安靜地伏在腳踏板上等著。不行。卡尼諾太謹慎了。

我直起身子，倒退著進入車內，摸索到車鑰匙，將它轉動。我用腳去踩起動鈕，但它不在腳下，那應該是在方向盤附近。我終於找到，把它一拉，起動器嘎吱嘎吱地響。仍帶餘溫的車子馬上動起來。它滿足地輕聲嗚唱。我再溜下車，潛伏在後輪旁邊。

我興奮得全身發抖，但是我知道卡尼諾不會喜歡最後這一招。他非常需要這部車子。一扇沒有燈光的窗戶一吋一吋地往下移，玻璃上一點閃動的亮光告訴我它在移動。火光突然從那裡射出來，三聲間不容髮的槍聲。轎車的玻璃被打出三顆火星。我哀嚎一聲。哀嚎繼而轉爲嗚咽的呻吟。然後呻吟變成一陣被痰堵塞的哽噎，喉頭被血嗆住。我讓哽噎聲在大口一嗆之後令人不安地消逝。表演精采。我很喜歡。卡尼諾更是喜歡。我聽到他在大笑。那是一陣震耳的大笑。和他講話那種悶悶的咕嚕聲一點也不相像。

除了雨聲和汽車引擎的低鳴，接下來是一陣短暫的沉默。然後房子的門慢慢打開，那是黑夜裡一方更深沉的黑洞。一個身影小心翼翼地從黑洞中浮現，脖子周圍有一圈白色。那是她的衣領。她姿態僵硬地走上陽台，一具木刻女人。我看見她的銀假髮淡淡的光芒。卡尼諾設想周到地掩藏在她身後出來。整個景況可怖得近乎可笑。

她步下階梯。此時我可以看見她慘白的臉孔。她向車子走來。她是卡尼諾的活壁壘，以防萬一我還有啐他一口的力氣。她的語音透過雨水的沙沙聲，緩慢而平板：「我什麼也看不見，拉西。窗子上都是霧。」

他低聲罵了一句什麼，女孩的身體僵硬地一挺，彷彿他用槍捅了她背部一下。她又往前走，更接近沒有燈光的車子。此時我可以看見藏在背後的他，他的帽子，半邊臉，和一邊肩膀。女孩直挺挺地止步，尖叫起來。那一聲美麗而撕人心肺的尖叫，像一記左鉤拳撼得我地動天搖。

「我看見他了！」她嚷道。「在窗子後面。方向盤後面，拉西！」

他像一桶鉛一樣投身而上，把她狠狠地往旁一推，一躍向前，手一揚。又是三道火光切過黑暗。更多玻璃破損。其中一顆子彈穿過玻璃射中我旁邊的一棵樹。另一顆咻一聲飛向遠方。而引擎依舊低鳴不已。

他低下身，俯在一片夜色之中，他那張灰撲模糊的臉，似乎在槍火的強光之下緩緩清晰起來。如果他手上的槍是一把左輪，槍膛可能已經空了。也可能沒有。他已經射了六槍，但是他也可能在房子裡又重塡過前三發子彈。我希望他有重塡。我不要他空槍和我對決。但是那也可能是一把自動手槍。

我說：「完了嗎？」

他旋身向我。或許應該容他有機會再射一、兩槍，就像老一派紳士的做法。但是他的槍仍向著我，我不能多等。沒有時間當老派紳士。我向他射了四槍，我的柯爾特自動手槍緊拉到肋骨邊。他手上的槍像被踢了一腳騰空飛起。他雙手按住腹部。我可以聽見那兩隻手死命拍打身體的劈啪聲。他就這樣，兩隻大手掌緊抓著自己，朝前倒下。他正面栽下濕淋淋的砂石道。然後就再也沒有一點聲響了。

銀假髮也沒有作聲。她直挺挺地站著，雨水順著她的身子流下。我繞過卡尼諾身邊，漫無目的地踢他的槍一腳。然後走到槍落地的所在，側下身子把它撿起來。那使我貼近她身旁。她鬱鬱地開口，彷彿是在對自己說話。

「我——我就擔心你會回來。」

我說：「我們有約。我告訴過妳，一切都早有安排。」我像個瘋子一樣放聲大笑起來。

然後她向他彎下身去，摸索他身上。一會兒之後，她站起來，手上握著一把綴著細鍊子的小鑰匙。

她挖苦說：「你就非殺死他不可嗎？」

就像我突然發笑一樣，我突然止住笑聲。她走到我背後解開手銬。

「是吧，」她輕輕地說：「我想你是非殺他不可。」

30

隔天，太陽又大放光明。

失蹤人口調查處的葛雷哥利隊長，沉重地望著辦公室窗外圍了柵欄，被雨洗得白白淨淨的司法局頂樓。然後他笨重地轉動旋轉椅，用帶著焦炙傷痕的拇指給菸斗塞菸草，冷眼看著我。

「所以你又把自己捲入麻煩了。」

「噢，你聽說了。」

「兄弟，我整天屁股都坐在這裡，看起來好像沒什麼腦袋。但是你會很驚訝，我可以聽到多少消息。我猜做掉這個卡尼諾並不打緊，但是我看刑事組的小子們也不會給你任何獎章。」

「最近我周圍發生了一大堆命案，」我說：「我都還沒有得到任何獎賞哩。」

他很有耐心地微笑。「誰告訴你，躲在那裡那個女孩子是艾迪．馬仕的妻子?」

我告訴他。他仔細聆聽，然後打個呵欠。他大如托盤的手掌拍拍鑲了金牙的嘴巴。「我猜你會認為我應該找得到她。」

「相當合理的推算。」

「也許我本來就知道。」他說。「也許我想，如果艾迪和他的女人要玩那種小把戲，乾脆就讓他們自以爲得逞，這樣或許比較聰明——就我的智商限度而言。然而，又也許你以爲我是基於比較私人的理由讓艾迪得逞。」他把一隻大手擺出來，大姆指摩擦著食指和中指做數鈔票狀。

「不，」我說：「我倒沒那麼想。即使我們那天在這裡的那場談話，艾迪似乎都瞭若指掌，我也沒那麼想。」

他頗爲費力地挑高了眉毛，顯然已經很久沒有練習這種表情了。那表情使他的整個額頭都皺成一團，當那表情鬆緩下來時，額上一條條的皺紋在我眼前由白轉紅。

「我是個警察，」他說：「只是一名普普通通的警察。我算是相當誠實了。在這個誠實已經不流行的世界，你能期待一個人所可能達到的誠實的程度。那也是我今天早上叫你來的主要原因。我希望你相信。身爲一名警察，我希望法律得勝。我希望看到像艾迪．馬仕這種衣著光鮮的匪徒，和貧民出身，第一次使壞就栽跟頭的可憐小流氓一起下獄，而且永不得翻身。那是我希望看到的。你和我都活夠久了，都認爲不可能看到這種事發生。不會在這個城市，不會在任何一個即令只有這裡一半大的城市，不會在這個廣闊、蒼翠，又美麗的美利堅合眾國的任何一個地方。我們的國家不是那樣運作的。」

我沒說什麼。他頭往後仰，呼著煙，一邊看著菸斗口繼續說：

「但是那並不代表我認爲艾迪．馬仕殺了雷根，或有任何理由殺雷根，或即使有理由，我也不認爲他會殺雷根。我只是覺得，他可能知道些內情，而也許這些內情遲早會浮上檯面。把他太太藏到瑞里托去實在是幼稚，但是這種幼稚行爲，正是這種精明猴子自以爲精明的舉動。昨晚在他見過地方檢察官以後，我把他叫到這裡來，和他談過一陣。他承認所有事情。他說他知道卡尼諾是個可靠的保鑣，他就是基於這點用他。他不知道他的任何癖好，也不想知道。他不認識哈利・強斯。他不認識裘・波第。他當然認識蓋格，但是聲稱對蓋格搞的行當一無所知。我猜這一切你都早聽說了。」

「是的。」

「你在瑞里托使的那一招很有腦筋，兄弟。我們是不搞包庇的。現在我們對未經確認的子彈都有留檔存證。有一天你可能會再用到那把槍。到時你就沒有轉圜餘地了。」

「我使招都有用腦筋。」我說，並且斜睇他一眼。

他把菸草敲出來，若有所思地盯著菸斗。「那個女孩兒的下文呢？」他眼也沒抬地問。

「我不知道。他們沒有拘留她。我們做了自白書，一共三份，一份給韋德，一份給警長辦公室，一份給刑事局。他們放她走。自那以後我就沒再見到她。也不期望會再見。」

「是個好女孩兒，聽說。不是那種搞濫污的類型。」

「是個好女孩兒。」我說。

葛雷哥利隊長嘆口氣，撫一撫老鼠毛似的頭髮。「只還有一件事，」他口吻還算和藹地說：「你看起來像個溫文傢伙，但是幹起事情來太凶狠。如果你當眞要幫忙史坦梧家——就不要再管他們的事。」

「我想你說得對，隊長。」

「你覺得怎麼樣？」

「好極了。」我說。「我一晚身處好幾個不同的所在，又被揍得不省人事。在那之前，還被雨淋成落湯雞，被人打得很悽慘。現在健康狀況完美。」

「要不然你還指望怎麼樣，兄弟？」

「我沒指望還能怎麼樣。」我站起來，對他咧嘴一笑，開步向門走去。當我快走到門口時，他突然清了清喉嚨，聲音嘶啞地說：「我在浪費口舌，嗯？你仍然認為你找得到雷根。」

我轉身正視他。「不，我不認為我找得到雷根。我甚至連試都不想試。這樣合你的心意了吧？」

他緩緩地點頭。然後聳聳肩。「我不知道我到底講這話做什麼。祝你好運，馬羅。歡迎隨時過來坐坐。」

「謝了，隊長。」

我下樓走出市政府，到停車場取車，開回赫伯阿姆斯大樓家裡。我脫掉外套躺在床上，瞪著天花板，聽著外面街道的車聲，看陽光緩緩移過天花板的一角。我想要入睡，但是睡神不來。雖然時間不對，但我還是起來喝一杯，然後再回去躺下來。仍然睡不著。我的腦袋像座時鐘走動不停。我起來坐在床沿，給一只菸斗塞菸草，大聲地自言自語：

「那老禿鷹知道一些內幕。」

菸斗嚐起來像鹼水一樣苦。我把它放到一邊，再度躺下來。我心神起伏，腦海中一波波虛幻的記憶，記憶裡，我似乎不斷地在重複做相同的事，到相同的地方，遇見相同的人，對他們說相同的話，一次又一次的反覆，然而每一次似乎都很眞實，彷彿事情眞的如此發生，而且都是第一次發生。我在雨中的公路專心開車，銀假髮坐在車子一角，一言不發，因此等我們抵達洛杉磯的時候，我們似乎又變成全然不相識的陌生人。我在一家徹夜營業的雜貨店下車，打電話給勃尼．歐斯，告訴他我在瑞里托殺了一個人，現在和艾迪．馬仕的妻子正在去韋德家的路上，艾迪的妻子是命案的見證人。我把車子駛過通往拉法葉公園被雨洗得發亮的寂靜街道，然後開上韋德那座大屋宅的門簷下，陽台的燈光已經亮著。歐斯事先已電話通知我在路上。我在韋德的書房裡，他穿著一件印花的睡袍坐在書桌後，一臉凝重，拿起一根有斑紋的雪茄放進帶著苦笑的嘴裡。歐斯也在場，還有一個警長辦公室派來的，瘦長灰髮，看起來像學者的人士，他的言行舉止與其說是警察，不如說是個經濟學教授還比較恰當。我陳述故事，他們靜靜聆聽，銀假髮雙手交疊腿上坐在陰影裡，誰也不瞧。然後他們打了一連串電話。刑事局來的兩名人員盯著我的樣子，彷彿我是隻從巡迴馬戲團偷跑出來的怪獸。我又去開車，其中一名刑事人員坐在我旁邊，和我一道去富衛得大樓。我們在那間辦公室裡，哈利．強斯仍坐在桌後的椅子上，死人扭曲僵硬的臉孔和房間裡既酸又甜的氣味依舊。一名十分年輕結實，頸子上有紅色毛髮的法醫在那裡。另外一名指紋人員在那裡忙這忙那，我告訴他不要忘了頂窗的手栓。（他在該處發現卡尼諾的大拇指指紋，那是那個棕色男子唯一留下來，可以支持我的故事的指紋。）

我又回到韋德的屋宅，簽一份他的祕書在另一間房間趕出來的打字自白書。然後房門打開，艾迪．馬仕走進來，當他看見銀假髮，一抹笑容突然閃現臉上，他說：「哈囉，蜜糖。」她既沒看他也沒回答。艾迪．馬仕神采奕奕，精神抖擻，他穿著一套暗色上班西裝，一條有綫飾的白色圍巾披在斜紋軟呢的外套上。然後他們都離去，每個人都離開房間，只剩下我和韋德，然後韋德用冰冷憤怒的口吻說：「這是最後一次，馬羅。下次你再這樣先斬後奏，我就把你丟給獅子吃，管它傷了誰的心。」

就是這樣，心中一再重複，人躺在床上，看著一抹日光滑下牆壁的一角。然後電話響起來，是諾里斯，史坦梧的男管家，用他向來無動於衷的聲音說話。

「馬羅先生嗎？我打電話到你辦公室找不到人，所以自作主張打來你家裡試試。」

「我幾乎整晚都在外面。」我說。「我還沒去過辦公室。」

「是，先生。將軍想在今天早上見你一面，馬羅先生，如果方便的話。」

「大約半小時就到。」我說。「他好嗎？」

「他在床上，先生，但是情況不壞。」

「待會兒見。」我說，掛斷電話。

我修面，換衣服，正要出門。又折回來拿卡門那把珍珠槍柄的小左輪手槍，把它丟進我的口袋。陽光亮麗得彷彿在跳舞。我二十分鐘內就抵達史坦梧家，我把車子開上側門拱牆下。此時十一點十五分。雨後裝飾樹上的鳥群鳴唱得如癡如醉，草壇綠得好比愛爾蘭國旗，整座莊園看起來就像十分鐘前才落成一樣。我按門鈴。第一次按這個門鈴是五天前。感覺卻像過了一年。

一名女傭來開門，帶我從側走道走到主玄關，她把我留在該處，說諾里斯先生馬上就下來。主玄關看起來一如往昔。壁爐架上那幅畫像依舊是一對熾熱的黑眼眸，鑲嵌玻璃窗上的那個騎士依舊無心解開被綁在樹上那位裸體少女的繩索。

幾分鐘以後，諾里斯出現，他也還是老樣子。嚴肅的藍眼睛冷峻非常，灰撲粉紅的肌膚看起來既健康又舒暢，他走動的樣子比實際年齡要年輕二十歲。我卻感覺歲月沉肩。

我們步上瓷磚樓梯，轉向與薇薇安房間相反的方向。每走一步，那房子似乎就變得愈大愈沉寂。我們來到一扇看似取自教堂的老舊大門。諾里斯輕輕地打開門，探頭進去張望。然後他站到一旁，我經過他面前進入房間，穿過大約四分之一哩長的地毯，來到一張像亨利八世辭世時躺的有天篷的巨床。

史坦梧將軍靠坐在枕頭上。毫無血色的一雙手交握擺在床單上。那雙手在床單映照下看起來一片死灰。他的黑眼眸仍然充滿鬥志，然而臉孔的其餘部分看起來仍像一具屍骨。

「坐，馬羅先生。」他的聲音聽起來頗疲憊，而且有一點僵硬。

我把一把椅子拉近他坐下來。所有的窗戶都關得緊緊的。在白天這個時間，房間裡卻毫無陽光。窗簾遮斷了所有可能的自然光線。空氣裡隱隱有一股古老歲月的甜味。

他無言地瞪視我良久。動一下一隻手，彷彿要向自己證明那隻手還能動，然後又把它和另一隻手交握如前。他無力地說：

「我並沒要求你去找我的女婿，馬羅先生。」

「但是你心裡希望。」

「我沒有要求你。你自行假定太多事情。通常我是要什麼才要求什麼。」

我沒說話。

「我已經付錢給你，」他繼續冷冷地說：「無論如何都不會影響已經付給你的費用。我只是覺得你，無疑並非故意的，背叛了我的信託。」

他說完閉起眼睛。我說：「你就是爲了這件事情見我嗎？」

他又張開眼睛，動作十分遲緩，彷彿那對眼皮是鉛做的。「你大概對我的批評很生氣吧。」他說。

我搖搖頭。「你有這個特權，將軍。我不會藐視你這項特權，一點也不。如果考慮你必須承受的一切，這實在不算什麼。你可以隨便批評我，我連想生氣的念頭都不會有。我願意退還你付我的錢。這也許對你不算什麼。但是對我意義重大。」

「對你有什麼意義？」

「對我而言，是拒收不滿意的顧客的費用。如此而已。」

「你常常有不滿意的顧客嗎？」

「有幾個。每個人都免不了有。」

「你爲什麼跑去找葛雷哥利隊長？」

我往後靠，把一隻手臂懸在椅背後面。我研讀他的表情。什麼也看不出來。我不知道如何回答他的問題——沒有一個答案令人滿意。

我說：「我當時相信你把蓋格那些借條交給我辦，主要是要測試我，你有點擔心雷根可能牽涉其中，想勒索你。當時我對雷根一無所知。直到和葛雷哥利隊長談過，我才了解，無論如何，雷根都不可能是那種人物。」

「那簡直跟沒回答我的問題一樣。」

我點點頭。「確實沒有。那等於沒有回答你的問題。我想我就是不願意承認我憑直覺辦事。我來這裡那天早上，跟你告別，從蘭花房出來以後，雷根太太把我叫去。她似乎認定我是被雇來尋找她丈夫的，而且她對這事好像頗不高興。總之，她透露，『他們』在某個車庫裡發現了他的車子。這個『他們』只可能是警察。由此推之，警方一定知道一些情報。如果他們知道，那麼失蹤人口調查處應該就是掌握這個案子的部門。當然，當時我並不知道是你，或其他人，曾去報警，或者他們是因爲有人來報說車庫裡有棄車，才發現這輛車子。但是我了解警察，我知道他們如果有一些情報，就會想再多挖一點——尤其是，你們的司機正好有前科紀錄。我不知道他們會再挖多少。那使我開始考慮找失蹤人口調查處。說服我採取行動的，是我們在韋德先生家開會討論蓋格等事那晚，韋德先生的態度。我們有一段短時間獨處，他問我，你曾否告訴我，你在找雷根。我說你告訴我，你希望能知道他人在何處而且平安無事。韋德撇撇嘴，表情怪異。當他說你『在找雷根』時，我以爲那意思非常明白，他的意思就是指使用司法機關尋找。即令如此，我仍設法提防葛雷哥利隊長，只要他仍然不知道的事，我還是不露口風。」

「而你容許葛雷哥利隊長以爲我雇你去找鐵鏽仔？」

「是吧。我猜是如此——當我確定案子在他手上時。」

他閉起眼睛。眼皮痙攣了一下。他閉著眼睛說話。「你認爲那樣做合乎道德嗎？」

「是，」我說：「我這麼認爲。」

那對眼睛又張開來。那雙炙人的黑眼眸突然閃現在一張死人般的臉孔上，令人十分驚愕。「恐怕我不了解你的意思。」他說。

「也許你不了解。擔任失蹤人口調查處的主管不能愛講話。如果他很健談，他就不會坐鎮在那間辦公室。我接觸的這位，是個非常聰明小心的傢伙，他試圖製造一個印象——起初十分成功——讓人以爲，他是個已經對他的工作感到厭倦的中年老馬。我玩的這個遊戲不是單純的數字方塊。這當中總是會牽涉到很大的虛假唬人成分。無論我對警察講什麼，他們通常會傾向於打折扣。而對這名警察呢，我說什麼都不會造成太大的差別。當你雇用一個我這一行的人時，你不能像雇一名洗窗工人一樣，指著八扇窗戶跟他說：『把這些洗乾淨就完事了。』你不知道我必須上天下地，使用多少手段，才能完成你交代的工作。我有我做事的方法。我盡我所能保護你，我可能破壞一些規則，但是我之所以如此，也是爲了你。顧客優先，除非他是個歹徒。然而即使在那種狀況下，我也只是把差事退還給他，然後保持緘默。再說，你並沒有告訴我，不可以去找葛雷哥利隊長。」

「那頗難開口。」他臉上露出一抹微弱的笑容說。

「好，那我做錯了什麼？你的管家諾里斯似乎以爲，一旦蓋格被解決，案子就了結了。我不認爲如此。蓋格採取的手法令我疑惑，即使到現在也還是如此。我不是福爾摩斯或費洛．范斯。我不打算去搜查警方已經調查過的所在，撿一根破筆芯，然後從那裡開始建構案子。如果你以爲有哪個從事偵探業的人，會用這種做法討生活，那就太不了解警方了。即使警方有遺漏什麼的話，他們遺漏的也不會是這種東西。我並不是說他們常常遺漏什麼——假定他們當眞可以放手做事的話。但是如果他們有遺漏什麼，那通常是模糊、曖昧的東西，譬如像蓋格這種人物，把他討債的憑證寄給你，要求你像個紳士一樣地付清借貸——蓋格，這個從事不正當行業，處在不利的位置，以一名勒索者爲靠山，而且多少也得到某些警察負面保護的人。爲什麼要這樣做？因爲他想查出來，你是不是面臨什麼不可告人的壓力。如果是，你會付錢給他。如果不是，你會不理他，然後坐等他的下一步舉動。但是你確實面臨了某種壓力。就是雷根。你害怕他可能面善心惡，怕他以前接近你，對你好，只是爲了等待時機，好算計如何玩弄你的銀行戶頭。」

他想開口說話，但是我打斷他。「即令如此，你在乎的其實並不是錢。甚至也不是你的兩個女兒。你多少早已把她們排除在你的考慮之外。你只是還太驕傲，不願被當做冤大頭來耍——而且你實在喜歡雷根。」

一陣沉默。然後將軍低聲說：「你他媽的話太多了，馬羅。我是不是可以說，你還想解開這個謎？」

「不，我辭職不幹了。我已經受到警告。警方認爲我做事太狠。這就是爲什麼，我想我應該把錢退還給你——因爲依我的標準，這件工作沒有完成。」

他露出微笑。「不幹，沒這回事。」他說。「我還要再付一千元給你去找鐵鏽仔。他不必非回來不可。我甚至不必知道他人在何處。一個人有權利過他自己的生活。我不怪他拋棄我的女兒，甚至不怪他走得這麼突然。他可能是臨時起意。無論他人在何方，我只要知道他平安。我要他本人直接的消息，而且如果他正好需要錢用，我也願意供給。這樣講，夠清楚了嗎？」

我說：「是的，將軍。」

他歇息一會兒，放鬆地靠在床上，他兩眼闔上，眼皮陰暗，雙唇緊閉，毫無血色。他已經燈油耗盡。恐怕來日無多了。他再度睜開眼睛，盡量對我露出笑容。

「我大概只是個多愁善感的糟老頭，」他說：「一點也沒有軍人的氣概。我很欣賞那個小子。我看他似乎相當正直單純。我一定是對自己判斷個性的能力，有點過於自負。幫我找到他，馬羅。只要找到他就好。」

「我會盡力。」我說。「你最好休息了。再講下去會把你累壞。」

我迅速起身，步過長長的地毯出了房間。在我拉開房門離去之前，他眼睛又闔了起來。他兩手無力地癱在床單上。他比大多數死人看起來更像死人。我悄悄地關上門，沿著來時那條走道往回走，下了樓梯。

31

男管家拿著我的帽子出現。我把帽子戴起來，說：「你覺得他怎麼樣？」

「他並不像外表看起來那麼衰弱，先生。」

「如果是，他早就可以入土了。雷根這個傢伙，怎麼會對他有這麼大的魔力？」

男管家平視我，竟然出奇地毫無表情。「年輕，先生，」他說：「還有一雙軍人的眼睛。」

「就像你的。」我說。

「如果容我直言，先生，你的也是一樣。」

「謝謝。女士們今天早上都好嗎？」

他有禮地聳聳肩。

「正如我所料。」我說，他替我打開門。

我站在外面的台階上，俯望一路延伸到花園底部那排高鐵欄的綠茵露臺，以及修剪整齊的樹叢和花床。我看見卡門在下面大約一半路的地方，坐在一張石凳上，兩手撐頭，一副寂寞孤單的模樣。

我走下連接露台與露台間的紅磚階梯。已經很接近了，她才聽到我。她跳起來，像隻貓兒一樣的迴過身來。她穿著我第一次見到她時的那件淺藍色長褲。金髮依舊捲著鬆鬆的黃褐色波浪。她臉色蒼白。看到我時，兩頰閃現點點紅暈。雙眸石板一樣的灰藍。

「閒得無聊？」我說。

她緩緩展開笑顏，有點害羞的樣子，接著很快地點點頭。然後她耳語：「你不生我的氣嗎？」

「我以爲妳在生我的氣。」

她舉起拇指來吸，咯咯笑。「我才沒有。」她一開始咯咯笑，我就不喜歡她了。我放眼四周。大約三十呎遠的一棵樹上，掛著一個靶子，上面插了幾支飛鏢。她剛才坐的那張石凳上還有三、四支飛鏢。

「像你們這樣有錢，妳和妳姊姊的生活好像沒有什麼樂趣。」我說。

她長睫毛半垂地看著我。這個表情應該是要使我銷魂倒地四腳朝天。我說：「妳喜歡擲飛鏢？」

「嗯哼。」

「那提醒我一件事。」我回頭看看房子。我往旁邊移動大約三呎，讓一棵樹擋住房子朝向我的視線。我把她珍珠槍柄的小手槍從口袋裡拿出來。「我把妳的武器帶來還妳了。我把它清潔過，也裝好了子彈。聽我的忠告——除非妳是個好槍手，否則不要隨便對人開槍。記住了？」

她的臉色變得更加蒼白，那根瘦削的拇指放了下來。她看看我，又看看我手裡的槍。眼裡有一抹蠱惑的神色。「是。」她說著，點點頭。然後忽然說：「教我射擊。」

「呃？」

「教我怎麼射擊。我很有興趣。」

「在這裡？那是犯法的。」

她走近我，從我手裡拿過槍，撫著槍柄。然後幾近鬼祟地把槍迅速塞進長褲，四處張望一下。

「我知道一個地方。」她口吻神祕地說。「在下面一些舊油井的附近。」她指著山下的方向。「教我吧？」

我注視她石板般灰藍的眼睛。那一雙眼睛簡直像瓶蓋一樣，沒有生命。「好吧。槍給我保管，等我看看那個地方是不是合適再還妳。」

她微微一笑，撇了撇嘴，然後以一種神祕狡猾的神態把槍交還我，彷彿她交給我的是她房間的鑰匙。我們步上台階，繞到我的車旁。整座花園空無一人。陽光像餐廳領班的笑容一樣空洞。我們上了車，駛下傾向下坡的車道，開出鐵門。

「薇薇安在哪裡？」我問。

「還沒起床。」她咯咯笑。

我駛下山，開過被雨洗刷後的安靜而富裕的街道，向東轉進拉布里亞大道，然後再往南走。十分鐘不到，我們就抵達她所指的地方。

「在那裡面。」她探出車窗指點著。

那是一條泥濘的小路，不比一條鐵軌寬，像通向某個山間牧場的入口。一片有五根鐵欄的寬柵門往內推開，靠在一棵斷木殘株上，看似多年都沒有關過。路旁有許多高大的尤加利樹，路面上輪跡累累。過去這是卡車出入的通道。現在雖然空無人跡，陽光普照，空氣中卻了無塵埃。因爲剛剛才下了一場大雨。我跟隨舊有的輪跡開進去，市囂的聲音令人訝異地迅即消逝，彷彿這裡根本不在市區之內，而是屬於某個遙遠的夢土。一座矮胖木造油井塔一動不動的油污軸柱，從樹枝間突伸出來。我可以看見連接這根機動軸柱，和其他大約五、六根類似軸柱的老鏽鐵纜。所有的軸柱全靜止著，看來大約一年都沒動過了。這些油井已經不產油。旁邊有一疊生鏽的空油管，一座裝貨的平台荒廢在一角，還有五、六個左右的空油桶橫七豎八地倒成一堆。有一窪浮著油渣的淤塞老礦水坑，在陽光底下閃著彩虹般的光輝。

「他們快要把這整個地方改建成公園了嗎？」我問。

她頷首，目光對我一閃。

「差不多該著手了。那窪廢水的味道可以薰死一群羊。這就是妳說的地方？」

「嗯哼。喜歡嗎？」

「美極了。」我把車停在裝貨台旁邊。我們下車。我側耳凝聽。街車的囂聲十分遙遠，像群蜂低鳴。這地方跟教堂墳場一樣孤寂。即使才下過雨，那些高大的尤加利樹看起來還是髒兮兮的。它們老是看起來髒兮兮的。一根被風掃斷的樹枝掉在水坑旁邊，扁平堅韌的樹葉一半懸吊在水面。

我繞著水坑走一圈，探頭看看抽水泵房。裡面堆了一些垃圾，看起來像堆置已久。泵房外，一個碩大的木製牛車輪斜靠在牆上。這裡看起來確實像個理想的地點。

我走回車子。女孩站在車旁梳理頭髮，把髮絲撩向豔陽。「給我。」她說，並把手伸出來。

我把槍拿出來放在她掌心裡。然後彎身撿起一只鏽鐵罐。

「不要慌。」我說。「裡面五顆子彈全裝上去了。我過去把這只罐子放在那個大木輪中央的方形空心裡。看到沒有？」我指給她看。她頷首，很高興。「那差不多有三十呎遠。等我回到妳旁邊才開始射擊。OK？」

「OK。」她咯咯笑。

我走回去水坑旁邊，把罐子擺上牛輪中央。這眞是個好槍靶。如果她打不中罐子，不用說，她是一定打不中的，那大概也只會打到輪子。那個輪子要擋住一顆小子彈是全無問題。總而言之，她是連輪子都打不中的。

我繞過水坑朝她的方向走回去。當我走到水坑邊緣，在距離她大約十呎的地方，她朝我露出全副尖銳的小白牙，舉起槍，開始嘶嘶喘氣。

我愣停了腳步，背後就是淤塞發臭的廢水坑。

「站住，你狗娘養的。」她說。

槍口正對著我的胸膛。她的手似乎相當沉穩。嘶嘶聲愈來愈響，她的臉像一具刮了肉的骷髏頭。

老態龍鍾，衰敗頹萎，像某種禽獸，非善類的禽獸。

我對她縱聲大笑。向她走去。我看見她的小手指壓緊扳機，指尖轉白。在我距她大約六呎的時候，她開始射擊。

槍聲像一記尖銳但虛而不實的耳光，如青天裡一聲霹靂。我沒看見任何煙火。我再度止步，朝她咧嘴而笑。

她很快地又開了兩槍。我想沒有一槍閃失。那把小槍有五發子彈。她已經打了四發。我故意催她。

我不想讓最後一發正中我的臉孔，所以我朝一邊歪過身子。她頗爲謹愼地送給我最後一槍，一點也無疑慮。我好像感覺到一點火藥爆燃的熱氣。

我抬頭挺胸。「我的天，可是妳實在可愛。」我說。

她握住空槍的手開始劇烈顫抖。槍脫手落地。她的嘴巴痙攣起來。整張臉支離破碎。然後她的頭扭向左側，唾沫從唇上溢出來。她的呼吸聲變成嗚咽。全身搖搖欲墜。

她倒下來時，我及時接住她。她已經不省人事。我用雙手扳開她的牙齒，把手帕揉成一團堵在她兩排牙齒之間。光是這件工作就耗盡我九牛二虎之力。我把她抱起來放進車裡，然後回去撿槍，把它丟進我的口袋。我爬進駕駛座，倒車，循原路開回輪跡累累的小道，出了柵門，駛上山丘回家。

卡門軟趴趴地躺在車座一角，一動不動。等到我開過通往巨宅車道的一半路時，她才稍有動靜。

然後她突然大眼賁張。坐直起來。

「怎麼回事?」她喘了一口大氣。

「沒事。怎麼啦?」

「噢，是了。」她咯咯笑。「我尿褲子了。」

「免不了的。」我說。

她突然投給我一個噁心的神色，隨即哀鳴起來。

32

那個眼神柔和的馬臉女傭，引我走進有長到垂在地板上的象牙色窗簾，有牆連牆全幅白色地毯，以灰色和白色色調為主的二樓長形客廳。這裡像電影明星的起居室，迷人又充滿誘惑，像木製義肢一樣的人工化。此時裡面空無一人。房門以一種類似醫院病房般不自然的輕巧動作，在我背後掩闔。一張帶輪的活動早餐桌停在躺椅旁。桌上的銀器閃閃發亮。咖啡杯裡有香菸灰。我坐下來等。

似乎等了很久，房門才又打開，薇薇安走進來。她穿著一身滾白毛的牡蠣白晨褸，剪裁流暢，有如私人小島上的夏浪縺綣海灘。

她悠然緩步走過我面前，在躺椅的邊緣坐下。她唇上有一根菸，含在嘴角。今天她整片指甲，從底部到尖端，全塗滿了紅銅色。

「原來，你畢竟只是個蠻悍畜生，」她瞪著我，平靜地說：「一個冷血無情的蠻悍畜生。你昨天晚上殺了一個人。不必管我怎麼知道的。我反正知道。然後現在又跑來這裡，把我的小妹嚇得不成人樣。」

我一語不發。她開始不安起來。她移到另一張便椅坐下，頭枕在置於椅背上方，靠牆的一塊白靠墊上。她朝上吐了一口淡灰色的煙，看著它飄向天花板，化成一綹綹的煙霧，起初還顯而易見，一會兒之後漸漸消散，化爲烏有。然後她緩緩垂下眸子，丟給我一個又冷又酷的眼色。

「我不懂你。」她說。「對於前天晚上我們兩人之間的事，你能保持頭腦清醒，我實在感激涕零。我過去碰過一個走私犯已經夠糟的了。看在老天的份上，你能不能開口講幾句話？」

「她怎麼樣？」

「噢，她沒事，我想。早睡著了。每次有事她就跑去睡覺。你把她怎麼了？」

「沒怎麼樣。我見過妳父親，出來以後，就看到她在外面。她在對樹上的一個靶子玩擲鏢。我下去找她講話，因爲我有個屬於她的東西。以前歐文．泰勒送她的一把小左輪手槍。波第被殺那晚，她帶著那把槍去波第的住處。當時我不得不當場把她的槍拿下來。我沒有提起，所以也許妳不知道。」

那對烏黑的史坦梧眼珠睜得老大而茫然。現在換她不發一語。

「她拿回小槍高興得很，要我教她怎麼射擊，要帶我去山下看你們家以前發過一些財的舊油井。所以我們就到那底下去，那個地方滿怕人的，到處是生鏽的鐵器、老舊木頭、無聲無息的油井，還有油膩浮渣的礦水坑。也許就是因爲那樣使她心神不安。我猜妳自己也去過。那個地方有些令人毛骨悚然。」

「是——確實如此。」現在她的聲音變得細微無力。

「所以我們就到那裡面去，我擺一個空罐子在一個牛輪上讓她當射靶。她突然狂性大發。看起來像輕微的癲癇發作。」

「是。」一樣細微的聲音。「她偶爾會發作一次。這就是你要見我的原因嗎？」

「我猜妳還是不願告訴我，妳有什麼把柄在艾迪．馬仕手裡。」

「什麼也沒有。而且我已經開始有點厭倦這個問題了。」她冷冷地說。

「妳認識一個叫做卡尼諾的人嗎？」

她蹙緊兩道細緻的黑眉深思著。「不確定。似乎聽過這麼一個名字。」

「是艾迪．馬仕的槍手。據說是一個不好惹的傢伙。我猜他確實不好惹。要不是一位女士幫了點小忙，我就會和他現在一樣——躺在停屍間裡。」

「女士們似乎都——」她乍然住口，面色發白。「我不能亂開玩笑。」她簡短地說。

「我不是在開玩笑，而且如果我講話像在繞圈子，那是因爲事實本身似乎就是如此。一切環環相扣——所有的事情。蓋格和他可愛的勒索小把戲，波第和他的照片，艾迪．馬仕和他的輪盤桌，卡尼諾和那個並未和鐵鏽仔雷根私奔的女孩子。一切都緊扣在一起。」

「恐怕我根本聽不懂你在胡說些什麼。」

「假定妳聽得懂——那麼事情大致就如下述。蓋格設法釣妳妹妹上鉤，這一點也不難，從她那裡弄到幾張借條，然後試圖以有禮的方式從你父親那裡勒索金錢。艾迪．馬仕是蓋格的靠山，保護他，而且利用他做爲傀儡。妳父親不付錢，反而找我來，足證他不畏惡勢力。艾迪．馬仕就是要知道這點。他掌握了妳的把柄，他要知道，他是不是也可以掌握將軍的把柄。如果能稱心如意，他可以在很短的時間之內搜刮一大筆金錢。如果不能，他就必須等到妳繼承你們家的財產，而同時呢，他只能指望靠輪盤桌跟妳騙取一些零頭。蓋格被歐文·泰勒殺死，因爲歐文愛上妳傻乎乎的小妹，不喜歡蓋格和她玩的那種遊戲。這事對艾迪來說不算什麼。他玩的是更進階的一場遊戲，這遊戲不但蓋格不知，波第不知，甚且無人知曉，只除了妳和艾迪，還有一個叫做卡尼諾的惡棍。妳丈夫失蹤，艾迪知道大家都曉得他和雷根之間曾有過節，就把他太太藏到瑞里托，派卡尼諾去看守，這樣看起來就會像她和雷根一起私奔了。他甚至還把雷根的車子放到夢娜·馬仕過去住的社區車庫。如果這些動作，只是要轉移人家對艾迪殺死你丈夫，或派人殺死你丈夫的嫌疑，那未免太蠢了一點。事實上，事情並非像表面看起來的那麼蠢。他有另一個動機。他玩這一手價値百萬財富。他知道雷根身在何處，爲何失蹤，而且他不要讓警方查出來。他要提供一個可以讓警方滿意的失蹤理由。我這些話太沉悶了嗎？」

「你令我疲倦。」她用困乏、筋疲力竭的口吻說。「天哪，你眞累人！」

「很抱歉。我不是光在這裡閒耗，故作聰明。妳父親今天早上才出價一千元，要我去找雷根。對我來說那是一大筆財富，但是我辦不到。」

她張口結舌。呼吸忽然變得吃力粗重。「給我一根菸。」她沙啞地說。「爲什麼？」她的喉頭開始悸動。

我遞給她一根香菸，擦了一根火柴，幫她點燃。她深吸了一大口，隨即把煙胡亂呼掉，然後，那根香菸似乎就被遺忘在她的指縫之間。她再也沒有去抽它。

「因為，失蹤人口調查處找不到他。」我說。「這差事不是那麼容易。他們都辦不到，我大概也辦不到。」

「噢。」她的聲音裡有一絲放心。

「那是理由之一。失蹤人口調查處認為他是故意失蹤，所以用他們的話來說，這案子算是已經鞠躬謝幕了。他們不認為艾迪．馬仕把他殺了。」

「誰說有人把他殺了？」

「我們才要開始說到這點啊。」我說。

她的臉似乎在瞬間潰散成碎片，變成只是一套失去形貌或控制的眉目口鼻。她的嘴形露出意欲嘶喊的前兆。但這些只出現在轉瞬之間。史坦梧家血液的優越性，畢竟不僅是存在於她的黑眼眸和莽勇刁悍而已。

我站起身，把夾在她指縫間裊裊冒煙的香菸取下來，在一只菸灰缸裡捻熄。然後我從口袋裡拿出卡門的小槍，用誇張而小心翼翼的動作，把它擺在她覆著白綢緞的膝蓋上。我把它平衡在那兒，退一步，側首觀賞，彷彿櫥窗設計師在衡量一具人偶脖子上新披圍巾的效果。

我再坐下來。她一動不動。她的眼睛一毫米一毫米地慢慢往下移，終至注視著手槍。

「那不會傷人，」我說：「五個彈膛全空了。她把它們全打掉了。把它們對著我打掉了。」

她喉頭的脈搏瘋狂地一震。欲語不能。她倒吞一口口水。

「從距我五、六呎的地方開槍。」我說。「她眞是個小可愛，可不是?眞可惜，我裝的是空包彈。」我惡意地咧嘴而笑。「我有預感她可能會做什麼——一旦被她逮到機會的話。」

她從老遠老遠的地方把她的聲音給找回來。「你眞恐怖，」她說：「恐怖。」

「是啊。妳是她的老大姊。妳打算怎麼處理這件事?」

「你口說不能憑證。」

「不能憑證什麼?」

「證明她對你開槍。你說你和她在油井那兒，只有你們兩人在場。你沒有任何憑據，可以證明你所說的話。」

「噢，那個啊，」我說：「我連試都不想試。我心裡想的是另外一次——當小槍的彈膛裡有實彈的那一次。」

她的眼眶裡是兩汪黑影，比黑洞還要空無。

「我心裡想的，是雷根失蹤那一天。」我說。「下午近黃昏。他帶她下去那些舊油井那裡教她射擊，他在某處擺了一只罐子，叫她瞄準罐子，就在他走近時，她開槍。她射的不是罐子。她把槍口轉向，射他，就像她今天射我的方式一樣，而且出於同樣的理由。」

她動了一下，槍從她的膝頭滑落，掉在地上。那是我聽過最大的聲響之一。她的目光緊盯著我的臉。她的聲音是一連串憂苦的耳語。「卡門！……慈悲上帝，卡門！……爲什麼？」

「眞的非要我告訴妳，她爲什麼對我開槍嗎？」

「是。」她的眼神仍然十分痛苦。「我——恐怕你非說不可。」

「前天晚上我回到家時，她在我的公寓裡。她騙過管理員讓她進去裡面等我。她在我床上——全身赤裸。我罵她一頓把她趕出去。我猜，或許雷根在某個時候也對她做過相似的事情。但是你不能用這種方法對付卡門。」

她癟緊嘴巴，似乎有意伸舌舔唇。一時之間，那使她看起來像一個受驚的小孩。她面頰的線條變得尖銳，她的手像用線拉動的人造手，緩緩地舉起，而且手指緩慢僵硬地攫住衣領周圍的白毛。那使得那圈毛皮掐緊了喉頭。之後，她只是坐在那兒木然呆視。

「錢，」她啞著嗓子說：「我想你是要錢。」

「多少？」我克制自己不要出口嘲諷。

「一萬五千？」

我點點頭。「差不多就是這個數字。那是約定費。那就是她對他開槍時，他口袋裡有的金額。那就是當你跑去向艾迪．馬仕求救時，卡尼諾先生所得到的棄屍費。但是較之有一天艾迪期待要搜括的，那只是九牛一毛，對不對？」

「你狗娘養的！」她說。

「嗯哼。我是個十分精明的傢伙。我冷面無情，無所顧忌。我在乎的只是錢。我愛錢愛得不得了，給我一天二十五元，外加主要是汽油和威士忌的公差支出，我就可以為你絞盡心神：我拿我的全部未來冒險，甘與警察和艾迪．馬仕之流為敵，我在槍林彈雨中出生入死，還跟你說感謝捧場，下次如果還碰到任何麻煩，希望你再度光臨，我會留一張名片給你，以防萬一還有需要。我做這一切，只為了一天二十五元的代價——或許還有一點，是為了保護一個病入膏肓的老人血液裡僅存的一絲尊嚴，因為我以為他身上流的不是惡毒的血，雖然他的兩個小女孩和時下許多良家少女一樣，有些狂野，但還不至於墮落變態或殺人放火。因為這樣，我被看做是狗娘養的。沒關係。我不在乎。我早就被形形色色的人，包括你小妹，罵過各種不堪的字眼。因為我不跟她上床，她用比這還要難聽的話罵我。妳父親付我五百元，我並未要求，但是他反正付得起。尋找鐵鏽仔雷根先生，我還可以再拿到一千元，如果找得到的話。現在妳又提供我一萬五千。這下子我可抖起來了。有了那一萬五千，我可以買棟房子，買輛新車，外加四套新衣。甚至還可以不愁錯失接案，去逍遙渡假一番。好極了。妳付我這筆錢的目的是什麼？我是不是可以繼續當個狗娘養的，還是必須像那晚醉臥車中那名酒鬼一樣，做一名紳士？」

她像一尊石頭女像一樣，沉寂無聲。

「好吧，」我沉重地繼續說：「妳能不能把她送走？把她送到一個離這裡遠遠的，他們可以處理她這種類型，可以不讓她接觸槍、刀、各種異色飲料的地方？媽的，她可能還有希望被治癒呢，妳知道。這可是有前例的。」

她站起來，慢慢走到窗邊。窗簾沉重的象牙色布褶垂落在她腳畔。她站在布褶之間往外看，注視著靜謐陰暗的山丘。她凝立不動，幾乎和窗簾合爲一體。兩手鬆鬆地垂在兩側。兩隻凝定不動的手。然後，她轉身走回來，視而不見地穿過我身邊。等到走到我背後，她突如其來地喘一口氣，開口說話。

「他在水坑裡。」她說。「一具可怕腐爛的屍體。是我造成的。我就是像你所說的那樣做。我去找艾迪·馬仕幫忙。她回家以後告訴我，像個小孩子一樣。她不正常，我知道警方會使她和盤托出。過一陣子以後，她甚至還會開始自吹自擂。而如果讓爹知道，他一定會馬上報警，把實情全部吐露。然後當晚某個時刻，他就會撒手人寰。我在意的不是他會死——而是他死前心裡的感受。鐵鏽仔不是壞人。只是我並不愛他。他這人沒什麼好挑剔的，我想。只是比較起讓爹知道的嚴重性，無論他是好人是壞人，是死是活，對我都不算一回事了。」

「所以妳就任由她到處亂跑，」我說：「又惹來其他麻煩。」

「我拿時間做賭注。一心指望仰仗時間。我算錯了，當然。我以爲有可能連她自己都會忘記這件事。我曾聽說，癲癇的人會忘記自己發癲時候做的事。也許她是已經忘記了。我知道艾迪·馬仕會把我搾得滴血不留，但是我不在乎。我需要人幫忙，而只有他這種人才可能幫我這個忙……有時候，連我自己都難以置信，事情演變到這種地步。有時候，我不得不趕快喝個爛醉一場——不管那是一天裡的什麼時間。只要他媽的快快大醉一場就好。」

「妳得把她送走。」我說。「而且要他媽的快快送走。」

她仍然背對著我。此時她的口氣柔和下來：「那你呢？」

「我不會怎麼樣。我要走了。我給妳三天時間。如果到那時你們走了——就ＯＫ。如果還沒走，事情就會暴露出來。不要以爲我在跟妳說笑。」

她突然轉過身來。「我不知道該對你說什麼。我不知道要如何啓口。」

「好了。把她帶離此地，確定每一分鐘都有人盯著她。答不答應？」

「我答應，艾迪——」

「不必掛慮艾迪。等休息一陣子以後，我會去見他。艾迪的事我會處理。」

「他會殺了你。」

「是喔，」我說：「他的頂尖手下都沒殺成。我倒要看看其他嘍囉能怎麼樣。諾里斯知道嗎？」

「他永遠也不會洩露。」

「我就想他一定知道。」

我疾步離開她，穿過房間，出了房門，走下瓷磚樓梯，來到前門的玄關。我離開時，周圍不見一個人影。這次我的帽子被孤零零地留在玄關裡。外頭陽光普照的花園看起來鬼氣森森，彷彿樹叢後面有許多鬼怪的小眼睛在窺視我，彷彿太陽的光線裡含著某種神祕的東西。我上了車，駛下山坡。

一旦死了，你身置何處，還有什麼關係嗎？管它是在一窪骯髒的水坑，還是在高山峰頂的一座大理石寶塔？你已經死了，你已經進入大眠，你再也不會被這種事情所打擾。對你而言，油與水，風與氣，都是一樣的東西。你就是進入你的大眠，哪還會在乎你死得多齷齪，或落在多齷齪的所在？至於我，我現在已經變成齷齪的一部分。比鐵鏽仔雷根涉足更深。但是老人不需要被扯進來。他可以靜心躺在他有天篷的床裡，無血色的雙手交握在床單上，等候。他的心臟呢喃著短促、不確定的低吟。他的心思像餘燼一樣灰澀。過不了多久，他也會和鐵鏽仔雷根一樣，進入大眠。

回城裡的路上，我在一家酒吧歇腳，喝了幾杯雙份威士忌。這些酒對我沒有一點幫助。它們只讓我懷想起銀假髮，我從此沒有再見到她。

大師名作坊 115

大眠

作　者—瑞蒙・錢德勒
譯　者—許瓊瑩
副總編輯—葉美瑤
編　輯—邱淑鈴
美術設計—永真急制Workshop
責任企劃—丘　光、黃千芳
校　對—邱淑鈴、陳錦生、許瓊瑩

總 編 輯—林馨琴
董 事 長—趙政岷
出 版 者—時報文化出版企業股份有限公司
108019台北市和平西路三段二四〇號三樓
發行專線—（〇二）二三〇六—六八四二
讀者服務專線—〇八〇〇—二三一—七〇五
（〇二）二三〇四—七一〇三
讀者服務傳真—（〇二）二三〇四—六八五八
郵撥—一九三四四七二四時報文化出版公司
信箱—10899台北華江橋郵局第九九信箱
時報悅讀網—http://www.readingtimes.com.tw
電子郵件信箱—liter@readingtimes.com.tw
法律顧問—理律法律事務所　陳長文律師、李念祖律師
印　刷—勁達印刷有限公司
初版一刷—二〇一〇年二月十二日
初版二刷—二〇二一年七月十四日
定　價—新台幣二八〇元
（缺頁或破損的書，請寄回更換）

時報文化出版公司成立於一九七五年，
並於一九九九年股票上櫃公開發行，於二〇〇八年脫離中時集團非屬旺中，
以「尊重智慧與創意的文化事業」為信念。

大眠 / 瑞蒙・錢德勒著；許瓊瑩譯. -- 初版. -- 臺北市：時報文化，2010.02
面；　公分. --（大師名作坊；115）
譯自：The big sleep

ISBN 978-957-13-5159-9（平裝）

874.57　　99001310

ISBN：978-957-13-5159-9
Printed in Taiwan